公元 787 年，唐封疆大吏马总集诸子精华，编著成《意林》一书 6 卷，流传至今
意林：始于公元 787 年，距今 1200 余年

意林 果味青春馆

年少的你，如此美丽

《意林》图书部 ◆ 编

吉林摄影出版社
·长春·

果味青春馆4

图书在版编目（CIP）数据

年少的你，如此美丽 /《意林》图书部编. -- 长春:吉林摄影出版社, 2019.11
（意林果味青春馆）
ISBN 978-7-5498-4312-1

Ⅰ.①年… Ⅱ.①意… Ⅲ.①散文集—中国—当代Ⅳ.①I267

中国版本图书馆CIP数据核字(2019)第210262号

年少的你，如此美丽　NIANSHAO DE NI, RUCI MEILI

出 版 人	孙洪军	印　　次	2019年11月第1次印刷
主　　编	杜普洲	出　　版	吉林摄影出版社
责任编辑	王维夏	发　　行	吉林摄影出版社
总 策 划	徐　晶	地　　址	长春市净月高新技术产业开发区
策划编辑	郭妙霞		福祉大路龙腾国际大厦A座17楼
封面设计	资　源	邮　　编	130117
封面供图	官官an	电　　话	总编办：0431-81629821
美术编辑	刘海燕		发行科：0431-81629829
发行总监	王俊杰	网　　址	www.jlsycbs.net
开　　本	889mm×1194mm 1/16	经　　销	全国各地新华书店
字　　数	220千字	印　　刷	北京中科印刷有限公司
印　　张	8	书　　号	ISBN 978-7-5498-4312-1
版　　次	2019年11月第1版	定　　价	26.00元

启　事

本书编选时参阅了部分报刊和著作，我们未能与部分作品的文字作者、漫画作者以及插画作者取得联系，在此深表歉意。请各位作者见到本书后及时与我们联系，以便按国家相关规定支付稿酬及赠送样书。

地址：北京市朝阳区南磨房路37号华腾北搪商务大厦1501室《意林》图书部（100022）
电话：010-51908630转8013

版权所有　翻印必究
（如发现印装质量问题，请与承印厂联系退换）

年少的你，如此美丽

目　录 CONTENTS

花样青春
成长路标

小小的岛…………………………文/郑愁予 1	认输你就赢了……………………文/大　冰 15
自卑的人更容易强大……………文/毕淑敏 2	我的补课史………………………文/陈思呈 16
年少成名相对论…………………文/欧阳宇诺 3	姑娘，你努力的样子真美………文/猪小浅 17
一个孩子身上的英雄主义………文/刘华剑 4	藏在校园里的小食光……………文/皮卡修 18
被人讨厌并不可怕………………文/陈思呈 5	外婆的人间告别…………………文/马海霞 19
侠肝义胆，也有无尽温柔………文/夏南年 6	一场心累的中文教学……………文/杨　扬 20
我和头发的战争…………………文/姚金柱 7	请别杀死你的同桌………………文/田木果 21
现实版《狼图腾》："红衣姑娘"与她的36只狼	一地蓝花楹………………………文/青　山 22
……………………………文/玉　琴 8	那些年，我们一起写过的小说…文/明前茶 23
和巴菲特共进午餐值不值………文/江　山 10	我最大的野心，是五官端正……文/陆　某 24
不向命运低头的"岩洞女孩"………………………	烽火守书人：伊拉克图书馆馆长日记 文/梁文道 25
……………………文/谢　洋　赵梦琪 11	"美女学神"刘明侦90后博导院长炼成记………
1991年的少女，今年依然24岁……文/林一芙 12	……………………………文/王新同 26
孩子你可长点心，这条路上不能睡……文/小　花 13	那一刻，我的叛逆期结束了……文/妖草的二狗子 27
我的狼人生活………………………………………	数学、理科成绩差？这样做包你得高分………
……文/[英]肖恩·埃利斯　译/孙开元 14	……………………文/《意林》图书部 28

暖剧场
多彩联谊会

一只蚂蚁的思索	文/阿 敬	31
姥姥，咱有钱	文/张素敏	32
悬崖峭壁上的"救星"	文/唐若水	33
我弄丢了最重要的朋友	文/姚 瑶	34
她的青春少了一条裙子	文/文星树	35
那些年爸妈为你吹过的牛	文/二 亢	36
挨 揍	文/杨 理	37
一条鳜鱼	文/郭 婵	38
小离别	文/钟 墨	39
你好，黎不二	文/阿莫学长	40
我和诗人海子的较量	文/邱子夏	41
塑料花	文/路 明	42
多美的字，都说不尽你的好	文/阿 菲	43
我的玛依拉，藏到草丛里了	文/阿瑟穆·小七	44
白茶：把萌宠编进段子里	文/毛予菲	46
战争后遗症	文/尤 今	47
黄狗谢尔的孩子们	文/艾 平	48
你的天分在哪里	文/张佳玮	48
狼的命运	文/杨福成	51
漱石家有恶妻	文/唐辛子	52
郭霁莹：15岁，经历非洲	文/武冰聪	53
那些年我爹撒的谎	文/LX	54
"神猫"小花	文/朱林兴	55
这样说话不伤人	文/宋桂奇	56
妈妈，认识你很高兴	文/张一凡	57
老师，我终于听见这世界	文/明前茶	58
阁楼里的简·爱	文/沈轶伦	59
众小编私藏的，好吃又不会胖的美食	文/喵 咪	60

阅读阅美
陪你读书

梦见你	文/[德]黑 塞	63
不读书，你就能当网红吗	文/谭影子	64
你还看"书"吗	文/张 渺	65
最是红楼误青春	文/顾南安	66
文章不过二三斤	文/王太生	67
走运的你与不走运的你	文/岑 嵘	68
关于阅读的秘密小路	文/沈书枝	69
木棉记	文/白音格力	70
偶然与命运	文/刘江滨	71
读了很多书，为什么写文章依然很困难	文/张佳玮	72
花事和心事	文/肖 遥	73
《山海经》：古人写给成年人的童话	文/卜松竹	74
作家们的"花招"	文/欧阳宇诺	75
"刻画无盐，唐突西施"与甜咸可无关	文/仲维柯	76
古典名著里鲜为人知的"分身术"	文/刘黎平	77

"空"字在古代诗词中的妙用………… 文/李丹丹 78
各国另类校规知多少…………… 文/音乐水果 79
学习其实有窍门…………………… 文/揭 威 80
一个考官的艺考奇葩说………… 文/安 宁 81
废物是成功之母………………… 文/袁文幻 82
跟约翰逊博士学读书…………… 文/贝小戎 83
一催就成"被动废"？不如主动出击找回掌控感…

………………………………… 文/余冰玥 84
继承者们：扶苏为什么非死不可…… 文/王 磊 85
名字有内涵…………………………… 文/闫 晗 86
趣说古代身份证……………………… 文/周 礼 87
清风明月还诗债 ………………… 文/白音格力 88
我学语文的"独门秘籍"……………… 文/钱梦龙 89
有一种美好，叫宫崎骏的夏天……… 文/青 山 90

新知探索
微时代

门　前………………………… 文/顾 城 93
知乎"女神"，黑暗中开花……… 文/一江春水 94
修复经典神剧，高清版要不要留住"年代滤镜"…
………………………………… 文/蒋肖斌 95
当《红楼梦》中的美食变成"家常菜"…………
………………………………… 文/那 拉 96
跟着水果看世界………………… 文/阙 政 97
走，带你到大唐长安买"东西"… 文/王雨懿 98
晋楚争霸争的是笑料…………… 文/大梁如姬 99
潮！把甲骨文变成表情包……… 文/芸菁瞳 100
为什么喜欢陶渊明……………… 文/杨 杰 101
你只看到王勃的才华，却不知《滕王阁序》的悲剧
………………………………… 文/温伯陵 102
快进1.25倍是对一部剧的最高礼赞吗………
………………………………… 文/阿 树 103
胡哥的理想…………………… 文/秦木洲 104
少女心，告诉你一个秘密……… 文/路小远 105
我是他的英雄，我是他的哥…… 文/何 晓 106

古来才子，都玩不过考场作文…… 文/张甫兴 107
长得好不如长得巧………………… 文/忆江南 108
幻影侠，比超人还大两岁………… 文/吴朔巨 109
走神，请注意……………………… 文/江 山 110
未必人人都明白的道理…………… 文/沈 淦 111
海狸血泪史………………………… 文/岑 嵘 112
一个人的文笔，可以好成什么样呢… 文/张佳玮 113
疯子导演…………………………… 文/雷 鸣 114
哥伦布把玉米带回了欧洲……… 文/松鼠云无心 115
科幻、自然、治愈、臭美……总有一款博物馆适合你
………………………………… 文/张艾京 116
你能保守秘密吗………………… 文/Harps 117
"躺赢"的人生…………………… 文/青 丝 118
古龙与金庸打架方式之不同…… 文/张佳玮 119
故宫太和门前的狮子为何"烫"卷发………
………………………………… 文/徐晓风 120
饭局的诱惑：项羽为何不杀刘邦…… 文/王 磊 121
讨厌和人交往，我是得病了吗…………… 122

小小的岛

文/郑愁予

你住的小小的岛我正思念
那儿属于热带，属于青青的国度
浅沙上，老是栖息着五色的鱼群
小鸟跳响在枝上，如琴键的起落

那儿的山崖都爱凝望，披垂着长藤如发
那儿的草地都善等待，铺缀着野花如果盘
那儿浴你的阳光是蓝的，海风是绿的
则你的健康是郁郁的，爱情是徐徐的

云的幽默与隐隐的雷笑
林丛的舞乐与冷冷的流歌
你住的那小小的岛我难描绘
难绘那儿的午寐有轻轻的地震

如果，我去了，将带着我的笛杖
那时我是牧童而你是小羊
要不，我去了，我便化作萤火虫
以我的一生为你点盏灯

自卑的人更容易强大

文／毕淑敏

关于自卑，心理学家阿尔弗雷德·阿德勒讲过这样一个小故事。有三个小朋友，第一次到动物园去，他们被狮子的威严吓坏了。一个小朋友躲在妈妈的背后说："我要回家。"另外一个小朋友脸色苍白，但他仰着头说："我一点都不害怕。"第三位小朋友恶狠狠地瞪着狮子，问妈妈说："我能向它吐口唾沫吗？"

这三位小朋友当中，谁在狮子面前表现出自卑了呢？这三个孩子实际上都怕，都自卑，但每个人都根据自己的生活方式，以自己的方法表达了这种感觉。

"自卑情结"是个体心理学最重大的发现，自卑感是人类处境得以改善的原因所在。因为你认识到了自己的无知，意识到了自己需要为将来有所准备，你才可能更加努力和进步。自卑本身并不是耻辱，但如果久久地挣扎在自卑当中不能自拔，成了很大的压力，这就成了一个问题。

阿德勒说："许多人，当问到他们是否觉得自卑时，他们会回答没有。有的甚至会说，正好相反，我觉得自己比周围的人要高出一筹啊。"

一个高傲自大的人，他心里想的是：别人很可能会忽视我，我要让大家看到，我可是个人物。一个人说话的时候手势很夸张，他心里想的很可能是：如果我不拼命强调的话，我的话就会没有力量。同理，如果谁穿了一件新衣或是名牌鞋子在大家面前走来走去，生怕别人看不见，很可能掩盖的是曾被忽视的自卑。由于他的自卑，就产生了夸张的补偿行为。

小时候，我性格内向，害怕当众讲话，也曾因为自己的外语成绩不好而自卑。中学时就读于北京外国语学院附属学校，很多同学从小就受到外语的熏陶，可我父亲是军人，连一句外文的"你好"都不会说。因为这种自卑，有一段时间，我每天上课想的就是怎样才能有几门功课不及格，转到外校去。

我还因为自己身高体胖而自卑。每逢到街上买衣服的时候，售货小姐歧视地一瞥，对我说：这里没您能穿的号，到别处去看看吧。我都生出羞愧之感，好像买不到衣服是自己的错。

不敢当众讲话一事，后来我仔细分析过原因，其实就是追求完美，生怕自己给人留下不好的印象。我就对自己说，我就是这样一个人，有优点也有缺点，尽量把自己的观点发挥出来，就算完满完成了任务。我不再希求夸奖，讲话时的紧张和自卑情绪就有了很大的转变，甚至有人说，我看你发言的时候，从容淡定，十分沉着啊。只有我心里才知道自己走过怎样艰难的历程。

关于外语成绩一事，心想反正我已经做好了转学的准备，在转学之前，就破釜沉舟地努力一次吧。这样想了之后，"无望一身轻"，每天轻轻松松地学习，居然很快就名列前茅了。

关于胖到买不到衣服一事，我想这不是我的错，是工厂和商家想得不够全面，不够人性化。毕竟人是各式各样的，我们还有很多重要的事情要做，不必因为别人而扰乱了自己的心绪。

俗话说，魔高一尺，道高一丈，自卑在哪里出现，咱们就在哪里把它化为力量。每一片树叶都有自己存在的理由。

年少成名相对论

文/欧阳宇诺

张爱玲说"出名要趁早",而她16岁时还不会削苹果,经过艰苦的努力才学会补袜子。许多人尝试过教她织绒线,可是没有一个人能够成功。在一间房里住了两年,问她电话机在哪儿她都茫然。她天天乘黄包车去医院打针,接连去了三个月,仍然不认识那条路。她说:"我是一个古怪的女孩,从小被视为天才,除了发展我的天才外别无生存的目标。然而,当童年的狂想逐渐褪色的时候,我发现我除了天才的梦之外一无所有——所有的只是天才的乖僻缺点。"

"知乎"上曾有一个提问:年少成名是什么感觉?一位少时出书的作家回答说:"年少成名的话,比起同龄人,对人生的期待会少一些,尤其是对世俗意义上的成功就没那么期待。就像所有人都在起跑线上预备,你已经提前看过奖品,知道并没有那么吸引人,回到起跑线上自然兴趣缺缺。"

我身边就有一个已经提前看过奖品的人。我的好友可可最近交了一个男朋友W。可可说W是16岁就出唱片的天才音乐少年。现年26岁的W,过去10年间出了三张唱片。现在最大的爱好是在黑胶唱片机流淌出音乐的早晨,给可可煮咖啡、做三明治。他不再靠音乐谋生,现在的职业是独立摄影师,收入远不及在律所当合伙人的可可。但是,在可可看来,他就是命中注定的那个"百分百男孩"。他有那种年少成名后渐渐沉寂下来、洗尽铅华的平和感,让人觉得自然又舒服。可可说,她已经很久没有遇见这样的男人了。

我们追问W的过去。W说,他年少成名,相当于提前举办了人生派对,也许还在派对上收到了闪亮的钻石。这种风光无限的美好感觉,并不是每个人都有机会体验。他们相当于被上天选中的幸运儿,但是,上天的耐心有限,注意力不可能一直放在一个幸运儿身上,所以,那些后来慢慢被忽略的幸运儿,就要学习如何在被忽略后的漫长人生中,做一个内心积极向上的平凡人。

我很认同W的说法。比起年少成名的人,我偏爱大器晚成的人。经过岁月的磨炼,对成功或许能有更深刻的理解。就像美国作家约瑟夫·海勒,记者问他:"成功对你的生活或者写作态度有改变吗?"他回答说:"我认为没有。原因之一是,对我来说,成功来得太晚了。我不觉得年少成名是一件好事。如果你已经得到了所有梦寐以求的东西,未来还能给予你什么呢?"爱尔兰作家乔伊斯32岁时才出版他的第一本书《都柏林人》,之前他靠唱歌谋生。美国作家冯内古特40岁时才读《包法利夫人》,写作前他供职于通用电气公司。

一起读

诗经·郑风·野有蔓草

野有蔓草,零露漙兮。有美一人,清扬婉兮。
邂逅相遇,适我愿兮。野有蔓草,零露瀼瀼。
有美一人,婉如清扬。邂逅相遇,与子偕臧。

一个孩子身上的英雄主义

文/刘华剑

以前支教的时候，班上有一个贫困生，当时那个男孩子只有十二岁，爸爸死得早，妈妈跟别人跑了，留下他和年迈的奶奶相依为命。

他每天一起床，就得先做农活挑水做饭，然后急匆匆地赶去学校上课，放学后又要去放牛割草，把家里的事情都忙完后才能写作业。

这个孩子成绩特别好，当时学校有两个数学竞赛名额，我把他报了上去，那一次他发挥得很好，得了一等奖后县里还专门派人把奖状和奖品带到学校，其实也不是特别大的奖品，就是一块电子手表，估计也才几十块钱，但他把手表握得紧紧的，仿佛拿到了宝物一样。

这个孩子有两件事让我印象深刻，第一件是有个学生被牛给顶伤了，大概是那个学生调皮，故意去挑衅路边的水牛，结果牛发狂了用牛角把他给顶伤了，伤得特别严重。这个孩子看到后疾步跑过去扯住牵牛的绳子，把绳子系到一棵树上后把那个受伤的学生一背，飞一样往村里医务所跑。

结果受伤学生的家长赶过来，二话不说就给了他一巴掌，那个家长怒骂说肯定是他不好好牵牛把那学生给弄伤的，要是有什么问题要他偿命。

旁边的小孩子连忙为他辩解，说那牛是别人家的，他只是帮忙救人而已。

那家长讪讪地看了他一眼，却没有道歉，扭过头看受伤的儿子去了。

他的脸都被抽红了，他捂着脸走出门，蹲在地上哭起来。

但是后面遇到这种情况，他还是会毫不犹豫地去帮别人，因为善良已经刻进他的骨子里，他的奶奶经常教导他，要做一个好人，哪怕做好事受了委屈，也不是去当坏人的理由。

第二件事就是村子里的大孩子要抢他手表，他当然不会给，大孩子就把他围起来打，下手也挺没轻重的，他的脑袋和下巴都出血了。

有个大孩子打起性了，拿起一块砖头说："你到底给不给？不给我砸死你。"

他把手表护在胸前，眼神里满是倔强。

那孩子说砸就砸，砖头砸在他胸口上，他闷哼一声眼泪都疼出来，却还是不肯求饶，我那时赶到现场，给了那大孩子一耳光，吼着说："你想做什么？把你爸喊来。"

他终于怕了，开始哇哇大哭，结果那个家长赶过来，因为我是支教老师又是大学生，村民都对我很客气，那家长给我赔了个不是就把那孩子拎走了。我把躺在地上的孩子扶起来，掀开他的衣服一看，胸前瘀青了好大一块，我说："下次再有这种事，你先把东西给他们好了，老师事后会给你要回来的。"

他擦擦眼泪说："这是我最看重的东西，我不会给他们的。"

我这才想起来，这块电子表是他考试获得的奖品，是他长这么大第一份荣誉，对他而言，有着无可比拟的意义。

我支教结束离开小学的时候，特意去书店买了几本书，然后送给了他，每本书上我都写了一些话，我并不能给他多少物质帮助，我只能尽力给他一些希望和勇气。

七年过去了，他考上了南京大学，以镇上第一名的成绩，他还特意给我发了信息，说谢谢我当年的教导。

我只觉得感动，因为我能想到这个成绩背后的艰辛，他读书时的每一分学费，可能都是省出来或者借来的，他的每一件衣服，可能都有补丁和线头，而在每一个寂静的深夜，他都会和恐慌不安做对抗，一次次给自己打气，鞭策自己拼命走下去。

作为一名老师，我感到惭愧，因为我从他身上学到的远比我教给他的要多。

被人讨厌并不可怕

文/陈思呈

哲学家钱德勒说一切烦恼皆源于人际关系，有时候觉得这真是一件悲哀的事。日本诗人小林一茶写出了无数清丽绝俗的俳句，诗句里，竟然有这么一句："飞雁们，咕哝咕哝地，聊我的是非吗？"唉，这么诗意的一个人，也担心被传是非。所以，凡夫俗子如我们，担心被非议，被孤立，是再正常不过的事了。

近期孩子在学校里遇到了对他不友善的人，问我怎么办。我并没有很好的办法，却想到了自己有过类似的经历，是在我刚上大学的时候。

那是我第一次离开家乡的小城，到另一个城市生活；那是第一次住集体宿舍，而不是住在家里。我第一次必须24小时与一群陌生的伙伴相处，完全无法确定与她们是否投缘。

我妈对此比我还焦虑。她给我准备了两个巨大的箱子，塞满了她所能想象到的、全部生活的必需品，箱子外面还用油漆写上我的名字。在她的想象中，这些物品可以让我未知的日子尽可能安定。殊不知，这两只庞大的箱子以及箱子上面充满戒备的名字，令室友对我非常反感。我妈甚至在我们宿舍住了一个星期，因为她要亲自感受我将要遇到的所有日常。一星期后，她带着她的焦虑回家了，我却发现，自己被孤立了。

那一个星期是同宿舍七个陌生女生互相熟悉的黄金时光，因为我妈的在场，我错过了与她们互相熟悉、建立情谊的过程。我成为一个局外人，不知道她们这些天关心的是什么，不知道她们如何聚在一起议论辅导员的性格、隔壁宿舍的卫生。人群中往往需要一个异类来作为话题，增加彼此的亲密感，而我，就成了那个异类。

曾经被孤立过，使我能深刻地理解人的心理。我明白了人性的残忍，也就是，人们会因为一个随机的缺点，一个偶然的机缘，就把你踢出局，让你成为人群的对立者；人们需要这种敌意，仿佛一点调料，来让他们的友谊更有味道。我曾经非常害怕被孤立，但后来我回想，被孤立的时候，是我读书最多、工作最有效率的时候。人群是温暖的，但同时也是拖累。被孤立并没有那么可怕，有的人之所以恐惧，原因在一本叫《被讨厌的勇气》的书中写得很清楚："不想被别人讨厌，这对人而言是非常自然的欲望和冲动，哲学家康德把这种欲望称之为倾向性。对于很多人来说，仅仅是被讨厌这件事本身，就是一个可怕的印章，它意味着一种终极失败，你的一切价值很可能因此而归之为零。"

这本书对此提出一个明确的说法：自由就是被人讨厌。当你被某人或者某些人讨厌，这是你行使自由以及活得自由的证据，也是你按照自我方针生活的表现。如果有人讨厌你，那不是你的问题。被他人讨厌的人，客观上也得到了很多的自由：时间上的自由、行动上的自由。我前面说到自己在被孤立时的高效阅读正是这个证明，在高效和高密度的阅读中，有一些抽象的人陪伴了我，他们是书上的人，比身边的人更智慧，他们与我交换着能量，并缓慢地让我意识到，我更大的舞台不在这里。

要在更广阔的天地里寻找自己的位置。实际上，我们每个人都属于多个共同体。如果你在一个集体里被孤立，说明你不属于这个集体，你可能属于更广大的集体。如果在这个共同体里面没有归属感，我们需要做的就是置身事外，寻找更大的共同体。

侠肝义胆，也有无尽温柔

文／夏南年

我窝在被里，打着手电，看过那么多的武侠小说。却没承想，女侠就在我身边。

初中时好友问我想成为什么样的女孩，我想也不想就指着班里一个女生："她那样痞气又潇洒的。"品学兼优的好友当即震惊："为什么？"我双眼冒光地想，因为她们活得像小说啊！路见不平一声吼，看似满腔快意走天下，实则对心悦的人柔情似水……紧接着上课铃打响，我就忘记了这段豪言，后来陆续回忆起三次，居然都是因为奶奶。

说起来奶奶是个勤学苦读的穷家女，十几岁就因家境不好退学了，但这个世道，只要肯认真做事，怎么会过不好一生？她自此去给人洗衣服、宰猪卖肉，后来终于拥有了一份稳定的邮电局工作，所以小学二年级时，我怎么也想不到，她会冲进一群十几岁的少年中，打架！

我至今难忘当时的场景，在一个风平浪静的下午，放学后奶奶提着我的书包，我一边做着武侠梦一边和她穿过假山公园，几声咆哮吓得我差点咬掉棒棒糖。而原本慢悠悠的奶奶猛地转过头，我还没看清是什么情况，她突然大喊："你们干什么呢？"

估计那群男生和我一样都没反应过来，所以我呆呆地看着被围在中间的男生为了躲避拳头跳进水里，在皖北仍旧四五摄氏度的3月天气里。可与此同时，已经60多岁的奶奶突然挥舞着我的书包和她的布袋冲进了那群小恶霸间。她一边狠厉地训斥他们，一边将他们两三个一组打到一旁，有几个不情愿的男生嘴里嘀咕着，可奶奶一抬手，也都乖乖闭上了嘴。不知是因为奶奶年纪大，还是她"拼命三娘"的姿态太过耀眼，总之湿漉漉的男生很快便独自离开了。美中不足的是，我看清了自己遇事想跑的小屁孩样，熄灭了侠女梦。

有了先河，再看奶奶行侠仗义就没那么惊讶了，但她仍能刷新我的胆量。

我上初中时有不少新闻在报道见义勇为者牺牲的消息，去奶奶家吃午饭时我赶紧叮嘱她："你都那么大年纪了，遇到这些事也别动手了。""嗯嗯。"奶奶笑眯眯地点点头，转眼看见《今日说法》里被抓到的坏人，突然皱起眉一声吼，怒发冲冠差点把饭碗都丢出去。任谁也没想到，第二天奶奶就真的去擒贼了。好吧，这么说有点夸张，毕竟亲历者变成了二叔，他一回家就调侃奶奶，跟说书似的描绘奶奶大着嗓门叫"你怎么拿别人东西"，用手拍掉要从小姑娘口袋里掏包的中年人的手，我当即跳起来，"然后呢？""就让那小姑娘以后看紧自己的东西呗。""你不怕小偷袖口里藏刀？"我又后怕又兴奋。奶奶云淡风轻地洗着菜，"那看见有人偷东西总不能当看不见吧？"据不完全统计，奶奶至少阻止过两次小偷作案，提醒过三次不同年龄的人别欺负人，拦截化解过五次陌生路人的争吵和打架……

大概是好事做得多，奶奶一直如大侠般走起路脚下生风，可从爷爷去世起，她的精气神眼看着骤减。好在不久前和她踏青时，她看着百米开外的人要走到满是泥的错路上时，嗓门如喇叭般边跑边喊起来。我突然觉得好笑，心觉她比我还精力旺盛，没老一丝毫。可也忽而难过，小说里没告诉我那些女侠的后来，好怕时间为我写上答案。

我和头发的战争

文/姚金柱

17岁那年，我读高二，青春的印迹在我身上开始有所体现，胡须初露峥嵘，头发浓密乌黑，在激素的作用下汹涌澎湃。我的兴趣在此时发生了转移，从此拉开了我与头发多年的战争。

彼时，F4（四人团体）正在青年群体中攻城拔寨，已呈燎原之势，他们的过肩长发，让男生羡慕不已，这场有关头发的革命风暴开始席卷课堂内外的青年群体。不知从何时起，男生开始蓄起长发，花样多变，造型百出，但大家却小心翼翼地维持着一个度，不越过学校三令五申的仪表红线，又不至于让自己缺少青春的美感。这种恰到好处的拿捏，至少在我们看来是及格的、成功的。如雨后春笋般，各式发型在拥挤的教室内次第开放，与女生过肩瀑布般的长发组成一种头发争鸣的景象。

我多余的青春活力在此时一下子找到了出口。我不再觉得学业繁重、日子难挨，爱美之心被唤醒后，开始一路狂奔。

我的头发浓密且发质偏软，一阵微风吹过，或是在走路的起伏颠簸中，刚刚定好的发型又散乱不堪。它们有着不可拆分和驯化的基因，在我精心摆弄，对着镜子鏖战多时，心满意足地展现自己的成果时，一晃头或是几个来回走动，一切又恢复原样，或呈蓬松状。鉴于此，我一般会借助外力使它们臣服，用清水做辅助，把它们维持在理想的状态。可能是它们见清水太过廉价，在归顺了一两个小时后又回到散兵游勇的状态，害得我只好再次镇压，如此再三，最后难免不了了之，随它们去吧。

自那以后我踏上了毛碎的探索之旅。我忍饥挨饿，怀揣着节省下来的五元钱来到镇上的一家理发店，向店主说明来意。店主一副胸有成竹的样子，拍拍手便开始工作。但事实证明，这只是一场美好的希冀。在我表达不满，理发师二度修剪之后，我顶

着平头造型悻悻而归。

鉴于此，我唯一的希望只能寄托在母亲身上。事实上她并未学过美发，只是在我们兄弟二人头发过长时，软硬兼施地将我们按在椅子上，遭受她的"折磨"与"摧残"。当我主动"羊入虎口"，求母亲帮我剪毛碎时，她先是一脸惊诧，继而果断摇头。一是她不明白毛碎为何物，无从下手；二是我年龄渐大，已不再是那个俯首帖耳、唯命是从的孩子，一旦理得不如意，难免母子怄气。

她找来邻村的大伯——他是一个老剃头匠，平常专门帮村里人剃个平头或光头之类。我竭力表达自己想要的效果，可那把推剪在他手上总是不听使唤，并一直朝着反方向用力。场面一度中断并僵持不下，母亲很是过意不去，但碍于大伯在侧，又苦压怒气不好发作。我看着镜子里不伦不类的头发，愤然说了句"还不如光头好看"。谁知听者有心，竟把气话当成真话，三下五除二……光头对他来说太过得心应手。

周一当我顶着锃光瓦亮的脑门出现在教室时，全班一阵哗然。大家仿佛发现了一个瑰宝，眼神齐刷刷地射向我。有的架不住光头的吸引力，伸手抚摸，体会手感。我仅剩的一点自尊在泰山压顶的舆论攻势下荡然无存。从此我又多了一个外号"卤蛋"。直到两个月后，头发再次及耳时，"卤蛋"的外号才逐渐式微。

直至高中毕业，我再也没有勇气去尝试新的发型，只能尽量保持它的原生态。

现实版《狼图腾》："红衣姑娘"与她的36只狼

文/玉琴

草原辣妹去养狼

在快手网很火的"养狼的姑娘文静",真名叫杨文静,1993年出生在内蒙古阿巴嘎旗别力古台镇。

2017年5月,杨文静在草原上遇到了两只流浪的小狼,它们不到两个月大,看上去又瘦又丑,眼神懵懂。杨文静知道,如果不管,它们将很难成活,于是就决定"收养"它们。

恰巧,那时杨文静供职的旅游公司要与一家狼园合作,杨文静是个喜欢探索、热爱自由、野性狂放的姑娘。于是,她主动请缨去养狼。

后来,女孩通过牧民的帮助"收养"了一些流浪的小狼。杨文静说刚养小狼的时候有一只不吃东西,把食物塞到它嘴里都会吐出来,后来她每天都站在笼子门口和狼说话,说话时看着小狼的眼睛。

杨文静想通过眼神的交流,让小狼慢慢与自己熟悉起来。经过一段时间,小狼放松了警觉,觉得杨文静对自己没有危害,逐渐对她信任起来,也开始吃东西了。

为了与狼亲近,杨文静可谓费尽心思。她把自己跟小狼一起关在笼子里,整天低头弯腰,也由此患上了颈椎病。胜任这份工作后,渐渐地觉得自己和狼相处很融洽,为与狼亲近,就索性从旅游公司辞职,专门来养狼。

因为担心被圈养的狼失去原有的野性,她还会带它们去野外练习捕猎,别人都是遛狗,她遛的是狼。虽然狼也喜欢和她接近,但它们毕竟是一种凶猛的动物,所以,每天与狼共舞,被误伤、咬伤难以避免。

有一次,杨文静外出遛狼,对其进行野化训练,由于附近正在施工,她怕狼受伤,想去阻止狼进入这个区域,明知道从后面抓狼很危险,但由于心里着急还是从后面抓了狼,狼受到惊吓,回头一口咬在了杨文静的右手手背上,她的手当时就肿胀出血。幸好狼认出了她,没有造成更严重的伤害。

"红衣狼主",步步惊心

平时回到家里,杨文静总是报喜不报忧,常常给家人讲她跟狼之间的趣事,主要怕爸妈担心。但2017年11月发生的一件事,还是被父母知道了。

那天,杨文静像往常一样进狼窝喂食。当天她穿了一身新制的蒙古袍,袍子在牧民家沾了点羊膻味。进狼窝后,一只狼闻到膻味便围着她转,突然咬住蒙古袍子的下摆直往后蹬,拉着她走出好几米远,最后向前一扑,一口咬在她的大腿上。

身边的人顿时被吓得目瞪口呆,那一刻,杨文静疼得泪水在眼眶里直打转,她回头狠狠捏住狼鼻子,狼被捏疼了才把嘴放开。有趣的是,没顾上看伤口,文静把那只狼摁在地上,像训小孩似的说:"你个白眼狼,咋能咬我?"说了一会儿,疼得实在不行才放开狼。

不过,杨文静没去医院,回到家一看,大腿上一处食指长的咬痕,没有流血,狼牙的力道被两层裤子与一层蒙古袍子的布料抵消,留下了十来厘米的青黑色瘀青,养了40多天才完好如初。得亏是在冬天,如果发生在夏天,后果简直不堪设想。

有一次,有一只狼走丢,杨文静和她的朋友在覆满白雪的野外找了两个多小时才找到。养狼付出那么多,又危险又累,其实杨文静也无数次想过放弃,但是每当看到狼远远地跑过来对她亲热的样子,她觉得简直太温暖了!所以就非常舍不得,还是想继续养它们。

杨文静说,其实狼的感情也很细腻,有时候不小心把她抓伤或咬伤后,会像个犯了错误的淘气孩子一样,流露出不好意思的肢体动作或表情,这让她忍俊不禁。

因为杨文静爱穿玫瑰色连衣裙或红色蒙古袍子,所以当地人就给这个大眼睛、身材修长的姑娘起了个雅号——"红衣狼主"!

收获300万粉丝,
成快手最吸睛网红

在由36只狼组成的狼群里,头狼拥有先享用食物的权利,其他狼会主动退让。尽管杨文静堪称"美女狼主",她却没跟狼群抢过食物——因为没必要!但狼口夺食的事她经常干,比如喂食时有的狼抢到的肉多,她会从狼口中抢下一些,分给别的狼。

两年前,有游客把杨文静养狼的一个小视频放到网上,没想到点击量高得惊人。后来,在朋友们的怂恿下,她开始把自己与狼共舞的生活不断发到快手上,目的无非是想让人们更全面地了解狼。

从此,每天下午1点,杨文静打开快手开始直播喂狼。泥土上结了薄冰,室外气温低于零下20℃,文静冷得直吸鼻子,脸颊冻出高原红,颜色深得美颜滤镜也无法掩盖。

平时她也经常带狼群上山,让狼熟悉一下周围的自然环境。狼群里的大狼也会给小狼做一些示范,教它们一些捕猎技巧,比如捕捉野兔、草原鼠等草原破坏性动物。

杨文静说,这不仅能提高狼的野外生存能力,同时,如果狼长时间待在一个狭小的空间内,彼此的攻击也越厉害,这样可以避免它们打架。

文静的视频下从不缺护狼群众。有人质疑她到底能不能对付狼,也有人说为什么有时候看上去,她对狼很凶。杨文静觉得委屈,她说自己教训的大都是咬人或向同伴发起攻击的家伙。听闻过太多狼因打架造成伤残或死亡的故事,她不舍得狼受伤,才教训先发起攻击的狼,为了"让它明白这是错的"。

杨文静敢于徒手掰开狼嘴,感觉累了就放空自己,她有时干脆和狼一起在草原上打个滚儿。更逗的是,狼挨骂时要立正,挨打时要站好,更令人啼笑皆非的是,狼被打完屁股,还会直接坐到她身边撒娇呢!

危险的职业加上高颜值,到2019年春节,杨文静有了300万粉丝,在内蒙古,这约等于首府呼和浩特的总人口。能成为快手最吸睛的网红,这是她做梦都没想到的。

在电影《狼图腾》里,人和狼之间的温馨,以及小狼格林重返狼群的故事,给杨文静留下深刻印象。受此启发,女孩现在的狼园,也加入了内蒙古野生动物保护协会。她说,待条件成熟时,将在野三坡建立"野狼谷",让狼群回归大自然。

和巴菲特共进午餐值不值

文/江山

一顿饭到底有多贵,这事儿似乎一直是被巴菲特定义的。"巴菲特午餐"竞拍每年刷新纪录,今年被来自中国的孙宇晨夺得,456万美元(约合人民币3153万元),创下拍卖纪录。竞拍收入全部捐赠给慈善机构格莱德基金会。对于这顿饭来说,盘子里装的东西本身并不算贵,竞拍成功者可以带7位朋友到巴菲特"御用"餐厅史密斯·沃伦斯基牛排餐馆用餐,菜单上有59美元的冷水龙虾,也有49美元的牛排。无论是饭桌上坐着的人还是我等看热闹之人,都心照不宣地知道,这顿饭吃的绝对不是饭本身。

早期竞拍巴菲特午餐的大多是"巴菲特迷"。从中国商人下场搏斗开始,巴菲特午餐见证的,更像是一场从"粉丝经济"到"网红经济"的华丽转身。每年巴菲特午餐竞拍都能自然集聚目光——巴菲特在中国"封神"时,就连还是个中学生的我,都慕名买了《巴菲特投资学》。每顿午餐的竞拍都成为万众瞩目的焦点,还有什么比得上这块"天然广告牌"?

2006年,创办了小霸王和步步高的段永平拍下下一年的巴菲特午餐。他为了这次会面,一直在与巴菲特通电子邮件,同时苦练英语。巴菲特也没辜负他的良苦用心,把会餐时间足足拖了3个小时,才结束这顿在当时号称天价的午餐。相比于段永平,号称中国"私募教父"的赵丹阳早已准备好3份"套路"——送给巴菲特东阿阿胶和贵州茅台,拿出十几本《滚雪球:巴菲特和他的财富人生》请他签名,还拿出自己当时持流通股最多的物美商业年报请老人家过目。

巴菲特在饭桌上开什么灵丹妙药,都不及巴菲特本人这剂药方有用。

赵丹阳吃完这顿饭,不出半个月,手头持有的股票就涨了1.5亿元。不过这也让巴菲特不得不再立下一个规矩:午餐期间不得讨论个股。老爷子划定的禁区,并没有削弱这顿饭的价值。赵丹阳在吃过那顿饭后模仿巴菲特每年给股东们写一封信。

与巴菲特吃完第二顿饭后,事业小有成就的吉姆·霍尔柏林在8年后也搞起了自己的慈善午餐。基金经理盖伊·斯皮尔写起了个人的成功励志学《与巴菲特午餐时,我顿悟到的5个真理》。

这是一顿共赢的午餐,竞拍者获得名气,基金会获得捐赠。就连餐厅也不例外,他们为此每年要向格莱德基金会捐款1万美元,并为午餐会免费提供食物,而收获远超于此。

与国外民众单纯看看热闹相比,拍下巴菲特午餐的中国商人从一开始便开启了骂声与名声"齐飞"的新模式。13年前,段永平活生生把竞拍价格拉高了一倍,被怀疑中了"中国溢价"的套路、捐赠流向国外"罔顾同胞",他只能尴尬地解释在这个年龄自己比巴菲特捐得多。

等到两年后,赵丹阳再出高价时,已少有人质疑他的一掷千金,只是怀疑他在赴宴前所持股票价格涨落之诡异,像是设好了一个局。2015年朱晔凭新出的"天价"让旗下公司在股市上昙花一现,如今更是因巨额亏损面临着证监会的调查问询。争议成了巴菲特午餐中不可或缺的调味料。拍出超越20年前第一顿午餐价格182倍价格的孙宇晨,招来的争议比之前的中国商人更甚。这名90后币圈"红人"自然深谙网红经济的吸睛大法。

每年水涨船高的价格,都能让前一年的竞拍者心有余悸地拍拍胸膛:我们拍的午餐还不算最贵的。最值得偷着乐的,恐怕还是在竞拍开始的第二和第三年,仅花了4.5万美元就获得与巴菲特两次共进午餐资格的吉姆·霍尔柏林和斯科特·蒂尔森。不过在当时,他们也被人吐槽太过疯狂,如今他们在媒体上说:"毫无疑问这是我们所有人花得最聪明的钱。"

不向命运低头的"岩洞女孩"

文/谢洋 赵梦琪

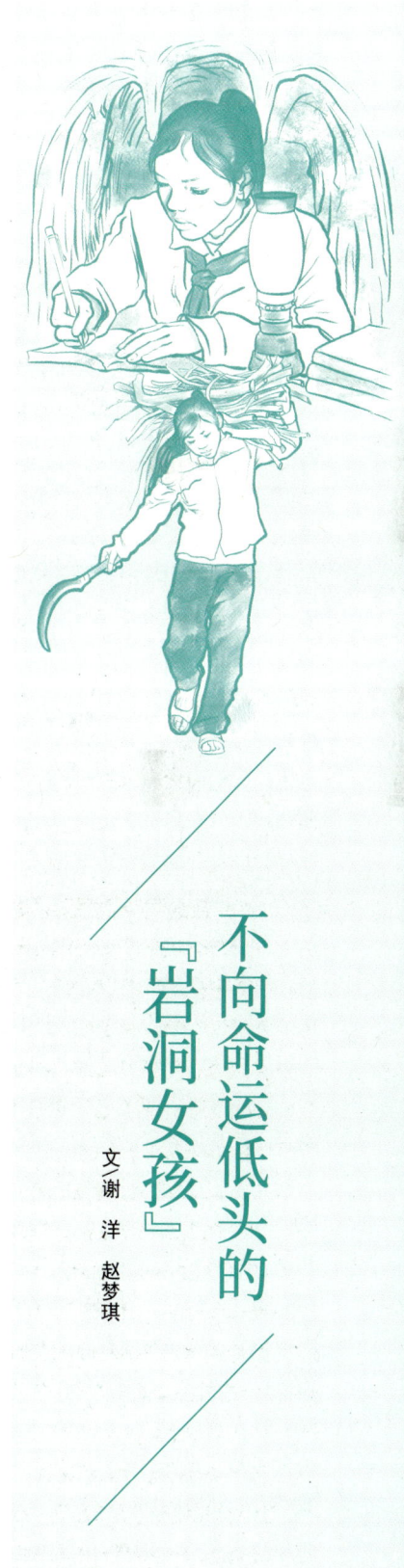

广西壮族自治区恭城瑶族自治县莲花镇崇岭村孔里屯，有一个被人称为"岩洞女孩"的姑娘李居香，她有着一段同龄人难以想象的成长经历。

李居香出生时，她的家在一个几平方米的天然岩洞里，一块凸出来的巨大石头就是屋顶，旁边是用土砖垒起来的一道墙，所谓的床就是几根木头架在一起。石头与地面之间的空隙，则是这个家的厨房。

之前，由于地质原因导致老房子倒塌，李居香贫困多病的父母无力承担修复费用，只好带着家人搬到村旁的这个天然岩洞里居住。从出生起，李居香在这个阴冷潮湿、蚊虫遍布的岩洞中生活了约8年。

李居香是在8岁那年搬离岩洞的。和岩洞内一贫如洗的生活相比，2006年这个家发生的重大变故，才是对李居香真正的考验。那一年，她的父亲突然离家出走，原本有轻微精神分裂症的母亲因此病情加重，家庭的重担一下子落到姐姐李居凤和6岁的李居香身上。

从那时起，李居香学着洗衣做饭，挑水砍柴。在那个年代，村里还没有专项扶贫资金。赵进忠通过卖腐竹、发动爱心人士资助，想方设法为这家人筹集资金。2010年，在村委和热心村民的帮助下建起三间瓦房，母女三人终于有了属于自己的"家"。

直到现在，李居香还清楚地记得从村委会办公房搬到瓦房时的情形。

因为家庭的原因，李居香直到9岁才上小学。去学校读书是让她感到快乐的事。2011年，姐姐嫁到邻村后，家里唯一让她放心不下的，便是孤身一人的妈妈。

念小学和初中时，因为不住校，李居香每天回家后第一件事是给妈妈煮饭。生活的贫困让她从小学会珍惜粮食。每次煮饭，她先将锅里的剩饭盛出来，洗锅时再小心地将沉在锅底的几粒米饭抠到盛饭的碗里。冬天吃不完的萝卜，她会将根和叶除掉，挖个洞贮藏起来，等到来年再吃。

"我从来没有羡慕过别人的家庭，我家物质上贫穷，但更多的是精神上的财富，因为它们让我变得更加坚强。"李居香说。

从小，李居香的学习成绩就在班里名列前茅，获得过的各类奖状有30多张，还在全国中学生作文比赛中得过奖。李居香说，她姐姐从前学习也很好，但因为家里贫困，读完小学就不得不辍学了。和姐姐相比，她能够一直念到高中，将来有机会考大学，是幸运的，因为她懂得"知识可以改变命运，只有努力学习，才能改变命运"。

成长的过程中，李居香一直得到村委干部、老师和社会爱心人士的帮助。在同学的眼中，李居香也是个乐于助人的人。

李居香打算念完大学后做一名老师，帮助更多的孩子。目前她唯一担心的是以后去外地读书了，妈妈没人照顾。"但无论如何，我现在必须努力。俗话说，船到桥头自然直，到时候肯定会有办法的"。

1991年的少女,今年依然24岁

文/林一芙

曾经有段时间,我和我妈的关系很差。那是刚刚上高中的时候,青春期撞上更年期的互不相让,在我们家愈演愈烈。

那时我妈刚40岁出头,突然变得很怕老,每天对着镜子担心自己的眼角纹和皮肤的松弛。年岁还小的我并不能理解女人意识到自己老了是一瞬间的事,只觉得她越来越啰唆,还喜欢怀旧。

我妈年轻那会儿,台湾的偶像剧在大陆风靡一时,尤其是"琼瑶剧"。可是到了我懂事的年纪,琼瑶剧已是老旧的回忆。

我背着我妈偷偷地买了电卷棒,自己在家卷头发。一次,因为技术不精,烫到了后颈,留下一块黑疤。当时疼得不行,只能拜托我妈去买药,被我妈大骂了一顿。我们的母女关系陷入一种死循环——我觉得我妈所谓的流行早已过时,而我妈认为我现在关注的东西都是糟粕。

当时我们班转来了一个长得很好看的男生。我每天回家嘴里就像长了个漏勺似的,不经意间说出一些关于他的信息。比如说,物理课我们两个被分到同一组了,或是化学课时我们一起做实验了。这些都被我妈看在眼里。有一天,她假装不经意地问我:"你天天说的那个男孩子,到底长什么样啊?"我吓得赶紧矢口否认,但这给了我一个很好的借口,我以"我妈想知道你长什么样"为由,约了那个男生去拍大头贴。我兴高采烈地拿去给我妈看。那段时间,我和我妈的对话奇迹般多了起来。她边看边说起高中时喜欢看琼瑶的书,常在语文课上偷偷地放在膝盖上看;她说高中时想嫁给海军;她说她上学时邓丽君的歌是被禁的,可是几个女孩子还是忍不住跑去邻居家偷听。"我当时就想,世界上怎么会有这么好听的歌啊!"她陶醉地告诉我。这一刻,我和1991年的少女彼此遥望,甚至忘记了她是我妈。

她还破天荒地谈起和我爸的相识。那时候,农村的各方面都比不上城里。虽然外婆外公不是迂腐的人,但我妈还是同家里拉锯了一阵才得以顺利地同我爸结婚。婚礼接亲的那天正好遇上下雨。村里没有铺路,她一个人走在泥泞的路上,听着沿途的风言风语,抱着在城里租的西式婚纱的大裙摆,硬生生把眼泪憋了回去。长久以来,我都习惯于母亲生来就是母亲。我将我妈年轻时喜欢的东西全部归为迂腐、老旧。我以为她不懂爱,我以为她没有过青春,却没想过曾经的她甚至比今天的我还要勇敢。

我发现了一件我从未发现的事:原来我妈是可以了解我的。我开始同她分享一些私密的少女心思,包括那个男孩子。开家长会时,我听到我妈央求老师把我换到中间那列,说是发现我总在斜着眼睛看黑板。我羞得斜眼看她,她却一扭脸狡黠地坏笑。

或许,光影存在的意义就是让我们跨越时间和地域,去了解自己生存维度以外的人与事。我开始感觉到,我妈的过去就在我的身体里滋长,只是以一种不一样的方式和状态。1991年坐在电视机面前幻想着未来的少女,变成了如今的我。我和男孩最终也不过是止于友情。后来在同学聚会上,我们谈起这一段,都觉得那时单纯得可爱。

孩子你可长点心，这条路上不能睡

文/小花

上高中那会儿地铁6号线刚刚修好，我上学的地方在东大桥，地铁站几乎就建在家门口，于是我爸心安理得地卸下了送我上学的重担，让我每天自己坐地铁上学。

年轻的孩子看上去朝气蓬勃，实际上一身懒病，早晨出门的时候还能忍耐一路上的拥挤颠簸，晚上放学的时候就开始打起自己的小算盘。我们高中活动多，平时是四点半放学，赶上要组织社团活动什么的，出校门就得七八点了。6号线建得有水准，CBD（中央商务区）横向

穿堂过，早晚高峰的人流宛如被强行塞进铁笼的鸡鸭。

为了避免这前往屠宰场一样的路途，我和同一个社团的女生商量好，每次社团活动以后拼车走。因为彼此的家住得近，所以正好顺路。晚高峰的出租车不好打，迫于形势，有时候我们也会坐私家车。那会儿说得不好听点叫"黑车"，不过我们遇到的都是很有礼貌的车主，加上又是结伴而行，所以也没有感觉有危险。

直到有一天，我有事先走，那个女生自己打车。

那天她还是七点多从学校出门，站在路口准备打车。那时候手机在打车这件事儿上还没有什么实质性的突破，大家都是站在路口拦。她本来想打个出租车，结果呼啸而过的都不是空车。于是就上了路边的一辆私家车。她说当时还是有点担心的，不过想着独自坐车也就这么一次，肯定不会这么巧一次就出事儿。加上我们平时走的路线都是人多车多的路段，这么大个北京城，监控探头处处有，我们又没有住在远郊区县，所以更是没什么好担心的。

她上车以后就开始玩手机，玩了一会儿觉得有点困，就抱着书包准备眯一下。其实她并没想真睡，她起初只想闭眼休息一下。可是没想到最后真的睡着了！而且当她醒来的时候，发现自己居然在一条不认识的路上！周围的车看起来没有很多的样子，行人也很少。

她吓了一跳，赶紧盯着司机看。她说司机是个中年男子，话很少，自己还是个学生，而且从体格上看自己也不是很能打得过他的样子。

我同学这会儿也不知道哪儿来的勇气，居然开始表现得十分淡定。她给她妈打了个电话，这会儿她肯定一点都不困了，但是仍然装出一副很累的样子。她跟她妈说我困得都要睡着了，咱俩聊会儿天吧，不然就真的要睡着了。她妈似乎也听出了一些不对，所以并没有挂断。

我同学说后来司机似乎七拐八拐，最后又回到了她认识的路上，她于是就跟她妈说，自己现在到了×××，很快就要到家了，然后挂了电话。

后来等她到了目的地，司机给她报了个价钱。她脸上堆着笑，直接给了张50元的，说完"不用找了"以后拔腿就跑。

"好在只是趁我睡着绕了点远路坑我的车钱。"我同学后来拍着胸脯说。我说："那你当时怎么不等他找你钱？"她说："我害怕啊，我怕他回头再掏出把刀来。"

不过后来她说，她觉得她妈说得很对，即使你对路再熟，一个人打车的时候，尤其是女孩子，千万不能睡着。人行天地间，劫财害命难免会遇到一两次，时刻长点心，安全常相伴。

我的狼人生活

文/[英]肖恩·埃利斯
译/孙开元

我从小就对狼有一种发自内心的恐惧，直到长大了一点，在动物园里看到了一只狼，我才知道，真实的狼和我从书、电影里看到的有着多么巨大的差别。

我在英国诺福克郡一个小村子里长大，从小就对大自然和野生动物感兴趣。20多岁时，我读到美国自然学家列维·霍尔特的一篇文章，他建立了一个狼研究中心，我心生一念："那里正是我想去的地方。"

我卖掉了自己所有家当，攒够了机票钱。到达狼研究中心后，他们让我当了一名初级生物学家，教我怎样跟踪狼、收集和狼有关的各种数据。我忍不住疑惑："一个人能成为狼群中的一员吗？"如果真的能行，那么我获得的信息就很有说服力了。

一年后，我走进了荒野。第一次近距离看到一只狼时，我和狼相距不到30米，在那一刻，我的所有恐惧很快变成了敬佩。

我待在一片狼的领地里，从远处可以看到，两只狼在照看着它们的孩子。很快，这个狼的家庭开始对我信任起来。我日夜和它们生活在一起，我吃着它们吃的东西，多数时候是鹿肉和麋鹿肉，或者水果和浆果。我从没嫌弃过狼给我叼来的食物，我的身体也很快适应了新的饮食习惯。现在说起那些，很容易想：多么恶心的食物。可是，如果你挨了一个星期的饿，那些食物就成了美味。

我不会打猎，但是我很快学会了照顾幼狼。我和狼的一家一起待了一年多，我看着幼狼一天天长成了成狼。和狼生活期间，我有一种强烈的归属感。

与狼相伴的时候，我看不到一个人，人们都生活在我身后的安全区，我有个联络地点，感觉遇到危险时可以去留下纸条。

我只有两次真正感到了害怕。一次是，所有的狼都在吃东西，我吃错了肉，因为谁吃猎物的哪个部位，是有严格的等级标准的。因为我吃错了肉，一只狼在几秒钟之间扑向了我。它把我的整个脸都纳入它的口中，开始使劲咬。那一瞬间，我认识到了自己的生命是多么脆弱，而那些狼平时对我又是多么克制。

另一次危险是，我想去一条小溪喝水，一只狼死死拦住了我的路，它朝我咆哮，龇着獠牙恐吓我。我想：我今天死定了，它打算咬死我。过了一个小时左右，它舔了舔我的脸，我们一起到小溪喝起了水。此后不久，我在小溪边发现了熊的脚印和粪便。这下我明白了，狼是在保护我。更重要的是，我的脚印可能会把熊引到幼狼身边，所以，狼那样做也是为了保护它的孩子。

后来，我不得不离开狼的领地了。在那样一个环境生活，人的寿命都可能会缩短，我觉得是时候返回人类社会了。回到人的世界中，我感到了巨大的文化冲击，但是我知道，我获得的关于狼的第一手资料对我们的研究具有重大意义。

现在，我在德文郡开了一家发展中心，保护野生的和被猎捕的狼，并且给人们讲述狼的相关知识。我想以自己的亲身经历让人们知道，狼不像我们想象中那样凶残无情，它们也是一种平和并且可以信赖的动物，它们把自己的家庭放在第一重要的位置，这一点，不值得我们学习吗？

认输你就赢了

文/大冰

我也爬雪山,如果自我挑战算是一种自我征服的话,那我至今都拥有征服的心态。我看不出这种征服的心态有什么不好,而且我坚信鸟人鹏鹏也未能免俗。

他说:"你要是愿意听,我就给你讲一次失败的登山。"

他给我讲的是一座海拔5588米的雪山。

攀登雪宝顶

《松潘县志》云:"晴空森玉笋,瘦动插天根。倘毓中原秀,应居五岳尊。"说的就是海拔5588米的雪宝顶。此地位于阿坝藏族羌族自治州松潘县境,是岷山的最高峰。

鸟人鹏鹏那次登山的同行共15人,他是领队。除他之外,其他都是菜鸟户外爱好者,基本没什么高海拔登山经验。

前往C1营地的800米陡坡,鸟人鹏鹏预计不超过4个小时就可以走完,但实际上,背着大包的他们用了五六个小时。坡太陡、雪太厚,他们大多数时候都在悬崖边缘行走。悬崖边貌似危险无比,但只要不起大风,只要稍微小心,就不会出什么问题。这段路最难的是体力分配,连着6个小时的运动,人会经历几个体能的极限。

近6个小时后,他们到了山脊的营地。

暴风口扎营

说是营地,实则总共不到10平方米,是前面无数登山者在陡峭山脊上一点点开辟出来的小平台,最多也就能搭3顶帐篷,人进去勉强能躺平。

风很大,帐篷几次差点儿被吹飞。搭好帐篷进到里面后,大家都不约而同地沉默了。一层薄薄的布外,是越来越肆虐的狂风和越来越大的雪片。风吹到半夜,稍微停歇了一会儿,然后更猛烈地来袭。能见度变得不到20米,原定的冲顶计划被迫放弃,但谁都没提下撤。上山容易下山难,现在下山是百分之百找死,所有人只能窝在帐篷里继续等天气好转。不少人的初期高原反应开始加剧。

鸟人鹏鹏躺在帐篷里,看着手表,度日如年地一秒一秒数着秒针。

一点点认服

下午,风稍停了,他喊上副领队,两人将装备穿戴完毕,走出帐篷。鸟人鹏鹏说:"我想往上再试试。"副领队没说什么,捣了捣他的肩窝。

他们小心翼翼地在雪深至大腿的山脊上用岩钉固定路绳,慢慢往上爬。有时风雪刮来,手套根本不管用,手冷得刺骨地疼,那意味着手会冻伤。

有一个小时的时间里,鸟人鹏鹏和副领队被困在一个鼓起的雪壁前,风雪竖着吹、横着吹,死活要把他们从60度的平面处揭下来。

他用尽力气冲高处喊:"好吧,我服了……"

他们用了两个小时撤回C1营地,瘫倒在帐篷前。

有队员问:"我们该怎么办?"

鸟人鹏鹏望着雪宝顶说:"放弃吧。"

两天两夜的风雪围困后,此次攀登最终停留在距离顶峰200米的位置。所幸,下撤的间隙回头望去,纯净的高原阳光赐给了他们最壮丽的雪山美景,美得完全不像人间。

鸟人鹏鹏说:"当时越往下撤,心里反而越平静,没有理所应当的遗憾和惋惜,是真的有点平静。"

"我从那次起才真正学会去接受并承认一点失败,也开始慢慢明白一个道理:实在没必要去征服什么。"

"怎么都是一点一点的?"

他呲着嘴说:"要是一下子都明白透了,那还活个什么劲儿啊?"

我的补课史

文/陈思呈

我上初中的时候还没开窍，整个人都是稀里糊涂的，经常逃课，上课不听讲，和同桌小夏窃窃私语。

上初一和初二的时候，我的成绩虽然很差，但是我和妈妈都没往心里去，毕竟离中考还远。到了初二下学期，我的成绩仍然没啥起色，我妈才开始意识到问题的严重性。于是她决定，得对我采取行动。

她去求老师们给我补课。她首先从英语和数学入手。我的成绩差，英语老师本来就对我反感，听到要给我补习，第一反应当然是拒绝。我妈并不轻言放弃，一连几天，晚饭后她迅速做完家务，便提着一袋水果出门，去英语老师家里坐着。总之，我妈去英语老师家坐了几个晚上之后，英语老师终于同意帮我补习。

英语老师是个年轻的女老师，她是对自己要求很高并且对别人十分严厉的人。她第一次给我补习，讲课前开章明义，先对我冷冷地说了一句："我要是有你这样的女儿，一定得少活10年。你妈真可怜，为了你，天天用热脸去贴别人的冷屁股。"

英语老师的态度让我对这场补习的效果十分悲观，我每次补习前都如临深渊，但又不敢对我妈说我不去，更不敢跟我妈复述英语老师说的话。

而我妈呢，已经马不停蹄地开始巴结数学老师了。数学老师是一个又帅又幽默的中年男人，颜值和智商双高。他上课的时候仿佛舞台上的指挥，似乎知道什么时候可以让我们哄堂大笑，什么时候可以让我们肃静。我也很喜欢他，可惜和英语老师一样，他也拒绝了我妈的请求。

我妈久经沙场，怎么会被一次拒绝打倒？终于，数学老师同意帮我补习，并且坚持不收补习费。才补习了两三节课，我的数学成绩就突飞猛进，事实上当然是由于数学老师的个人魅力而间接激发了我对数学的兴趣。

中考的时候，我的数学考了114分（满分120分）。这个好成绩让我意识到，我是有一定的数学潜能的；也让我意识到，自己的智商是受情绪控制的。

我妈搞定了数学老师之后，又逐一攻克物理、化学老师，连语文老师也不放过。

可是不要指望我从此变得懂事。尽管每一天都奔波在去补习的路上，但我还是忙里偷闲地、时不时地逃一下课。有时候我不但自己逃课，还要拉上同桌小夏。有一次在学校后面的山上，小夏说："你可能就是英语书上说的luckydog（幸运儿）。"我惊问："为啥？我成绩不好，长得也不漂亮，灰头土脸的，有什么幸运的？"她的眼睛突然红了，说："我很羡慕你有这样的父母。"

小夏家是卖音响的，每天晚上她都在震耳欲聋的音乐声中写作业，她家附近还有一个舞厅，每天都要喧嚣到深夜。她很想取得好成绩，只是为了可以考到外地去。但她长年生活在嘈杂的环境中，得了神经衰弱，成绩不尽如人意，而她父母则认为成绩自有天命，不能努力也不必努力。

小夏心思细腻并有很强的自尊心，那天她的一句话突然让我看到自己之前没有看到的一些东西。那可能是我记忆中第一次意识到命运这东西。

我们的命运后面都有家庭的链条。但我们生来就只能接受，并积蓄着自己的力量。也许在一生里的某一天，也许就是在今天，我们着手修改。

姑娘,你努力的样子真美

文/猪小浅

其实我从未想过有一天,会成为一个卖文为生的写作者。

很久很久以前,我有一个当记者的梦想。心怀天下,悲悯苍生。大概在十几岁小女孩的眼里,靠一支笔来给普天之下的百姓伸张正义,是件很酷的事。所以与其说是理想,不如说是情怀。

但并非每个人都能幸运地买到通往梦想的机票。阴差阳错,我没能去成想去的武大,也没能读到新闻专业。而我能想到的,最有效也最直接的办法是考研。

2009年3月,我坐上开往武汉的绿皮火车,抵达传说中的大学时,这座城市飘起了雪花,而我站在珞珈山下,内心久久不能平静。吃完一碗热干面,我告诉自己,我一定会来这里。可实际上,我终究第二次与武大擦肩而过。因为跨专业,我在专业课上倾尽全力,最终一向擅长的英语让我与梦想失之交臂。

那是一段黯淡的时光。武大和武汉的热干面,成了心底的伤。

我是带着满腔的失意,来的上海。第一份工作,是在一家协会做网站编辑。工作有点枯燥,也有点乏味。最绝望的时候也会想,人生为什么会这样难?但是好在,我还有文字。

有天当我翻完图书馆里的杂志,开始摸索着投稿。这个世界上有些事,如果不试水,你永远不知道会有多精彩。人生中收到的第一笔稿费是140块。有点少,却给我打开了一片新的天地。

说到上海的时候,我时常想起的却是986路公交车、卢浦大桥,以及寸土尺金的淮海路。淮海路上的服装店,淮海路上每天在排队的光明邨,还有淮海路上永远漂亮的灯光和匆忙的人群。

986路公交车,从浦东三林出发,经过卢浦大桥,终点站在淮海路。后来,在我很多故事里,写过淮海路。而我上班的地方在雁荡路,旁边是复兴公园。我在那里待了四年。

有无数个早晨和黄昏,我坐在986路公交车上问自己,这是我想要的生活吗?

答案是否定的。

于是2014年6月,我辞职做了自由撰稿人。那时的我时常感慨,写稿这件事要是早点开始就好了,我真的开始得太晚了。可是,起点晚了,还有拐点嘛。

我毅然在纸媒式微的环境下辞了职。一心一意地和自己,和文字死磕。因为对文字的热爱,我觉得每天都是鲜活的,每天也是真正属于自己的。当然,也有写得很绝望的时刻。但因为心底有着对文字近乎执着的热爱,最终还是一点点坚持了下来。

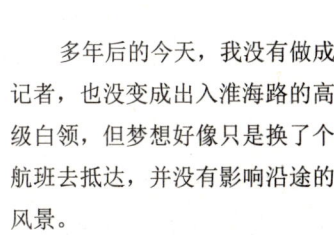

多年后的今天,我没有做成记者,也没变成出入淮海路的高级白领,但梦想好像只是换了个航班去抵达,并没有影响沿途的风景。

这一路山高水长,我走得跌跌撞撞。闺蜜问,偶尔会不会很遗憾,我们都没活成当年梦想的样子。我回她,可正是当年那个梦想,让我们活成了自己想要的样子。

成长这件事,道阻且长,没有谁能够一路芬芳。我们不再是18岁的小少女,但如果心底还有爱,还有梦想,那就还是自由自在的老少女。

藏在校园里的小食光

文/皮卡修

在吃过很多很多次饭，聊过很多很多次天之后，我们要先互道一声珍重，然后等待着下一次的重逢。

我所在的高中是住宿学校，在苦闷的学习生涯里，唯有美食和爱，不可辜负。

校园虽小，美食倒不少。刚成为一个捕食新手的时候，食堂是我们的美食重地。

学校刚开始有两个食堂，后来食堂老板发现我们这帮新来的菜鸟太能吃了，每次开餐都要大排长龙，供应不过来，于是挥挥手宣布再开一个小食堂，就在一食堂隔壁的铁皮屋里弄了个汤粉摊位。下雨天时，在汤粉摊位吃饭最为享受。多小的雨，砸在铁皮屋顶上都是"噼里啪啦"的脆响，吃着热乎乎的粿条，喝一口鲜美的清汤，听着群雨和铁皮的交响乐，"噼里啪啦，噼里啪啦"，明明挺吵的，却让人的心都安静下来，不知不觉就放松了整个身心，疏懒起来。

早上起来，和大胖相约食堂，与学习奋斗的一天，是从第一碗香喷喷的粥开始的。

高中食堂的粥实在好得没话说，物美价廉，一个碗比大胖的球脸还大，吃完十分饱、十分满足。大胖作为我的好饭友，是我最崇拜的一个吃货。只有她想吃的，没有她不能吃的。我曾信誓旦旦地对大胖说："等我当够了瘦子，一定要敞开肚皮吃成个胖子！"记得我说这话的时候，大胖用她特有的眯眯眼瞥了我一眼，然后面无表情地继续喝她的第二碗皮蛋瘦肉粥。

学校门口就是一条小吃街，蒸饭、肠粉、饺子、盖饭……狭窄又拥挤的一条街，什么吃的都有。美食街小吃多，饺子摊是我和大胖的最爱。还没到放学时间，我和大胖已经准备就绪，等待着老师一喊下课，就拎起书包飞奔出校。一盒饺子里五六种馅料，我最爱玉米饺子和菜饺，大胖最爱肉饺和芋头饺子。吃上那样一盒饺子，蘸点老板娘特制的辣椒酱，心口满满都是对这食物、对这世界的爱。

吃遍了小吃街，我们顺便征服了各色外卖。友香、林记、沙县……只要有外卖单，就没有吃不起的饭。衣服可以少买两件，饭可不能少吃两盒，这就是一个吃货最炽热的爱。

在美食街的饭馆和外卖的生意风风火火的情况下，食堂的生意越发萧条。食堂老板越想越觉得不妙，立即跟学校领导们商量对策，这一商量，一合计，领导们大手一挥，直接下达了"闭关锁校"政策，规定时间内，只许进不准出。这才让食堂生意好转起来。

高三的时候，学业变得越来越紧张，就连享受的吃饭时间都变得狼吞虎咽，吃快两秒，就可以多复习两秒。有大胖一起吃饭的时间还是开心地享受着的。

在校园的最后一餐，我们没选择外卖，没选择美食街，就坐在一食堂的长桌上，随便点了个餐。那时候的我们刚考完试，再怎么忐忑不安，都已成定局，只能随遇而安了。那一顿饭菜是什么味道的？好像没什么能回忆起来的。只记得，那一餐是我吃得最苦涩的一餐，没有香味可言。

大胖说："美食诚可贵，友谊价更高。要是没考到同一所大学，我们就互相去对方的学校蹭饭吧！"

我欣然答应。

高中的那些或美好或心酸或委屈的回忆，在时光里慢慢沉淀下来，被时间的河流冲洗过去，只留下一些亮晶晶的记忆颗粒。那些和大胖在一起的"小食光"，继续藏在校园里，等着我们下一次一起回来，再次开启捕食之旅。🍃

外婆的人间告别

文/马海霞

外婆80岁生日那天,自己悄悄跑到小镇上的照相馆拍了一张七寸彩照,冲洗了一摞,给每位子女发了一张,乐呵呵地说:"好好保留着,等我死了想我了,就拿出来看看。"

外婆从不避讳谈死亡这事儿。

外婆的娘家想当年是大户人家,祖上世代银匠。外婆婚后的第二年,家里遭了抢劫,金银细软被洗劫一空,外婆的嫂子当场被吓疯,尚在怀中吃奶的孩子不久也夭折了。外婆的父亲受不了打击,次月上吊而亡。外婆的大哥也因被强盗打伤,半年后病重去世。那年,外婆家死了四口人。

这些都是从外公嘴里得知的,外婆从不提这些伤心往事。

虽然从小富贵,但印象中的外婆很节俭,对四邻亲朋却大方慷慨。外婆常说,自己吃了填坑,别人吃了传名。外婆没上过学,但嫁了当教书匠的外公,说话也变得文绉绉的,明事理,通人情世故,是要强的女人。

外婆86岁那年得了肠癌,后期肚子疼得受不了便注射杜冷丁,儿女轮班照顾她。我家和外婆同住一个村,母亲天天往外婆家跑。有一天外婆想吃南关桥上的馄饨,母亲冒着大雪步行了十里路给外婆买了一份,可外婆只喝了一口汤。

那时我刚毕业参加工作,下了班就去外婆家看望,外婆见我去了便喊我给她按摩,从头按摩到脚。母亲说,外婆那么要强的一个人,临了改了心肠,见不得别人在她面前休息一会儿。

外婆病了三个月,临走的那几天,嘱咐母亲,外孙女里面就我一个还没结婚,外公发了一套新床罩被罩,放在床头的柜子里,一会儿让母亲拿走,待我结婚时送给我。还有柜子里的东西是女儿的,这是习俗,到时三个女儿分。母亲照顾她最多,袋子里的三百块硬币留给母亲,最后她嘱咐母亲,人老了才知道子女的重要性,一定不要让我远嫁,好互相照应。

外婆临走的前一晚上,将子女孙辈都召集到床前,说:"我知道我余日不多,便不再在你们面前逞英雄了,难受就喊出来,想吃啥便吃啥。这是想告诫你们,人死是一件极其不易的事情,希望你们珍惜健康的日子,有钱别不舍得吃喝,等老了得病了,想吃也吃不下了。"

第二天一早,外婆再没醒来,走得很平静。

多年后,母亲谈起外婆时说,作为子女她尽力了,年轻时为了替外婆分担家务,她嫁给了本村的父亲。外婆小脚,这么多年家里的重活累活母亲都抢着替外婆干,外婆得病的三个月,母亲天天守在身边,母亲至今还记得外婆想吃馄饨的那个大雪天。

提起去世的外婆,母亲没有遗憾。后来母亲想起来,才明白外婆的良苦用心:外婆离开人间是有仪式感的,她的各种"作"都是让儿女提前尽孝,在她死后能问心无愧。外婆得病时,我天天给外婆按摩,想起这些,就像在夕阳下展开一幅柔和的画卷,温暖温馨。那些错过的告别,都会成为人们绵延一生的遗憾和哀痛,而外婆和人生的告别从很早就开始了,这一切皆因她深藏心底的那块不愿碰触的伤疤,她不愿她的后人再留遗憾,她要让他们学会告别,从而更加珍惜生命。

一场心累的中文教学

文/杨扬

回国时和家里亲友聊天，经常有长辈说："在国外找工作很容易嘛，你可以教外国人学中文！"长辈可能高估了外国人学中文的热情，想学中文的外国成年人实在不多，我只能教"香蕉小孩"学中文——对，我自己的孩子就生于国外，长于国外，我无法坐视她不懂中文。在她很小时，我就用音频软件对她进行大量灌输。可即便如此，我的中文教学日常仍有许多"惊喜"。

首先是文化和社会背景的障碍。我尽量找中国风故事读给女儿听，在我俩的热烈讨论中，她经常会用自己的知识与故事无缝对接。有一回说《西厢记》，我说男主人公是一个读书人，他姓张名君瑞。女儿高兴地打岔："英文名字是不是叫Jerry Zhang？"我笑得七窍生烟："对！Jerry Zhang爱上了一个漂亮姑娘，她闺名叫Yo-yo Cui！"简直没办法讲下去。后来女儿又迷上了《西游记》。有一集说到玉皇大帝派二郎神来找孙悟空麻烦，女儿问："二郎真菌？能不能用达克宁？"好了，我知道你暑假回国广告没少看。

这些都还是小事，传统童书并不多，讲得山穷水尽的时候，我又想找现代作品。书架上有一本不知道从哪来的《半夜鸡叫》，女儿看了，兴致勃勃地要我讲。于是，"周扒皮半夜去鸡窝……"女儿抗议说："周扒皮虐待动物！"我无言以对。

好吧，这本书还是太老了。换本新的！"80后"的童年记忆里有一本书叫《宝葫芦的秘密》，有一回我在淘宝上看见了，喜不自禁地买回来。翻开来给女儿念，说是有一个孩子，钓鱼的时候从水里拿起一个宝葫芦，宝葫芦说，这是咱们俩的秘密，你不能告诉老师，也不能告诉组织。女儿又发出天问："什么叫组织？"我挠了半天头："就当它是警察局吧！"

心累的纠偏也随时发生。"妈妈！我的膝盖上有一个破！""那叫伤口，不叫破！""妈妈，这栏杆之间很窄。我能过，狗不能过。我比狗细，狗比我粗。""跟你说多少遍了，是你比狗瘦，狗比你胖！"女儿补充："我比狗短，狗比我长！"

坚持多年后，女儿的中文还算说得过去。有一天我说："'备胎'的意思是备用的东西。"邻居小孩茉莉只在没人玩的时候才来找女儿，所以女儿说："我是茉莉的备胎朋友。"女儿练完琴可以看动画片，结果最后一行心急拉错了。我说："中国有个成语叫'功败垂成'，事情马上成功时，因为某种原因失败了。"女儿垂头说："我功败垂成。"

朋友的儿子属于放飞自我型的小朋友，学起中文更为费劲。有一回她告诉儿子："你现在的数学太差了，得跟中国小朋友看齐，我们来讲一下'进位运算'。"于是朋友辛苦讲了一个小时。过了几天，朋友发现孩子完全不记得讲过什么。看着如此不成器的孩子，朋友气得粉面含威，厉声喝道："再记不住真想大嘴巴扇你！"不料孩子捧腹大笑说："哈哈哈，你删不掉我！我不是电子游戏啦！"

请别杀死你的同桌

文/田木果

我上初中的时候,班主任是个"中央戏精学院"的优秀毕业生,她用奥斯卡级别的演技,拆散了一对又一对。

本来我和莘昕是好朋友,小学都是学校仪仗队的。后来初中又约好了上同一个班。开学考试的时候,她考全年级第一,我考全年级第二——无妨,我擅长数学,她擅长语文和英语,自然是她的优势多些。开学前我们就找了班主任要求坐同桌,可在我们成为同桌之后,关系急转直下。

因为班主任有事儿没事儿就把我拉到她的办公室里,鬼鬼祟祟地说:"哎,田木果,你知道吗?莘昕每天在家里都偷偷多做三本题。"那时候年幼单纯,一听就傻了:我晚上做完学校作业,撑死了也就只能写一本题,她怎么能写三本?班主任马上就读懂了我生动的微表情,接着引诱我说:"她没有和你说吧?我就知道她没说,你说你是不是傻?她背着你偷偷地学呢,你还跟她玩得起劲儿。"我一想,对啊,我把她当好闺蜜无话不谈呢,敢情她还给我留了一手啊!

当时心里就不舒服了,后来每次看到她对着我笑,都感觉那瘆人的笑里藏了几百把小李飞刀。再后来,我们就分开了。

很久以后,那是我们和好之后,有次看电影遇上同桌对答案的桥段,我忍不住问她,上初中的时候是不是每天晚上能写三本题,结果您猜怎么着?荧幕的光打在莘昕蒙圈的脸上,她缓缓地说:"我一直以为,能每天晚上写三本题的人,是你……"我俩

相视一笑,不由得摇头叹气,果然姜还是老的辣!

我的高中班主任不仅是老姜,还是红糖。以下请自动忽略方言和口水味:"同学们,听我说!这个同学之间,都是竞争对手,这无可厚非,但大家的竞争对手不只在座的同学,还有全国几万万考生。所以同学们一定要和睦相处,友谊是很宝贵的……"

高考就是一场厮杀,活到最后的人才有最多的选择权,同桌就好比助攻,杀谁都不能杀他。

这个道理,我是上了高二才明白。

高一的时候,不懂老班那些话,因为有"戏精"老师的阴影,心里头总提防着同桌,而我的同桌简直像一个"小学生"。

说她像小学生,是因为她的心智真的是停留在小学一二年级的水准。比如,她能当着所有人的面气呼呼地说:"我不喜欢你了,我们绝交!"再比如,写作业的时候,她永远都能一手写着卷子一手捂着答案,就像有人要抄她作业似的。再再比如,我上课某个点没记下来,悄悄地问她,她像是没听见,我只好伸着脑袋去瞄一眼,她"啪"的一声把本子合上,举手站起来大声说:"老师,她偷看我笔记本。"我:"……"

和她较量了没多久,我就把自己憋出了厌学症,一想到要看她那张脸,我就死死地抱着家里的门框不肯去学校。无奈,干脆休学一年,等她毕业之后,我再跟着下一届走。

大概是老天看我被折磨得太可怜,后来让我遇上了一个很友好的同桌,对她的厌恶也就消去了。

不过,在等着她毕业的那段时间里,看到莘昕在晒她和同桌的甜蜜日常,我的内心怎一个"酸"字了得?她能和同桌聊梦想,背古文背单词背题型,一起逃体育课去看帅哥,最后还一起考入了理想大学。

而我,唉,问君能有几多愁?恰似同桌不合泪直流!

一地蓝花楹

文/青山

十月，偶然间路过新浦路，惊喜地发现蓝花楹的盛开，虽然不过偏于一角。沉淀的记忆，在不经意间拂去尘埃，徘徊脑海。那一片幽蓝，承载着的满满回忆，深深地触及内心的柔软。蓝花楹——在绝望中等待爱情。而我们错过的，并不只是一场花雨。

小学，设施简单，楼房破旧，最美的便是班级卫生区前的那株上了年纪的蓝花楹。盛开，绽放，飞舞的蓝紫色花瓣，遍地的忧伤。那时候，不懂它的美，还埋怨满地花瓣，难以打扫。直至毕业后的旧地重游，看着曾经的大树，被冰冷的雕塑代替，才想起我们攀爬在树上的乐趣，想起花瓣雨下的追赶，想起花下不知天高地厚的傻笑，想起已经失去的点点滴滴，想起它的美，竟是如此深刻难忘。

你向我解释，蓝花楹，不似玫瑰般艳丽，不若牡丹般华贵，不比木棉般壮烈，却让人一见便难以忘怀。低调的淡蓝，透着浅浅的紫，似有若无的暗香，满树优雅，一盛开便如蓝色幽影般满布视野。于是，与开满红花的凤凰树并称"双影"。凤凰，满树的红，灿烈张扬，而蓝花楹，满树的蓝，烂漫幽然。可是，你唯独没有告诉我，蓝花楹的花语——在绝望中等待爱情，是如此哀伤。

我曾怀疑，若是不曾遇见，会不会就没有那么多遗憾。但是，假如真的错过，我丢失的美好怕是更多更多。每每与蓝花楹的重逢，总是让人不可言喻地黯然神伤，让人想起不能忘却的眷恋。你清晰的掌纹里，映衬着坠落的花瓣，微卷的花的一角，泛着含蓄地蓝紫，连倒影都是幽蓝。

你说，这是蓝花楹。我竟再也不能忘记，这抹淡雅的蓝。

年纪渐长，对蓝花楹的喜爱越是深重，甚至痴迷。每次相逢，一驻足，便是半天，看着花儿悠然掉落，听着风中花儿带来的问候，微微呢喃中尽是微妙的回忆。米兰昆德拉说过，"追求的终极永远是朦胧的，要逃避痛苦，最常见的就是躲进未来。"于是，时间，常常让我们忘记了初衷。

你的来信中夹着一片干枯的花瓣，我笑了，我知道，我们看的不是同一株蓝花楹，却是同一种浪漫。在绝望中等待爱情。这是蓝花楹的残忍亦是它的温柔，而等待本就是痛并快乐着。爱情本就没有对错，我们能坚持的是像蓝花楹一样，勇敢地绽放，用最美的心情，最美的微笑，原谅错过，等待爱情。

"不比花楹妙，怎堪凤凰霞。"所以谢谢，能与你相遇。

那些年，我们一起写过的小说

文/明前茶

毕业30周年之际，高中同学建了一个微信群，以供联络之用。翻出十七八岁的趣事来看，真的别有一番趣味。在晒出一大堆野炊、郊游、运动会的合影后，班长晒出了他用一整卷黑白胶卷拍出的影像——每张照片呈四方形，排列着4张稿纸，37张照片一共拍了148张稿纸。

这是什么？微信群里一片激动的"嗷嗷"声——原来，这是30年前我们高三（1）班全体同学接龙写作的小说原稿！要知道，我们可是一个理科班，班主任是数学老师。当语文老师别出心裁要在班里放一沓稿纸，让"有兴趣的同学自由写作"时，数学老师竟然没有提出反对意见。不仅如此，他还以遒劲的钢笔字，在首页写下了整个故事的开头：

"公元835年，长安，郊野上出现了一个骑毛驴戴斗笠的人，晶莹的雨珠正在他的斗笠与蓑衣上舞蹈，绵延不绝的湿气令他的衣色更深了一些。就在大家窃窃低语，猜测他是谁时，有一道闪电般的眼风已经瞬间掠过所有人的脸，迅速隐没在斗笠的帽檐后。"

能够想象这是数学老师写出的小说开头吗？没错，我们那个时代的高中老师都是理想主义者，物理老师看得懂日语期刊，地理老师能画精细的博物标本，政治老师写得一手可以参展的书法，都不是什么奇事。数学老师既然已经布下迷局，那就要看谁能在余下的篇章里解谜，或者布下更大的迷局了。

用接龙的方式写作，也是一件十分有趣的事。记得那时为了有时间写作，有的人5点半就起床，赶在早自习之前翻窗进入教室，奋笔疾书；有的人在晚自习之后特意找劳动委员要钥匙，就为了打扫完卫生可以续写接龙小说。依照数学老师定下的基调，小说基本上写成了章回体话本形式，于是，有人贡献故事，有人贡献人物的精细描摹，有人贡献每个章节开头结尾的打油诗。大家都没有学过诗词的平仄韵律，但这又有什么关系呢？我们总是在无意中踩中了韵脚，又得意地指引了故事下一步的发展方向。

在一天要刷五套试卷的高三，鼓励全班来写这东西有啥用呢？老实说，并没有什么用。当时的高考作文考的都是"达·芬奇画蛋""挖了三五口井都没出水"这样的材料作文，它需要鸡汤哲学，需要严丝合缝的论述，需要揣度命题人的微言大义。写小说，除了对想象力与语言本身有所锤炼，对应试助益并不大。

然而，我们还是兴致勃勃地写下去了。我们这帮学子，为何没有在密集的刷题与应试中垮掉，没有在每个月都排名上榜的竞争强度下变得歇斯底里？有可能，就是有人在这种密度很大的压抑生活中，帮我们凿开了一道自由的缝隙，在这里，我们可以见到清澈的天光，闻见唐朝的墨香。写小说就是这样一道缝隙，它栽培的都是看不见的东西。好奇心，韧性，幽默感，苦中作乐的能力，还有狂野的想象力。这些东西像竹筏一样，送我们蹚过高考这一年的激流险滩。

说一句题外话，当年的高考黑马，我们班考到第一名的男生，平时所有的模拟考，都只在班级十名左右。那一年，他是接龙小说最积极的写手，几乎每周都要花两三个小时，满足一下粉丝们"后来如何"的心愿。他考上了北大。而我，早就不记得他的考分了，但对他留下的纯蓝墨水笔迹，依旧记忆犹新。

我最大的野心，是五官端正

文/陆 某

我是一名先天性唇腭裂患者，"五官端正"这四个字对我来说就是一道坎。

其实我是幸运的，我在三岁之前就已经接受了两次修复手术。但我的父母，从来没有正儿八经地和我讨论过我的外表，小时候我只认为自己和别人"有点不同"而已。而我第一次真正意识到自己的缺陷，是在中学的生物课上。老师在讲"人类遗传病"那一章，PPT（演示文稿软件）上放了一张婴儿唇裂的图片。前面的一位女同学突然转过头来望着我，几秒后又迅速地转过身去。

对于生性敏感的我来说，这样的时间一秒就够了。在此之前，虽然我受过少数同学的嘲笑，或者是被私下冠以"翘嘴巴"的绰号，但是坦白地讲，我很少被排挤和孤立。所以我的压抑，一般来自对自己外表的不自信。但后来的两件事，彻底把我这种心理的压抑变成了一种现实的压力。

高中的时候，政治老师非常喜欢我，若是碰到那些违纪违规的同学，老师也常常把我拿出来当正面例子进行对比教育。在高三的一堂政治课上，我又习惯性地被老师点名答题了。我自认为很流利地完成了自己的表述，可答题过后，班上一位性格很活泼的女同学开玩笑地说道："你以为你是周杰伦啊，我一个字都没听清！"班上哄然大笑。

我知道他们在笑声中表达了一种共同的感受。可对于口齿不清这件事，它不是学习上的天道酬勤，我一点努力的办法都没有。从此，我对自己外表上的不自信愈加强烈。即使我有再强烈的表达欲望，我也只有在铆足了劲的情况下才敢举手。

在学校的时候，我拼命地参加各种比赛，加入不同的社团。我在此期间得到许多同学和老师的夸赞，在大家心目中的印象的确会因此变好一些。可是四年下来，我看着那一摞荣誉证书，却发现它们并没有给我任何安全感。对我而言，这些似乎没有什么作用，我还是会觉得自己除了外貌之外，身上还有很多东西不能让自己满意。这些"努力"，只是我为了填补自己的心虚，用外在的认可与赞扬来安抚自卑的手段。到最后却只有一身的疲倦，自信并未因此增加一丁点。

现在的我，一点也不想做不切实际的努力了。我也不想再刻意融入任何一个集体，磨掉内心真正的想法。我前阵子去拍"最美证件照"的时候，摄影师先是很贴心地问我说："你对照片有没有其他特别的要求？"我说没有。摄影师以为我没理解他的意思，于是他重复一遍说："我的意思是，你的五官这里需不需要帮忙修一下呢？"我客气地道了谢，说不用。我不会再被外界无限制地影响到我自己了。在接下来的日子里，我只想以一颗极大的包容心，去接纳一个愤怒与温柔、枪弹与烟花并存的自己。

有些经历或缺陷，别人会觉得没什么。很多人总觉得我太消极、太悲观，说我要自信一点，但这种话的说教意味太浓了。他们似乎只关心我"能不能自信"，而对我"为什么不自信"毫不关心。对于我们而言，"理解"真的太重要了。如果生活还有波澜，我只希望自己有一天能获得端正的五官。这是为了取悦自己，这也是我最大的野心。

烽/火/守/书/人：
伊拉克图书馆馆长日记

文/梁文道

每次遭遇战争，文化肯定会遭殃。但不可忽略的是，战火过后，一个国家、一个民族或一个城市的重建却离不开文化所起的作用。

饱受战火摧残的伊拉克，曾经是两河流域上重要的文明古国，是人类历史文化的发源地，它有多少文化瑰宝都在战乱中被炮火毁掉了。

《烽火守书人——伊拉克国家图书馆馆长日记》讲述了一个非常感人的故事，曾在全球图书馆界引起轰动。萨德·伊斯康德是库尔德人，曾经加入库尔德游击队对抗萨达姆政权，后来读书，成了一位学者。

他担任伊拉克国家图书馆馆长。可想而知，经过一番战火的洗劫，当时的伊拉克国家图书馆不仅馆舍毁损严重，图书馆文献也大多被烧被抢，古书、档案、文件遗失了百分之六十，珍善本遗失百分之九十。

这本日记于2006年到2007年在大英博物馆图书馆（British Library）的网页上刊登，引起轰动。全世界的图书馆馆长都可以看到自己的同行每天过的是什么样的日子。

每天这个图书馆只有一两个小时的供电时间，窗玻璃随时会破，有子弹会扫射进来。办公室随时可能被炸，昨天整理好的一柜书今天又在地上乱成一团，昨天还在上班的同事今天可能就不见了，你甚至会目睹自己的同事在战火中伤亡。

因为这个图书馆的位置特别险要，什叶、逊尼两派都想争夺，于是两派都跑来找馆长商量，要在图书馆房顶上装机关枪。当时的伊拉克已经乱到什么程度呢？主管图书馆的文化部可能是逊尼派的，而另外一个部门，像国防部说不定就是什叶派的，两个部门之间自己会打仗。所以每天上班，都会觉得今天可能是最后一天上班了，每天都这么提心吊胆。

在这种情况下，萨德·伊斯康德为什么还要坚持做这个图书馆馆长呢？因为他想为自己的祖国保留一线历史文化的命脉。书里的有些记录相当震撼，比如有一天他被国民卫队的人拿枪指着头恐吓；又有一天有人用警车送回一些馆藏来，而警车是恐怖分子袭击的重要目标；或者又有一天，他的一个同事牺牲了。

即使萨德馆长记录了一些自己觉得很高兴的事情，读起来也会让人觉得更加难过，因为让他高兴的事情在我们看来都是生活中最微不足道的。比如今天的供电时间是六个小时，本月进馆读书的读者从六十人上升到一百人……看到这些，你只会觉得很心酸。

萨德·伊斯康德馆长也因此成为一个国际上屡获大奖的文献保护者，但他最后反而放弃了继续写这个日记。他说这会使他觉得不安，这样的日记好像是在剥削自己的同事和族人的苦难生活，拿他们的鲜血和眼泪来博取全世界的同情，而这些都是他不需要的。他想要做的是继续在战火蔓延的混乱局面下做好自己的工作。

---一起读---

越人歌

今夕何夕兮，搴舟中流。
今日何日兮，得与王子同舟。
蒙羞被好兮，不訾诟耻。
心几烦而不绝兮，得知王子。
山有木兮木有枝，心悦君兮君不知。

"美女学神"刘明侦 90后博导院长炼成记

文/王新同

自律上进，剑桥梦成就"美女学霸"

1990年出生的刘明侦，是个长相甜美的重庆女孩。从小学到初中，她的成绩在班里排中上等，而并非"顶尖高手"。父母从没有逼着刘明侦去学她不喜欢的东西，也没给她报过课外补习班。相对于考试分数，他们更注重从小培养女儿的学习方法和习惯。

17岁那年，她在英语书扉页上一笔一顿地写下：努力奋斗上剑桥！同桌看到后，不以为然地对刘明侦开玩笑说："上剑桥啊，你这不是理想，简直是一个遥不可及的梦想。"但谁能想到，在短短几年后，刘明侦就取得了剑桥大学硕士学位。"所以说，如果连想都不敢想，那梦就更不会实现了。"她后来感慨道。

自从燃起"剑桥梦"后，高三少女刘明侦开始全力以赴。一旦遇到理解不透的题，她就会在课间休息时一次次请教老师；刘明侦很喜欢和外教交流，放学后，她总会拉着外教海阔天空地聊上一阵。不仅英语对话能力大幅提高，她也通过那位去过很多国家的外教介绍，为自己打开了一扇了解世界的窗口。

在复习方法上，刘明侦整理出了"错题集""核心知识点"等笔记，侧重去攻克。

离开牛津，25岁女博士回国效力

大一时，刘明侦就获得布里斯托大学的奖学金。读博期间，刘明侦以新型太阳能电池为研究核心，并取得一系列创新性研究成果。

"一般新材料的研究期只有3~5年，为了抢时间，我每天的工作就是做实验，钻在实验室里十几个小时。"到2013年4月底，她的实验终于成功了！从研究材料到发表论文，刘明侦只花了半年多的时间。

2015年3月，刘明侦仅用两年多时间，又在牛津拿下了物理学博士学位！此时，她已经在英国乃至世界科技圈崭露头角，刚一毕业，就有多所名校和世界500强企业向刘明侦伸来了"橄榄枝"。

面对欧美国家的挽留，刘明侦却毫不犹豫地选择了回国，并响应国家号召去了位于西部的成都。

光芒四射，90后"博导院长"走红网络

2015年10月，刘明侦成为电子科技大学百人计划入选者，到该校微电子与固体电子学院工作。

集美貌与才华于一身的刘明侦，虽顶着"美女学神""90后牛津博士""电子科大史上最年轻教授"等耀眼光环，但她在工作和生活中从不摆架子，为人低调谦和。

2018年1月中旬，28岁的刘明侦被晋升为电子科大材料与能源学院副院长，博士生导师。消息传出，这位美女学霸迅速走红网络。网友们的留言很风趣："本可以凭美貌吃饭，她却偏要拼才华。厉害了，我的90后院长姐姐！"

前不久，刘明侦受邀为大学生做演讲时说："任何一件事，只要我们认清它是正确的，不管多难多坎坷，都应该坚持，因为坚持做对的事本身就是一种自我实现。现在我们越来越多的90后走进了社会，成为国家的新兴力量，我们这一代不但没有垮掉，反而为国家做出了贡献。请大家用对梦想的坚持、对时代的担当，让历史记住我们90后！"

那一刻，我的叛逆期结束了

文/妖孽的二狗子

高二的时候，年少无知，为了所谓的兄弟义气，做了一些错事，被送进了派出所。

被铐着录完口供之后，警察打电话叫我爸来领人。

当时还在叛逆期，觉得自己倍儿有面子，义薄云天，为兄弟两肋插刀，呵，爷们儿。我打定了主意，一会儿我爸来了啥都不说，他爱怎么办怎么办。

我爸呢，一个出租车司机，当时车上拉着客人，就不管不顾地扔下客人来了。来了后，老实巴交的他见我不搭理他，站也不是坐也不是，来回走着和办公室其他警察套近乎，有个警察看不下去了，说这种小孩就是不懂事，关他几天就老实了。

另一个老警察拉着我爸去找审问我的那个警察。我只是冷笑，一副什么都不在乎的样子。

见我爸出了门，就开始四处张望（手被铐在凳子上），不经意间瞥见院子监控器上我爸的身影。

他一刻不停地对着那个审问我的警察鞠躬点头。低一点，再低一点，直到腰再也下不去。对面那个警察拿着几张纸一下一下地拍着我爸的头，嘴里不知道说些什么。我爸继续点着头，本来就佝偻的身子显得越发矮小。

突然那个警察不知道发了什么火，把手中的几张纸一扔，转身坐在旁边的长椅上抽起了烟。

我爸，一个四十多岁的男人，一点一点地蹲下去，单膝跪地把那些纸一张一张捡回来，拿手掸了掸灰尘，又慢慢走过去递给那个警察。

这个时候我才注意到，原来我爸的头发已经白了大半。

突然很难过，我想起小时候那个对我说男人腰杆不能弯的他，如今却为了一个不争气的儿子把腰弯到快要折断。

原谅我当时没有哭，我只知道从那时起，我的叛逆期结束了。

后来，交了一万块的赔偿费，警察答应当天晚上下班前放人。

那天下午我爸一直在四处奔走、取钱，打电话给亲戚朋友，只要用得上的关系，都联系了，可他只是一个普通的出租车司机，能结识什么样的大人物呢？

他想做的，只不过是不想在我的档案上留一笔污点。

一下午不见，到了傍晚，他来接我，带了一套新衣服，手里拿着一瓶营养快线和一包方便面。

跟他一起上了车，他没有骂我，只是让我先把东西吃了，一天没吃饭了。他告诉我一切都搞定了，叫我不要担心。又像是随意地说："人生的路还长，不要因为这件事想不开，你爸爸我很能的，这点事还摆不平？"

我低头咬着嘴唇，血丝一点点渗透到嘴里。

他开始絮絮叨叨："这一天没去跑车，又是一笔损失，你过两天赶快回去上课，别耽误。"

我别过头不敢看他，一整天没和他说话的我，小声地说："爸，这些年辛苦你了。"

他仿佛没有听到，又仿佛听到了装作没听到，别过头，摇下车窗，长长地舒了一口气。

―――― 一起读 ――――

凤求凰·琴歌 〔汉〕司马相如

有一美人兮，见之不忘。一日不见兮，思之如狂。
凤飞翱翔兮，四海求凰。无奈佳人兮，不在东墙。
将琴代语兮，聊写衷肠。何日见许兮，慰我旁徨。
愿言配德兮，携手相将。不得於飞兮，使我沦亡。

数学、理科成绩差？这样做包你得高分

文/《意林》图书部

小编说：嗨，亲爱的小伙伴们，无论你在生活或学习上有任何困难、困惑，都可以写信给我们。小编会邀请拥有资深教学经验的一线教师为大家答疑解惑。被选中的小伙伴还有机会获得签名版新书和神秘礼物，快参与起来吧！

> 最可爱的小编们：
>
> 　　我初三了，压力真的非常大，小编们可有减压的好方法？
>
> 　　我从小理科都不算太好，有理科好的小编可以给一点建议吗？好怕中考数学考不好，期待小编们的回信。
>
> 　　这是我第一次写信，不知道小编们发现我了吗？有在信封里放给小编们的书签哦。
>
> 2018—12—30
> 范易

喵咪： 很高兴收到范易同学的来信，感谢你对我们的信任。相信像范同学这样对于理科"偏科"、不知道怎么提高理科成绩的同学大有人在。那么像数学、物理、化学、生物这些科目应该怎么学呢？我们来听一听专业老师的解答吧！

陈老师： 很多同学理科成绩不好，归根结底都是计算能力差，所以说数学的基本功很重要。那么如何学好数学呢？

　　首先，良好的学习兴趣能够帮助我们解决很多难题。同学们可以多看看与数学有关的漫画、数学家的故事等，这些都会帮助你培养学习数学的兴趣。

　　其次，课前复习，试着看一看书上的原话，没看懂的地方用记号笔画上，等上课的时候认真听课，把没听懂的地方听懂，也可以举手问老师，让老师为你解答。

最后，多做题，养成良好的答题习惯。想要学好数学，多做题是难免的，当你攻克一道题以后，不要急着去做下一题，试着多用几种方法解题。做不出的话，要积极询问老师。

要想学好理综，就必须提高理科中的各科成绩，不偏科，才会有更大的进步。那么如何才能不偏科，提高各科的成绩呢？

1. 物理　物理是很灵活的科目，学好物理不仅需要对概念的完全理解，还需要掌握一定的方法。所以多多练习、多多总结是学好物理的关键。

2. 化学　高中化学算是半文半理的科目，考题有计算题，但更多的是考物质性质，所以学好化学的关键就是要把课本中所学的元素物理性质、化学性质记清。

3. 生物　生物是与我们生活联系最为紧密的学科。学科特点不同于数学、物理，学好高中生物既需要严密的逻辑思维，又要求精准的记忆，这里所指不是死记硬背，而是需要在理解的基础上进行记忆，理论知识联系生活经验，才能灵活运用解决实际问题。

最后，老师还想说一下理综考前的复习。复习时要注意，每个人都要有自己的复习计划，保持自己的节奏不要乱，不能忘记最基础的知识，合理协调各科复习时间。如果考试到了最后发现时间不够也不要产生自暴自弃的心理，尽量调整一下心态。

喵咪：理科学习的主要手段还是逻辑能力和计算能力的培养，所以同学们可以从每日做起、从点滴做起，养成细心和善于动脑的习惯，相信你的理科成绩一定能有所提升。

一起读

古人的美玉情结

古装剧中，我们常能看到男女以"玉"为定情信物。这到底是为什么呢？

玉在中国文明史上有着特殊的地位。《五经通义》中记载，玉具有仁、智、义、礼、乐、忠、信、天、地、德、道等君子的品节。《诗经》里也有"言念君子，温其如玉"的说法。古人给美玉赋予了那么多人性的品格，以至于到现在人们仍将谦谦君子喻为"温润如玉"。

玉文化是东方精神的物化体现，古人把对美玉的喜爱融入诗词曲赋中，尤其是在《诗经》中，有着淋漓尽致的体现。古人的很多生活器具都是玉雕成的，能常带在身上的唯有玉佩。繁钦诗中"美玉"是指玉做的珮，或写作"佩"。古人对玉佩的热爱不是因为玉的贵重，而是源于玉的品格，所以古语有"君子无故，玉不去身"，所以古代高雅从容的谦谦君子都很喜欢玉。

一只蚂蚁的思索

文/阿敬

我坐在大树高高的枝丫上
静静地远眺秋野
不必担心我会恐高
我只是想看一看蜂拥的金黄
我只是想嗅一嗅甜蜜的芳香

知了们的歌声渐渐暗淡了
似即将燃尽的烛火
在夜色里有气无力地闪烁
它们的激情曾经澎湃如海啸
滔天的热浪是那么任性
整整一个夏季都不肯退潮

顽皮的秋风翻山又越岭
我乘着一片清凉的落叶
就像阿拉丁乘着神奇的飞毯
从空中悠然地降落
可是,有个亮晶晶的问号
遗落在树梢——

为什么知了们要选择
在这满眼繁华的丰收喜悦里
永久地停止歌唱
热爱思索的孩子啊
请你快点
快点告诉我

姥姥，咱有钱

文/张素敏

那天，我去看姥姥的时候，她正半靠在床头打盹，阳光洒进来，我觉得姥姥又清瘦了，白发有点凌乱。

姥姥86岁了，最近几年有点糊涂，常常认不清谁是谁。但是姥姥认钱，各种面额的钱一清二楚，是家里公认的"财迷"。我们笑她"认钱不认人"，谁给的钱多，就亲近谁。逢年过节的时候，母亲姐弟几个给姥姥封红包，姥姥看到红色的100元大票就眉开眼笑，看到10元的就一脸失落，但也只是失落一秒钟，随后立马塞到枕头底下。

我拿出5张100元一张一张递到姥姥手里，姥姥立刻笑开了花，嘴里念叨着："丫头，咱有钱了！"

晚上，我睡在姥姥身边，迷迷糊糊被姥姥摇醒。她手里攥着一卷钱塞给我："丫头，你拿去，买房子。"

白天的时候我对姥姥说我新买了大房子，等装修好了接她去住。望着姥姥枯瘦的手，我鼻子酸了："姥姥，你留着，我有钱。"

小时候，我是在姥姥身边长大的，一直到上小学才回到父母身边。那时姥姥家并不富裕，母亲每月给姥姥送一小袋面粉，偶尔给姥姥钱，姥姥总是塞回去说："我有钱，你留着花吧。"

其实姥姥并没有钱，但是姥姥有一双巧手，她给村子里的人纺线、织布，人家会给姥姥一些报酬。每次姥姥收了钱，就会带我去村东头的豆腐坊买一大块豆腐，用碗端着回来。路上，姥姥总会掰一块豆腐，热乎乎地塞到我嘴里，又香又嫩。然后姥姥会说："等咱以后有钱了，买一整块豆腐，让你吃个小辫朝天！"

听母亲说，姥姥其实家境不错，出嫁时嫁妆里金镯子、金戒指就有七八个。姥姥嫁给姥爷后一共生了7个孩子，最小的舅舅出生不久姥爷就去世了，姥姥愣是咬着牙把7个儿女拉扯成人。

母亲说，她小时候姥姥最常念叨的一句话就是："没事，咱有钱！"那么苦的日子，也许就是靠着一句"咱有钱"做精神支撑，才挺过来的。

我工作后，每月都拿出几百块钱给姥姥，姥姥每次见到钱都眉开眼笑，拉着我的手孩子似的说："丫头，咱有钱了！"没事的时候，数钱成了姥姥最快乐的事儿。

早饭后，我开车载着姥姥去镇上采购午餐食材，也是想带着姥姥兜兜风。姥姥坐在副驾上兴奋得像个孩子，不停地用手轻轻抚摸车内饰，眼睛笑成一条缝。看姥姥开心的样子，我逗她："姥姥，下回我开车带你去看大海，好不好？"姥姥连忙点头："好，好。"随后又担心地问："那要花不少钱吧？"我学着姥姥的语气："没事儿，咱有钱！"

在镇上，姥姥像将军似的"指点江山"，恨不得把所有好吃的都给买回来。结账的时候，她抢着拿钱，嘴里念叨着："我有钱！"然后豪迈地掏出"手绢钱包"。

那天返城后，我收拾行李时发现了用手绢包着的一大卷钱。

昨天，我又去看姥姥，念叨着："姥姥，咱有钱，千万别舍不得花。"我点燃了坟前的烧纸，只是再也看不到姥姥数着钱、笑成一朵花的样子了。

悬崖峭壁上的"救星"

文/唐若水

一处充满悲情色彩的地方

坐落在日本福井县北部的"东寻坊",是该国的一处著名海滨山岩景点。千万年以来,无情风暴的侵袭和暴虐海浪的冲刷将一座座海边巨石雕刻成几乎呈90度垂直的一排排悬崖峭壁,如同一个个张牙舞爪的巨人伫立在茫茫日本海中。

日本已指定东寻坊为国家级的"天然风景区"。据悉最高的峭壁达50米,与20层高楼相仿,峭壁下方的水深达17米。而最奇特的是,绵延一公里之长的成片的岩柱倚靠着峭壁如同擎天柱般高高耸立,这不仅在日本,就是在世界上也是非常珍稀罕见的,其雄伟的气场和惊险的地势,令人叹为观止。

难怪每年都有数以十万计的游客慕名前来一睹大自然的鬼斧神工,其中不少勇敢者还会冒着危险,亲临悬崖峭壁的最边缘,俯视脚下的滚滚大海,玩一把心跳的游戏。

退休警察在悬崖上拯救"失落灵魂"

现年73岁的退休警察茂幸雄自从15年前退休之后,就天天来到东寻坊的悬崖峭壁上来回巡逻。茂幸雄说,他已经将609个即将从悬崖上跳下去的自杀者从死神那儿夺了回来。

茂幸雄透露,劝阻自杀在日本并不是容易的事。这是因为日本人普遍认为,自杀是个人的选择,属于个人隐私,而既非公共健康问题,故陌生人不宜介入,由此公众为之做出的努力十分有限。

实际上,茂幸雄在劝阻自杀方面也并无什么高招或绝招。通常,每每发现一个可能想自杀的人,他就会慢慢地、静静地靠近对象,并尽量假装若无其事。接着他通常会叹口气,先说说气候啦、水产价格等无关紧要的话题,然后在对方不知不觉中靠拢,并选择在对方可能听得进去的最恰当的话题试着和他们交谈。这个想不开的人往往很快会涕泪交加,显然很乐意找到一个愿意倾听自己说话的人。

茂幸雄一旦确认了自杀者的自杀缘由,就立即对症下"药"进行尽可能的帮助。茂幸雄证实,他的救援对象中占有很大比例的是程度不等的抑郁症患者。他聘请了几名专业心理咨询师,专门为这些企图自杀人士提供心理援助。但对于重度患者而言,劝阻往往只是无效的对牛弹琴,而最恰当的应对办法是:让年轻力大的志愿者一半强制一半哄劝地将其送往附近的专科医院。

让人费解的是,茂幸雄的义举也招来了部分当地人的不满,因为旅游局认为他的举动从另一角度看提供的是"负能量",有损东寻坊的"雄伟形象"。对此老人只是宽容地耸耸肩、摊摊手,而并不想做出任何解释,但他又坚定地表示,目前他还并不打算就此"歇手"。

一起读

汉语的谐音艺术

"道是无晴却有晴"中的"晴"字,实际上谐音为"情",是一个典型的双关隐语。表面上说天气,实际上是说这歌声好像"无情",又好像"有情",难以捉摸。中国古典文学中,谐音的运用俯拾皆是,颇具艺术魅力。谐音就是利用汉字同音或近音的条件,用同音或近音字来代替本字,产生辞趣的修辞格。比如《红楼梦》中就大量用到了谐音,俞平伯先生在《脂砚斋红楼梦辑评》中就有精彩详细的论述。如"元迎探惜——原应叹息""贾王薛史——家亡血史"等,用谐音暗指,使文段凝练简洁,语约意丰。

我弄丢了最重要的朋友

文/姚 瑶

我从没想过我会彻底弄丢我人生中最重要的朋友。她叫刘黎，是我人生中第一个朋友。

读小学以后，我成了招人讨厌的好学生。最后连我也讨厌起自己，我不知道要怎样做才能让大家喜欢我。

所以，我变得自闭，躲在房间没日没夜地看书，把书里的人当作朋友，写厚厚的日记，为自己创造出一个热闹的世界。13岁的我放弃了自我拯救，也放弃了会有人来和我做朋友的奢望，我几乎接受了自己所有的不可爱与不被爱。就是在这时候，我遇到了刘黎。

那一年，刘黎21岁，来到我所在的初中实习。班主任带她进来时，谁也没把这个皮肤很白、看起来有点弱不禁风的姑娘放在眼里。

她个子较矮，有些腼腆，自我介绍时说："我是安庆怀宁人，那里是海子的故乡。"因为这句话，我从习题集里抬头看了她一眼。她说："我想用一句他的诗当作见面礼。"说罢，她拿起粉笔，转身在黑板上写下了一句话："你来人间一趟，你要看看太阳。"

我看着黑板上字迹娟秀的那句话，好像真的被阳光灼烧了眼睛。那一刻，我觉得讲台上比我们大不了几岁的她那么美。

或多或少地刁难实习老师是学生们的一点恶趣味，被冷落了两天后，她用一个早自习解决了这个问题。

前一天她帮班主任批改了我们的周记，趁机把每个人的本子翻了一遍，记住了40多个名字。第二天早自习时，她在教室里从前走到后，再从后走到前，和每一个人说话：你喜欢这个，我也喜欢；你上周去旅游了；你感冒好了吗……就像来自老朋友的问候。

走到我身边时，她说："是你啊，文笔那么优美，只是有点忧郁。"紧接着又说，"忧郁没有什么不好，不敏感的人写不出打动人心的东西。"我的脸红了，与其说是害羞，不如说是震惊，震惊于她对我说的话。

课间，刘黎主动邀我去操场散步，和我说起她曾去省城的电影院看《泰坦尼克号》。说完这件事的周末，她特意约我去看电影，看的是刚上映的《哈利·波特与魔法石》。要知道，我从未与任何人在课外约好一起做任何事。所以，从她手里接过珍珠奶茶，在电影院里她拍着我的小臂哈哈大笑时，我其实掉眼泪了。

一切都是因为，她像个喜欢和我在一起的朋友。

实习结束那天，她在讲台上抹着眼泪说，每个人都是带着各自的使命来到这个世界上，有美好的，也有阴暗的，她想栽培美好来对抗阴暗。

那时候的我，所能想到的最好的方式，就是写一封长长的信给她，小小的我用了很大的字眼，我说："你像是奇迹，让我看到了自己长大后的样子。"

很快我收到了她的回信，我考上大学为止，我们通了6年的信。

她总说她看到我的时候就好像看到了曾经的自己。在最为重要的那6年里，她就这样陪我一路长大成人。

我第一次用寝室电话给她打过去时，她正准备换工作。我没有留过她的QQ号，也没有把她的电话抄在任何无法销毁的地方。在她告诉我新工作地址前，我的手机被偷，恍然发现竟然没有她的联系方式了。

13岁的我，内心堆积着许多无从发泄的情绪，绝望地想着，是不是永远也不会有一个和我一样矫情的人来跟我做朋友呢？

幸好，我遇到了刘黎，不幸的是我长大了，她却不见了。

她的青春少了一条裙子

文/文星树

被穷养大的女孩，大多有这样一个毛病：她们一边渴望像童话故事里的公主那样，拥有美丽的裙子，一边面对着昂贵的标签，暗自叹气。作为被穷养大的女孩，从懂事起，捉襟见肘的家境就让袁木槿明白，那些对美丽的渴望，只能深埋心底。

袁木槿5岁时跟着父母迁移到一座南方的小城，那时候爸爸妈妈全身上下只有两百块钱。到达车站时已经是凌晨，爸爸把蛇皮袋里的棉被拿出来，铺放在车站广场上的一角，妈妈带着她钻进被窝。那一夜爸爸没有睡觉，依稀中，袁木槿看见爸爸在路灯下抽烟。好像就是从那一刻起，袁木槿突然明白，生活没有"容易"二字。

读小学一年级的时候，爸爸妈妈在火车站附近摆摊卖水果，家里的贫困让袁木槿太早懂得钱的重要性，别的孩子还沉浸在无忧无虑的童年时光，袁木槿就开始在车站里捡瓶子贴补家用。袁木槿曾经不止一次地见过城管没收爸爸妈妈的摊位，也不止一次地见过妈妈摆的小摊被一些野蛮的顾客推倒。妈妈弯着身子捡水果的背影刺伤了年幼的袁木槿，她知道父母辛苦的源头都是她，她想快点长大，保护他们。

因为家里穷，袁木槿的外套是邻居家大姐姐给的，鞋子是爸爸从旧货市场花三块钱买的，书包是妈妈用家里不要的碎布缝制起来的，邋邋遢遢的袁木槿是班里的异类。

每个星期三的自由衣着日，别的女生都穿漂亮的裙子来上课，只有袁木槿，一年四季都穿着不起眼的校服和不合身的宽大外套。她多想有一条裙子，哪怕不那么耀眼也好啊！

14岁那年，袁木槿终于鼓起勇气，拿自己攒了两个月的早餐钱，买了一条普通的裙子。妈妈知道后，把袁木槿狠狠地骂了一

顿，说她不学好，乱花钱，不懂得体谅父母的辛苦。袁木槿诚惶诚恐地看着妈妈身上灰扑扑的衣服，觉得自己实在是罪孽深重。后来，每逢袁木槿做错事，妈妈都会拿这件事来数落她，从那以后，袁木槿不敢再穿裙子。

初三那年，袁木槿一心扑在学习上，成了班里成绩最好的学生。那些嘲笑她的同学开始对她刮目相看，老师也总是拿她做正面教材来激励家境比较差的学生，那个一年四季总穿校服的"垃圾妹"，成了许多人羡慕的传奇。

没有人了解袁木槿内心的痛苦，那些对美丽的向往有增无减。袁木槿还是羡慕那些穿裙子的女生，她们明媚地出现在校园的每一处角落，成为所有男生注目的焦点。每当那些女生讨论着最新款裙子的时候，袁木槿表面上总是装出一副不屑的样子，可内心里，她是多么希望自己也能漂漂亮亮地出现在校园的球场边，大大方方地接受其他同学的目光啊！

18岁那年夏天，阳光最炙热的时候，袁木槿以全年级第一的身份考进国家重点大学，录取通知书寄到学校时，袁木槿正在帮妈妈整理捡来的易拉罐。学校的老师给袁木槿的妈妈打电话报喜，爸爸妈妈兴奋得一夜未眠。

第二天早上，妈妈把袁木槿叫醒，想带她去买裙子。不知道为什么，袁木槿的内心竟然没有一丝波动。曾经她是那么渴望有一条裙子，可是现在，她唯一的渴望，就是她早点出来工作，让爸爸妈妈不再那么辛苦。

那个夏天，袁木槿依然没有买到她喜欢的裙子，她去了一家工厂做暑期工，她知道，她的青春仅仅是少了一条裙子而已，除此之外，别无遗憾。

那些年爸妈为你吹过的牛

文/二尢

放假回家,邻居家的小妹妹专程来了我家一趟,给我展示她的日本旅行计划,并邀请我这个日语"大神"一起去玩。"大神?"我尴尬又不失礼貌地微笑着,顿时明白我妈在外面又吹了多大的一个牛。在她心里,看我每天追剧就默认了我懂日语,而我懂日语就意味着我是自学成才,精通小语种的大好青年……

后来和朋友聊起爸妈为自己

吹过的牛,发现其实很多父母像"粉丝"一样,为孩子开启十级滤镜,吹最夸张的"彩虹屁","脑补"最值得期待的未来。作为被吹捧的主人公,我们真是脸上笑嘻嘻,心情不咋地。

记得刚上大学时,有一次春节聚会,一位叔叔非要给我敬酒。他听说某种植物的药用价值很高,而我爸妈讲我就读于业界公认的王牌医药专业,他想问问我的投资意见。等会儿!潜力?投资?意见?一连串大词把我吓

得不轻。我不记得当时怎么给自己解的围,但这么多年过去了,当时空气凝固,我快窒息的感觉宛如昨日啊!

后来好几年的家庭聚会上,辟谣成了我的一项重要活动。我要努力向亲戚解释,我不是行走在医药行业前沿的科学家,我能成为第二个屠呦呦非常难,能拿到诺贝尔奖也希望渺茫,我只是一个要为论文发愁的普通研究生。

现在想想,爸妈成为孩子的"颜粉"只是基本步骤。只要是自家孩子,爸妈的眼就是十级美颜滤镜,冲孩子眨一眨就自带磨皮、瘦脸、大眼效果。朋友一直对自己的单眼皮不满意,她妈妈会说:"你这是世界上最有味道的单眼皮!不用割!"等她把眼皮割好,她妈妈又不遗余力地赞叹:"看看这双眼皮!感觉世上没几个能这么自然的!"

成为"事业粉"也是父母绕不过的宿命。小时候我们总因为"别人家的孩子"而愤愤不平,长大后,爸妈分分钟把我们包装成"别人家的孩子"。

表妹一直担心我小姨这个炫女狂魔,会把周围人都得罪一遍。聚会时,二舅说工作不好找,表弟最后进了一个小公司。小姨接话:"小公司也是公司啊,我女儿在几万人的上市公司不也一样上班吗?"话音落地,表妹都不敢抬头看二舅的表情。

还有一次,小姨和朋友聊天,对方说自家孩子是985学校毕业的,工资一个月才5000块。"女生在一线城市很辛苦的,你女儿也是吧?"小姨回答道:"辛苦是辛苦啊,但我家女儿努力,一毕业月薪就9000多块啦!"据表妹发回的现场报道,那天气氛十分微妙,欢声笑语里带着淡淡的紧张,感觉围观了一场成年人之间的高手过招。

上周我去看演唱会,表演结束后,"粉丝"热情大喊:"×××,妈妈爱你!"追星时,我们都是"亲妈粉",时时关注偶像的一切动态。我突然意识到,爸妈不也是这样吗?在家操碎了心,在外花式吹捧,他们总能给我们随时随地打气投票,还要在外人面前为我们时时控评。虽然有时我们觉得尴尬突破天际,但不得不承认,爸妈才是这世界上的忠实"站姐"、资深"铁粉"。

我的父母并不知道，我是最怕被唤大名的。说白了，在平日的生活中，家人是绝不会无端喊我大名的。因为我清晰地知道，在这个光明磊落的家庭里，确切地存在着一个不为人知的潜规则。一旦他们开始以大名相称，我就会后背僵直，汗毛竖立，丧钟为我而鸣。

据他们自己解释，揍我前喊我大名是有多方面原因的。一是情难自已，怒难自遏。你这孩子竟然敢犯这么大的错，你已经不是爸妈的宝宝了！二是他们坚信挨打要站直这一说法，叫小名多少有些轻浮。在挨揍前那一刻，他们特意赋予了我独立的人格。正在挨揍的不是他们乖巧可人的小儿子，而是犯错的熊孩子。

当然，从小到大，我挨的小揍不少，但胖揍却属实寥寥。其中最记忆犹新的一顿揍，发生在我十五岁那年。那是一个树影婆娑的盛夏之夜，暖风穿过客厅，带来栀子花的香气。远处传来我妈接起电话后热情的问候，随后便是长久的沉默。

空气又轻快地流动起来，我不由得长叹一口气，像个老谋的智者一样，该来的还是来了。但智者并不知道，随后那如约而至的胖揍，却可能是他此生于父母处能领到的最后一顿揍。

我家有一根两头尖细，中间稍粗的长擀面杖，那是曾支配我长达十数年的刑具。平日里的它一直沉默不语，蛰居在冰箱上头。但慵懒的它在抽我的时候却总是突然有了神气。在我妈手里，它被赋予了新的生命，时而毒蛇吐芯，时而蛟龙出海，时而横扫千军，时而力劈华山。年幼的我一度怀疑，究竟是谁在揍我，有没有可能是邪恶的擀面杖支配了我妈的手来揍我呢？这个疑惑，使得可怜弱小又无助的我，很长一段时间不敢靠近冰箱偷拿冰棍吃。

随着一声并不伴随栀子香的大名的呼唤，我识趣地走进厨房，拿来我的"老朋友"擀面杖，递到我妈手里，如释重负地英雄登场。当然，毕竟是法制家庭，庭还是要开的。我坦然供述了因为没考好，所以瞒下了爸妈家长会当天下午开的罪状，但法官兼行刑人引述了庭外证人老师的证词，使我不得不又招认了在校期间男女关系不纯洁等罪状，尽管我对其予以坚决否认，但我还是对杖责三十的最终判决表示不上诉，可以立即执行。

可惜的是，擀面杖并没有想象中的生龙活虎。随着一声破空之声，只是一下，打在我绷紧的胳膊上，服役十多年的擀面杖，就那么敌不过我正发育的肌肉，干脆地断成了两截。被告人和行刑人尴尬地对视了一秒，都没有憋住，爆发出"杠铃"般的笑声。我捡起掉落的那半截擀面杖，向他们展示横截面，说我早就说这玩意是空心的。但当我撸起袖子展示伤痕的时候，怎么也找不到打在哪里了。

那是我最后一次挨揍，尽管他们后来又买了更粗更长的实心擀面杖，威慑了我很长一段时间，但我没有再被打过。我曾经自己偷偷试了一下新擀面杖的斤两，打在身上真疼，绝对是实心的，而我也好像明白了些什么。后来，他们再也不愿承认曾经打过我，在我现在追问从哪儿能买到空心擀面杖，来打我儿子的时候，说我怕是在做梦。我可以正大光明地去冰箱里拿冰激凌，一直吃到拉肚子，可我打开窗户，却再也闻不到栀子花香了。

后来，他们再也没有唤过我的小名。

挨揍

文/杨 理

一条鳜鱼

文/郭婷

世纪交替的那年，我们第一次见他。一米七几的个头，微胖，皮肤白，眼镜后面，眼睛眯成两条缝儿。

他是我们那70多号人的班主任，教语文。跟众多人民教师一样，早在第一堂课上，他便提出对我们的殷切期望："希望我教出来的学生以后进馆子点菜，不要大喊'jué鱼'。"

他转身在黑板上一笔一画地写下"鳜"："这个字啊，念'guì'。外出聚餐，领导同事都在，你一张口，要了一条鳜（jué）鱼。啧啧，我可丢不起这人。"

做好了迎接老生常谈的准备，没承想，他对我们的期望无关乎志存高远和前程万里，却是基本简单的认字识词。听他拿捏语气、煞有介事地模仿，原本正襟危坐的我们转而哄堂大笑，吵吵闹闹的校园生活自此开场。

点点（这是我们听来的他的外号）高大的身形许他以静制动，在所有他认为需要出现的时间段悠悠地出现在我们班后门的窗框。长此以往，这招化身为影效用甚佳，比起班主任动辄就大发雷霆的班级，我们反倒是高度自治，正襟危坐居多。

以英语老师为首的一拨代课老师采取的是与他截然不同的管教方法。晚交作业、字迹潦草、拼写错误、喧哗吵闹……学生动辄就出于这些原因被传唤至办公室问话。有一回，这位英语老师在盛怒之下要求家长来校面谈。学生自然是守口如瓶，不肯吐露父母的电话，她去找点点告状。点点了解了来龙去脉，对她的严苛随声附和，但说到联系电话，却两手一摊表示无从知晓。堂堂班主任，哪有不知道家长电话的道理？英语老师被点点气得够呛，双手叉腰，无计可施，只能"呼哧呼哧"喘粗气，风箱似的。

这个故事是涉事同学亲口所讲，讲述时，他的言语神情中颇有几分得意。大家乐意听，他也乐意讲，这个故事被重复了许多遍。

某个晴朗的秋日，下午我们大扫除，班上一位同学站在室外的楼梯上朝楼下大喊："点——点——哪——去——啦？"半晌，有人在身后搭腔："找我吗？"回头看，果然是点点。公然大呼老师的外号，怎么都算得上"大逆不道"。但点点毫不生气，仍然是一边嘴角上扬，眼镜后面，眼睛眯成两条缝儿。

伴随着"最后的战役"，我们即将毕业。对初中生而言，分别是一件大事儿，最后一节语文课上，教室里哭声四起。点点写完板书回身，左手摁住书角，右手手心朝上，蜷缩着五指，用手背展平铺开在讲桌上的课本。

"不要太伤心了，"他说，"我们不会彼此忘记的。"

我们的确没能忘得了他。上了高中，上了大学，我们仍然在空闲时间回学校，两手空空地前去拜访他。他挺高兴，说自己早就不当班主任了，也不教语文，甚至连学校安排的三防教育课都辞去不带了。我们也啰啰唆唆，倾吐一些境遇烦恼。

空闲的时间少了，和他有关的消息自然就少了。

有一次，我突然就想起他上课的样子。上网查了查，他手指的屈伸困难是类风湿关节炎的症状，这种疾病会导致手呈梭形肿胀、尺侧偏斜，病情将随活动不断加重。可是在教我们的3年里，他书写板书、批改作业，从没多说过什么，我们也熟视无睹。

桃花流水鳜鱼肥，它味甘、性平、无毒，值得我们牢牢记住。

小离别

文/钟 墨

1

自从我看了《少年派的奇幻漂流》，我就觉得肖让就是那只老虎——一只让我有可能"死"在学习上的老虎。

最不可思议的事情是，今天老师宣布：我俩居然要被保送进同一所大学！我问老师能不能给我换个保送学校，老师不肯，他说换学校的事并不保准，眼前这个机会如果不好好把握就太可惜了。再说这个大学排名那么好，也不用参加高考，不好吗？省心省力。

不仅如此，他还把我和肖让安排在最后一排做了同桌。同桌十几天后的一个上午，肖让没来，我很诧异，第一个课间，我就问班主任，老师说他昨晚吃坏肚子请假了。

没有肖让的那天，我怅然若失，连做卷子的兴趣都丧失了一些。我回忆着上高一以来和肖让有关的一切，想到了他对我做过的一件事。

我喜欢过我班的林小毛。以前，我着了魔似的从微信上给林小毛发情诗。后来她把我拉黑了，我就隔两三天在纸上写一首，放到她课桌里。可是她居然在警告我不成的情况下，把我的行为告诉了老师。

班主任为了保证我们两个人的成绩不受影响，要找我家长。让我万万没想到的是，坐在第二排的肖让嘟囔了一句："这事值得找家长吗？他保证以后不写就得了呗。"同学们发出一片善意理解的笑声，把老师的愤怒彻底给消解了。

最后，老师没找家长，我也没再写情诗给林小毛。是的，是肖让！是他让我成功地保持了优良的成绩，也让我没因早恋事件产生心灵伤害。

我和肖让在成绩上的竞争让我们几乎不太说话，即使现在同桌，也是互不搭理。我想了想原因，真不是一般人认为的嫉妒，其实我们只是不服输，好像谁主动说了话，谁就会在气势上矮了几分一样。

2

离别这事，不管你愿意不愿意，到时候都要到来。

在毕业班告别宴上，林小毛给所有人都准备了一份礼物，给我的是一本把十几张情诗纸片粘在一起的薄册子。大家都笑开了，林小毛一点没有不好意思，我也是一副很平常的样子。

老师说："这事儿你真得感谢肖让，要不是他，我真找你家长了。你妈那么严厉，估计有你好受的！哈哈！"

我看见肖让一笑，又随即收起。我上前敬了他一杯："哥们儿，谢谢啊！"他赶紧站起来，痛快饮下却没表情，更没说话。

可能谁也没发现我的表情有点阴沉。我希望，肖让和我说点有感情色彩的话，真像哥们儿那样说句话，哪怕说"再见"这样的平常话也行。可是他没有。

那天我喝多了，几乎不能直着走路，同学们打车第一个把我送回家。

等到了我家门前，肖让俯到我耳边说："哥们儿，你不知道吧？林小毛也是我的暗恋对象，可我没有你勇敢，一直没表白。"我被惊醒，"啪"地立正！我看清了扶我上楼的人，分明是肖让！我的头脑也清醒起来，看着笑眯眯的他，不知道说什么好。然后，他又说："是我让她不要扔掉情诗的，那么宝贵的东西扔了，你可能就记不起来了。我理解你！"

要开学的时候，我收到肖让的短信："哥们儿，一起去吧！"我赶紧回："加上微信，方便联络！"

1

黎不二不叫不二，她叫黎姗姗。

初一时，我穿着校服，忐忑不安地走进新的教室。老师对我点点头，示意我坐到一个女孩子旁边的空位上。当时的黎不二扭头跟我说："嗨，我叫黎姗姗，不过你不准叫我黎姗姗，这个名字太蠢了。你要叫我黎不二。"

我跟黎不二熟悉起来之后，她常常跟我讲她在乡下外婆家的趣事。黎不二的话很多，她说没什么人愿意跟她做朋友，大家都觉得她很坏，怕她，只有我愿意听她讲话。

我跟黎不二的友情被我妈发现，是在初一下学期。

那天我妈在校长室怒不可遏地等着我，校长和班主任一起拦住了我妈，但我还是没能逃过一顿毒打。

两天之后，班会课，班主任贴出一张座位表，让我们下课后换座位。用不着看，我跟黎不二的同桌生涯，到这里就结束了。她被老师调到了最后一排，而我依旧在全班最中间的位置上安安稳稳地坐着。

2

"小孩子才看对错，成年人只看利弊。"这句话在某些时候，也许不是特别正确。十二三岁的孩子，在某些时候也是知道利弊的。从那个时候起，我开始疏远黎不二。她下课过来找我，我说我还要做习题。上体育课她来找我去食堂吃饭，我说我还不饿你先去吧。那些原本因为我跟黎不二走得很近，所以刻意疏远

你好，黎不二

文/阿莫学长

我的同学也开始慢慢接纳我。

但是黎不二好像从来就没有察觉到这一切。她不厌其烦地找我，一开始，我的拒绝好像还带着一丝愧疚，但到最后，似乎真的变成了一种厌烦，避之不及，或者还有一丝丝害怕，各种情绪掺杂在一起。那时候的我还有一丝跟黎不二重新成为好朋友的想法，但我身边的同学彻底粉碎了我的这个念头。不管男生女生，熟了之后他们都喜欢调侃我："你跟黎不二不是很要好吗？你是不是牵人家的手了？"我不知道该如何处理，于是本能地，我打心里开始真正不想靠近黎不二，因为她是我坠入谣言中心的根源。此后，我再没有跟黎不二说过话。

3

初二开学，学校开始分班。我跟黎不二理应再无交集，但那天开学典礼刚散场，不知道什么时候，黎不二走到我身后，她拉扯了一下我的衣角，说："等会儿来食堂后面的空地，请一定来。"我一扭头，她已经挤到我前面去了。

那天我借口去小卖部买水，让同学先回班级。然后，我在食堂后面的空地上看到了黎不二。她突然塞给我一个东西，是一份礼物。她说："你拿着，我走了。"我愣在原地。她的后脑勺在我面前晃动了一下，消失在食堂拐角。

那份礼物是一张专辑，周杰伦的《范特西》。还有一封信，是黎不二写的。

她说：我要走了。我爸妈离婚了，我要跟我妈去省外。你是我在这里唯一的朋友，我把这张专辑送给你。这是我最喜欢的一张专辑，我特别喜欢里面的《简单爱》。最后还是要谢谢你，好学生嘛，希望两年后，在市重点的名单上看见你的名字。再见啦。

4

从此，关于黎不二的消息，我便没有再听到过。三年后，我上高二，在QQ的推荐好友里，我看到了"黎不二"。我加她好友，她很快通过了。我瞥见她的个性签名，是一句歌词：爱可不可以简简单单没有伤害。

我不止一次地想过，如果当年我多一点勇气，我们的友情会不会不一样。但人生没有如果，也没有重来，哪怕再细微的事情，它们都在最开始你犹豫的时候，就已经注定了。

你好，黎不二，再见。

我和诗人海子的较量

文/邱子夏

我有一个死对头。这厮大名叫陈晨海。名字虽毫无特色,他却很好地吸收了日月精华,算是个翩翩美少年。这厮装模作样地写了两首诗,发表在校刊上。从那以后,他还真把自己当诗人了,起了个笔名叫"海子"。我们班乃至全年级的大部分女生,都成了他的粉丝。

啊呸,他还真以为这些小女生都被他的诗人气质倾倒了,不过仗着一副臭皮囊罢了。我摇摇头,趴在桌子上继续写我的小说。上个星期我刚得了××文学大赛的一等奖,不过咱不喜欢炫耀而已。可这群肤浅的小女生,就只看外表。让我伤心的是,连我的"女神"也这样。

那天晚自修,"女神"正在写作业,海子拿出一首诗念给她听,念到激动处,还站起来高声朗诵。"女神"的嘴角漾出了好看的弧度。看到"女神"被迷惑成这样子,我"噌"的一声从位子上跳了起来。正在喝水的同桌被我吓得呛着了。

"什么诗人,不过某诗刊上的诗,被他改了几个字而已。"我拳头紧握。"戳穿他。"同桌早对海子不满了。"算了,他就是个狐狸精。还是个男的。我只是看不得他一副狐媚样。"那晚夜凉如水,我嘀咕了几句,就坐了下来。同桌却主动出击了。"大诗人,你这首改编的诗又准备投给哪个刊物?我们班真是人杰地灵啊,小方前几天刚得了××文学大赛一等奖呢!"

"哇,××文学大赛一等奖竟然让你得了?""女神"的口气几乎是崇拜了。我觉得胸腔内的幸福感要爆出来了。"女神"开始找我谈论文学,吃饭的时候,还特地和我商讨如何更好地设置小说悬念。正得意时,无意间看到海子愤懑的目光对着我,我有点胆战心惊。

要说我和海子之间一次正儿八经的较量,缘于一节体育课。体育课基本是海子的秀场,他那帅气的投篮,女粉丝们如果不是怕失态,早就尖叫连连了。我那天运气也背,偏偏分到和他当对手。我虽抢到了球,看到他拦在面前,竟然走步了。女粉丝们开始大声嘲笑我。

"有胆量跟我来场比赛吗?"我挑衅道。"比什么?""引体向上。"海子看了看我的胳膊,笑了。我也不知道为什么会说"引体向上"。后来仔细一想,其实随便说出哪个项目,我都不是他的对手。"女神"很生气,劝我们不要做这么无聊的事。但临阵脱逃,绝不是英雄本色。

"别担心,我们陪你练。"同桌以及几个男生向我投来鼓励的眼神。我怀疑他们把我当成了向海子挑战的工具,以达到"借刀杀人"的目的。那天比赛前,十几个男生簇拥着我在通往操场的小径上前行。"加油啊,小方。"我感觉自己从来没有这么伟大过。

我们两人拉住单杠,一齐做着引体向上。我感觉双臂几乎要断了。海子也开始吃力了。终于,我的手一滑,从单杠上掉下来。海子又坚持拉了十来个,也掉了下来。十月的傍晚,天空飘起了小雨。操场上的瓜友们顺势在雨变大之前散了。

"唉,为了和你比赛,我这腹肌都练出来了,你还真能撑啊!"海子一边笑着一边大口喘气。"你也太狠了吧,能拉这么多个。"雨点变大了,我们俩像傻瓜一样在雨中大笑。

这次较量后,很快进入了紧张的中考冲刺。我们都没能和"女神"考到同一所高中。倒是我和海子,一直保持着良好的关系。

塑料花

文/路明

上午最后一节课,班主任说,中午大家回家,换白衬衫、白球鞋,每人带一束塑料花来,下午有外宾。我们都欢呼起来。外宾的到来意味着停课。虽然迎接外宾算不上有趣的事情,无论如何,总比上课要强,不是吗?

我回家对我妈说:"老师讲了,要塑料花。"我妈说:"自己拿。"我抓起花瓶里的马蹄莲,有一枝脱落了。我哇哇大叫:"妈,花坏了。""我当什么事,"我妈说:"大惊小怪。这样,我拿胶水给你粘一下不就好了?"问题是,折断截面太小,胶水无法固定,稍微一动就又掉下来,一副凋败的样子。我妈皱眉说:"要么,用胶带贴一下?"我大声表达了我的抗议。身为中队学习委员,怎么可以带一枝伤兵一样的花去学校?老师会怎么想,同学们怎么看我,以后还怎么开展班级工作呢?我妈为难地说:"那怎么办?"她灵机一动,"你去隔壁照相馆借借看,他们一定有。"我忐忑不安地走到振国照相馆,很不幸,道具花已经被另一个小学生借走了。老板娘去仓库翻了半天,总算又找出一束来。我向老板娘行了个队礼,捧着花,喜笑颜开地去学校了。

学校后边是一片农田,可以抄近路。我走在田埂上,风吹动我的头发。春天,油菜花盛开,望去一片金黄。我看见咸菜瓶蹲在地里,我就喊:"咸菜瓶,咸菜瓶,你在干吗?"

咸菜瓶挥挥手,朝我走过来。她的左手攥着一把鲜花,有野菊,有蒲公英,有牵牛花,有太阳花,还有几枝我叫不上名字,用橡皮筋箍在一起,五彩斑斓的。她的右手提着几枝油菜花。咸菜瓶不好意思地说:"我在找最好看的油菜花。"她松开橡皮筋,把油菜花插进花束,调整好位置,重新扎起来。

我说:"老师不是讲要塑料花吗?"咸菜瓶小声说:"我家没塑料花……"她结结巴巴地解释,全村只有两户人家有塑料花,不巧的是,这两家都有小学生,所以,她就只好采一些野花来代替了。我说:"咸菜瓶,老师会骂你的。"我的同学显然被吓到了。我不满地说:"你这样做,是给我们的班级抹黑。"咸菜瓶看看手里的花束,又看看我的,可怜兮兮地问:"是不是……也差不多?"差多了,我摇摇头,一点都不像。我不再理会咸菜瓶,自顾自走了。

黄潇潇也没带塑料花。黄潇潇声称,她家里的花是在上海南京路买的,拿出来容易弄脏。她大摇大摆地走到我们跟前,用不容置疑的口吻说,喂,你,抽一枝给我。不行,要这枝。我们乖乖照做了,黄潇潇一下子拥有了一束最大最好看的花。黄潇潇有资格这么做,她是班上最好看的女生,还是大队长,级别比我还高。何况这一回,本来安排她给外宾献红领巾的,临时换成两个高年级的女生。此刻,黄潇潇正憋着一肚子的火,谁还敢惹她?

我们列队集合,咸菜瓶小心地把花藏在身后,成功地躲开了班主任的眼睛。大家在校门口集合完毕。外宾快到了,教音乐的小周老师走过来,指挥大家最后的练习。她用好听的声音告诉我们,什么时候该举起花束,什么时候放下,什么时候喊口号。突然,老师快步走到咸菜瓶身边:"严彩萍同学,你手里拿的是什么?给老师看看。"操场一下子安静了,所有人的目光都聚焦在咸菜瓶手上。咸菜瓶涨红了脸,嘴巴扁啊扁,像要哭出来。

哇!小周老师叫起来,好美的花!小周老师高高举起花束,眯起眼睛,欣赏那含苞的牵牛花、怒放的野菊花和饱满的油菜花。她的脸上荡漾着春天般的笑容。"这是老师今天看见的最漂亮的花,"她大声地问咸菜瓶,"一会儿结束后,可以送给老师吗?可以吗?"可以的,咸菜瓶用力地点头。然后她蹲了下去,紧紧捂住自己的脸。🌱

多美的字,都说不尽你的好

文/阿菲

亲爱的Z:

展信好。

我本不应该这么唐突地给你写信的,不过有些话说出来不妥当,又不忍心忘掉,只好选择写信这种折中的方式;再者,我似乎从没有正式地向你表达过谢意,这也算是写这封信的另一个契机吧。你只当听我唠叨便好,我也仅仅是写些平常日子里有关你的琐碎的情愫。

记不得是哪一天的数学课后了,我伏在桌子上小憩,半梦半醒间听到你从门口经过。我没有睁眼去看,但我很确信那就是你,因为我认得你的声音。我有没有告诉过你,你的声音很好听?我愿意每天都告诉你一遍。

当时我迷迷糊糊的,但你的声音离我那么近,就像你附在我的耳边说话一样。课间的走廊里人声嘈杂,可是那一刻,仿佛在我的世界所有的音轨里,属于你的那一栏音量被调到了最大,我没有办法不去注意。每次轮到你播音的时候我都会去操场。就算只能听到你说一句"我是今天的播音员"我也会很高兴。你在我的世界里,就和你的声音一样,是独特又令我牵绊的存在。期中考试结束的那天晚上,我们坐在学术报告厅门外的长椅上,墨样的夜色,没有灯光。每个从你唇边溢出的音节,都让我想起自己那把藏在床底的提琴。我看不清你,但你的声音像水流一样,漫过长椅,一点一点渗入我的皮肤纹理,时深时浅,缓慢地濡湿我的思绪。当时,我就很想很想告诉你。

能够偶然在走廊上遇见你,同样会让我雀跃许久。我逐渐养成了这样的习惯,每天入睡前要去回忆这一天见到了你几次。我悄悄地数过,次数最多的一天我们打了七次招呼。我真的要好好感谢你,让我这几个月惨淡的生活多了些温暖的颜色。在遇见你之前,我从没想过用"温柔"去形容任何一个男孩,但这个词放在你身上,我只觉得它还说不尽你的美好。

你是第一个愿意静下心来给我讲,也听我讲心事的人。直到现在,我都很抱歉将你卷进了我生活的浑水里,我知道这一定给你带来了诸多不便和困扰,你只是不和我明说罢了。这段时间,你和我说的每一句话,看向我的每一个眼神,每一个简单的动作,于我而言都是莫大的关心和支持。每回和你长谈结束,将要道别的时候,你都会说"随时找我,我一直都在"。我努力做到不再去打扰你,其实有了你这句话,我便已甘之如饴了。

我们似乎总在催促对方早点休息,但结果只是道了晚安后熬到深夜。清醒的凌晨于我而言并没有什么吸引力,只不过是你给了这冗长的等待以意义和乐趣。我单纯地希望等到一两点,能逮到还在QQ空间闲逛的你,并告诉自己这个郁郁浓稠的黑夜里,有一个人和我一起。昨晚在灯火熠熠的滨江路上,我把车窗摇下,让五月微凉的晚风顺着衣领钻进我的身体,等着你的消息。在手机振动的瞬间,以及在此之前无数个瞬间里,我就知道你会是那个在黑暗中为我点亮星星的人。我的世界乱七八糟烟尘纷杂,而你干干净净,那么温柔那么明朗,正适合我放在心上。谢谢你为我做的一切。

还有,我们拉的钩,你可不要忘记了呀!

阿菲

我的玛依拉，藏到草丛里了

文/阿瑟穆·小七

老努尔旦老了，却越老越像个小孩，而玛依拉正是把他当小孩子看待。"我的老婆子，今天能不能喝小麦粥？我不要再吃包尔萨克了，告诉你，我不是这么好打发的。"老努尔旦吃饭时，总会找出点事，引起玛依拉对他的关注。

"得啦，昨天才喝的小麦粥。为了给你换口味，太阳还在睡着呢，我就爬起来给你烤馕饼、熬奶茶。喂，努尔旦，就这么着伺候你，你还嚷嚷！"他的妻子玛依拉要么这样回答他，要么就是根本不理他。"如果你总是在吃饭的时候挑刺儿，我可要离家出走了，你信不信？"她威胁他。老努尔旦才不怕这一招呢，他还会继续找出一些话题，边吃饭，边唠叨。

他心里知道，玛依拉不会离开他的。但让他担忧的是，他们其中一人离开这个世界之后，那么剩下的一人该如何度过剩下的每一天，每一个夜晚。

一天清晨，玛依拉没有醒来，那是突发性心脏病。因为她的心脏早就出了问题。老努尔旦瘫坐在土堆旁，看着人们将她埋进土里。"我的玛依拉啊，你怎么偏偏抢到我前头呢……"他喃喃自语，他担心的事情终于发生了——他的玛依拉真的永远离开了他。

孩子们要接老努尔旦过去一起住，他固执地摇头，说决不离开透着玛依拉气息的家，决不离开半步！

老努尔旦回到家里，从房前走到房后，然后走进毡房。到处冷冰冰的，空寂一片。到吃晚饭的时间了，他也不觉得饿。他推开孩子们端来的饭菜，习惯性地翻起柜子上的搪瓷盆子，看盆子下面扣着的一盘手抓饭。旁边的篮子里，还有几块玛依拉在的时候烤的馕饼。

老努尔旦没了胃口。他上了床，被单冷冰冰的，他缩在被子里，让自己沉浸在对妻子的思念中。叹了口气，翻过身去，他的手摩挲到玛依拉曾经睡着的右侧……他躺在床上，翻来覆去，难以入睡。

第二天，昏昏沉沉，一夜未睡的老努尔旦试着爬起来。他坐在地毡上，发现玛依拉不在门边墙上挂着的小圆镜前，她的梳子还在那儿，还有她的黑底子蓝色羊角图案的披肩，还有那条不知多少个年头的灰白头巾，她也舍不得扔。她也不在油漆剥落了一半的碗柜前，叮叮当当地往外取碗。当然了，她也没在门边，撩起门帘，探头进来，冲他喊叫："喂——老家伙，起床啦！"

或者在羊圈边？

在所有地方，羊圈是清晨里她最有可能去的地方——她要挤牛奶呀！他走出毡房，羊圈边除了两头母牛习惯性地等在那儿之外，什么也没有。

孩子们送来饭菜，他厌烦地挥挥手。

和前些天一样，他依然吃不下食物，睡不着觉，还固执地赶走了晚上过来陪伴他的孩子们。

玛依拉离开的第三天，天还没亮呢，老努尔旦已经爬了起来。他在草地上转悠了几圈，月光和摇动的树枝形成了玛依拉的身影，她就站在那里朝老努尔旦挥手。他高兴地跑过去，伤心地走过去，接着充满希望，继而失望悲伤。直到太阳从山边升起。

"努尔旦爷爷，您起得可真够早的啊！"乌兰骑马过来，礼貌地招呼老努尔旦。"你，别走，"他摇摇晃晃跑过去，严肃地拦在马前，"我的玛依拉，她藏到草丛里了……我怎么也找不到，你能不能帮帮忙？"他一脸认真，正儿八经地说道，目光却径直穿过他，朝他身后看去。好像他身后还有一个人，被他挡住了。"这……您这是……"乌兰愣在那儿。"我的玛依拉，她就藏在那儿，让我找啊找啊……"老努尔旦指指眼睛看过去的草丛，大声说。"啊？玛依拉奶奶……"乌兰扭过头朝身后看了一眼，不知道接下来该说什么了。他拽拽马缰，跑开了。可怜的努尔旦爷爷，他是怎么了？我得赶紧叫来他的孩子们。乌兰想。

努尔旦看到乌兰不肯帮忙，摇摇头，嘴里咕哝着，继续在草丛里搜寻。"我看到了！你在这里！"他突然跳起来，扑向一处草丛，边扒拉边喊，"快出来！快出来！我抓到你啦！"就这样，他边找边走，来到山脚下。

这时，远处有人呼喊他的名字——他的孩子们赶来了。

又是一阵风吹来。风势很猛，突如其来——不知是一股什么邪风，令老努尔旦的两条腿颤抖着哆嗦，他干缩到一起的瘦小身体，像是陈旧的钟摆，摇摇晃晃地有些走不动了。恍惚中，他看到，他真的看到了他的玛依拉就在他触手可及的前方，他深深地吸了一口气，激动地喊道："等——等——我！你不能留下我一个人在这里呀——"他焦虑而悲伤的声音响彻整个阿尔泰山谷。

"好啊！"玛依拉微笑着冲他点头，向他伸出手，"嗨！老家伙，还是让你找到了呀！"她温柔地看着他，"走吧，我们回家吧！"她轻声说。

"嗯，嗯，"他低声回应，频频点头，"呃，我的玛依拉，见到你，真是让我高兴啊！"他向前屈身，认真看那张脸，模糊，但很温暖。"嘘——"玛依拉把手指放在嘴前，冲他吹了一下，"来，老家伙，把手给我，让我牵着你的手。"

老努尔旦走向那只手。突然，一切悲伤消失了。他全身轻松，没有烦恼，没有哀伤。他看着心爱的玛依拉，幸福地笑了。中午时分，孩子们在山坡上找到了老努尔旦。他神色安详，仿佛很高兴与玛依拉再次相见。他的嘴角漾着一丝欣慰的微笑。

一起读

我爱你，怎么说最美

我爱你，究竟怎么说最美？是《越人歌》里唱的"山有木兮木有枝，心悦君兮君不知"，是《诗经》里写的"死生契阔，与子成说。执子之手，与子偕老"，还是李白对月饮酒所说的"相思相见知何日？此时此夜难为情"？是的，爱你的证据有很多，是"曾经沧海难为水，除却巫山不是云"，是"山无陵……天地合，乃敢与君绝"，是"玲珑骰子安红豆，入骨相思知不知"，是"情不知所起，一往而深"，是"日日思君不见君，共饮长江水"，是"蒲苇纫如丝，磐石无转移"，是"今晚月色很好"，亦是"两情若是久长时，又岂在朝朝暮暮"。

文/毛予菲

白茶：把萌宠编进段子里

推开白茶办公室的大门，员工正吭哧吭哧敲着键盘，一只胖猫懒洋洋地躺在办公桌上打盹晒太阳，巴哥犬满屋子撒欢。白茶为这只猫咪取名为吾皇，为小狗取名巴扎黑。这两只萌宠在办公室备受礼遇，因为它们正是白茶的绘本《就喜欢你看不惯我又干不掉我的样子》（简称《喜干》）中的原型。

在《喜干》里，吾皇永远是一副半眯着眼睛、藐视一切的表情。为了突出它霸道冷漠的形象，白茶给它戴上了皇冠，为它设计转转的台词：吾皇用猫爪比画出爱心的形状——"很爱你，但还是要保持酷"；它捂嘴偷笑——"好害羞，但还是要保持酷"……

跟高冷吾皇相比，巴扎黑就皮实多了。它爱偷吃，身上的赘肉一层叠一层。它总是可怜巴巴地坐在地上，皱着眉一脸无辜。对它来说，幸福就是"无人问斤"。少年惊呼："我的黑，你30斤了呀！"它歪着头回应："你说什么呀？宝宝听不懂。"

白茶喜欢画猫，是因为他从小喜欢动物。他曾想过，要画200只形态各异、毛色不同的猫咪，但画到第二十只的时候，还是觉得没亮点。直到2014年的一天，白茶偶遇一只霸气外露的流浪猫，把它带回了家，开启了他们的"同居时代"。这只难伺候的猫咪成了白茶的灵感源泉，酷酷的吾皇跃然纸上。于是，当初那个宏伟的"画200只猫"的计划被彻底放弃了。不过白茶并不失落，"相对于当初画得漫无目的，吾皇算是落地了"。巴扎黑则是"先有漫画形象，再有真实的小狗"。白茶想给漫画中的吾皇找个小伙伴，就画了愣头愣脑的巴扎黑。朋友看到这只"傻狗"特别喜欢，给白茶找来了一条一模一样的巴哥犬。

白茶第一次发现吾皇和巴扎黑受欢迎，是在2015年年初。他在微博上发布了系列漫画，几个月后，转发量从几十噌噌升到近万。姚晨、高晓松等人也被这两只萌宠圈粉，一边转发微博，一边催白茶更新："可否再来5个长篇？"

白茶本名梁科栋，从小喜欢看漫画，也喜欢自己画。他从西安美院毕业，来到北京。在"北漂"的日子里，白茶最穷的时候，卡里只剩6元。他从兜里掏出仅有的10元现金，买了包烟，坐在路边思考人生，最后决定还是要继续画。10年后，现在的白茶是拥有200多万粉丝的微博红人。"我也成长了。以前性子有点急，现在我跟吾皇学——'没有你宠我，我也过得好'，懂得了不强求。"

在《喜干》里，白茶塑造了各种宠物形象。白茶总结说，《喜干》里的每个小家伙都长在他的身体里。刚开始画画时，他有点自卑和敏感，很像牛能——一只在意自己的缺点，又挺自负的哈士奇。即使现在，白茶也不喜欢跟陌生人交往。他享受一个人宅在画室，安安静静画画的时光。白茶也有吾皇酷酷的一面。在父亲面前，他却是"调皮归调皮，正经事还得听"的巴扎黑。

"和吾皇、巴扎黑一样，其实我们都由不同的面组成，有傻的时候、高冷的时候、温情的时候、受委屈的时候。"白茶说道。不过，白茶并不想赋予他的漫画太多太深刻的东西，他最开心的，是看到"哈哈哈"的留言，因为"让读者开怀大笑，这件事太珍贵了"。

一起读

点绛唇·蹴罢秋千

〔宋〕李清照

蹴罢秋千，起来慵整纤纤手。
露浓花瘦，薄汗轻衣透。
见客入来，袜刬金钗溜。
和羞走，倚门回首，却把青梅嗅。

战争后遗症

文/尤 今

在占贾，我们下榻于民宿。

一日，与房东的女儿莎莉玛聊及上世纪90年代发生于阿塞拜疆和邻国亚美尼亚那场战事，莎莉玛的语调充满不堪回首的痛楚。当时，年仅4岁的她和家人在首都巴库过着和乐融融的日子，一有闲暇，便到乡下探望奶奶。奶奶在乡下有座宽敞的房子，有个小小的葡萄园，养了些鸡，种了些菜，日子过得有滋有味的。可是，烽火一燃，恬静的生活就变成了没完没了的梦魇。

她余悸犹存地忆述道："父亲上前线作战，枪林弹雨，生命朝不保夕，母亲患上了抑郁症，白天默默流泪，晚上低声啜泣，有时，半夜里会扯开喉咙，放声痛哭；眼泪，把屋子几乎淹没了。后来，还是奶奶一句话惊醒了她："你把眼睛都哭瞎了，两个孩子怎么办？"母亲勉强振作起来，但生活还是罩在愁云惨雾里。外面兵荒马乱，我们成日关在屋子内，虽然只有4岁，我却感觉童年已经结束了。"

战争期间，物资匮乏，母亲一大清早便出去排队买面包，等上老半天，才捎回一个，母女三人要凑合着吃好几天，也就是在那时，莎莉玛了解了什么是"饥饿"。

"饥饿，是一个魔鬼，它在胃囊里恣意放火，它怂恿五脏六腑互相咬噬，整个人在剧痛中天旋地转。如果说生命是一棵树，那种逐渐走向枯萎的感觉，十分可怕，就好像有人强行扼住了你的咽喉，你却连一丁点儿反抗的力道也没有！"

后来，奶奶把她们三人接去乡下同住。

奶奶家里还偷偷地藏着一大袋比金子还要珍贵的面粉，还有，葡萄园也在不久前有了收成。于是，姐妹俩餐餐都以面包和葡萄果腹。新鲜葡萄吃完了，便吃葡萄干。日日吃、餐餐吃，吃得全身上下都咕嘟咕嘟地冒着葡萄的气息。后来，一看到葡萄便想呕吐，可年纪小小的她，并不知道，这是让她活命的东西。母亲在她哭闹不止时，总好言劝慰："明天，我设法找只鸡来烤给你吃。"母亲的许诺让她濒死的心又活了起来，她顺从地吃下了那半片葡萄面包。可第二天，母亲对她说道："鸡贩说，要等一个星期呢！"她乖乖地吃了一个星期的葡萄面包，之后，母亲弄来的，不是鸡，而是一个鸡蛋。她一小口一小口地吃着那个熟蛋，幸福得双眼噙泪。以后，母亲用同样的伎俩，骗她继续吃葡萄面包……

1994年，战争结束。父亲回来，一家人团聚。

"这一年，我6岁，连天的烽火，无情地吞噬了我的童年。我有着6岁女孩的躯体，可是，我再也回不去6岁的天真。"说着，她将一大片牛油蛋糕往嘴里送。啊！心里对食物有着永无止境的渴求，胃囊对食物有永不满足的需求，应该都是战争的后遗症吧？

她一边咀嚼一边说道："2016年4月，亚美尼亚和阿塞拜疆在纳卡地区冲突再起，双方的军事冲突已造成至少30人死亡。每一个阵亡的士兵，都是别人家的儿子、丈夫、父亲啊！我们一介百姓，无欲无求，只求能够过上和平的日子啊！"

说这话时，她脸色平静，可是，月色下的瞳孔，层层叠叠全是隐形的恐惧。

黄狗谢尔的孩子们

文/艾 平

狼岛主人阿巴嘎赛罕收养了七十多只狼,同时养了十几只狗。狼岛最老的狗,叫谢尔。"谢尔"在阿巴嘎赛罕的母语里是黄色的意思。谢尔是一只金黄色的大母狗,它身宽体胖,奶水丰沛。两年前,阿巴嘎赛罕救助了一只狍子崽,取名叮当,还收养了一只小狼崽,叫正月儿。阿巴嘎赛罕看谢尔正给它的一只狗娃娃吃奶,其他的乳房都鼓鼓地闲着,就试着让叮当和正月儿去吸吮,没想到第一次就成功了。太阳暖暖地照在草地上,谢尔侧卧着身体,抬头看着怀里的三个孩子——一只自己生的狗娃娃、一只捡来的小狍子、一只虎虎有生气小狼崽,那眼神使人想起草原的老额吉看着咩咩叫的小羊羔。

谢尔的这三个孩子一直都没有断奶,到了它们能吃其他食物的时候,仍然要挤进谢尔的怀里找奶吃。谢尔很喜欢它们的取宠撒娇,它在草原上走着走着,遇到这三个小家伙就停下脚步,卧下身子……谢尔乐此不疲,结果这一奶非同胞的三个小动物朝夕相处下来,竟如手足兄弟一般亲和。它们渐渐长了本事,每每咬死野兔子和狐狸,一块儿叼回来邀功请赏,也为狼圈里的狼提供一餐美味佳肴。有一天,它们看到阿巴嘎赛罕在岸边用抄网捞水耗子,突然之间就悟出了什么。这两个小家伙,不由分说就下了水,一会儿就给阿巴嘎赛罕捉到十多只水耗子。阿巴嘎赛罕捉水耗子,是为了喂狼,可是狼圈里的那些狼,自从被收养到狼岛,

就忘记了什么是饥肠辘辘,它们看了看满地乱爬的水耗子,没有食欲,漠然置之。

谢尔老了,睡着睡着就死去了。阿巴嘎赛罕在山坡上挖了一个深坑,把谢尔埋葬了。第二天,那个墓坑被扒开了一层,阿巴嘎赛罕一看旁边的脚印,就知道是怎么回事了。他坐在远处抽着烟,果然看到了妞妞、正月儿的影子,它们没有办法挖出自己的慈母,就无奈地冲着墓坑一个"汪!汪!"地叫,一个"嗥……嗥……"地嗥。阿巴嘎赛罕看不下去了,趁着夜晚,把谢尔取出来,装在一只麻袋里,放在河里水葬了。结果第二天,妞妞和正月儿,还是凭着气味寻到了河边,它们找不到谢尔在哪里,就站在河边惆怅地向远处张

望，很久很久才失望地离开。此后好长时间，它们每天都这样来到河边等待自己的妈妈。

现在，小狗妞妞和小狼正月儿都成年了。妞妞当了母亲，也和谢尔一样，敞开胸怀接纳所有幼小的生命，付出乳汁和博爱。小狼正月儿的野性越发不可遏制，学会了抓鸡，还学会了袭击不认识的小狗崽，再也不能由着它四处撒野了，阿巴嘎赛罕把它送进了圈养着十六只草原狼的大圈。与圈里那些狼一比，散养长大的正月儿的强悍就不用说了，几个回合下来，便把圈里那些少年狼收拾得服服帖帖。它那油光锃亮的皮毛，矫健轻盈的身体，好不漂亮！总是让人眼前一亮。于是参观者开始叫它"美丽"。美丽！美丽！这个野性未泯的美丽，以狼王的霸气君临天下，将自己的狼群变成了众志成城的集体。每当月光如水的夜晚，"美丽"仰天长号，一石激起千层浪，随即狼岛上长嗥四起，偶尔有野狼循声而来，它们是来寻觅失散的伴侣或孩子的。这时候，阿巴嘎赛罕便敞开圈门，任由它们相认，可是结果并不尽如人意，不仅不能让狼岛收养的狼返回荒野，反而留住了那些寻亲者的脚步。因为草原狼生存的环境太窘迫了，可食用的小动物越来越少，人类的威胁无处不在，野狼便认为狼岛是一个有吃有喝的庇护所，最终纷纷投靠到美丽的麾下。由于参观者络绎不绝，狼美丽的名字随着呼伦贝尔大草原一起名扬四海，现在世界上只有阿巴嘎赛罕一个人还叫它正月儿。

后来，一个摄制组看中了狼岛的故事，想以万物和谐为主题拍一则视频。他们动员阿巴嘎赛罕带着谢尔哺育长大的三个小伙伴出镜。那天，碧空白云，牛羊遍野，还有一辆越野车在画面里奔驰。当阿巴嘎赛罕一松手里的绳索，叮当立马掉头就跑，转眼没了影儿；那美丽，竟然不仅没有展现野性的凶猛，反而躲着羊群，好像遇到了妖怪，这时汽车开来，它竟然追着汽车跑起来。它并不怕人，也不怕汽车，因为每天见得太多，而狼岛上是没有羊群的，羊群对于它来说，不是食物，而是庞然大物也。那妞妞，在阿巴嘎赛罕身边蹲着不动，一脸懵懂。

到了晚上，美丽像一只狗似的蹲在狼圈的门口，等着有人给它开门进圈。那叮当呢？只见红丝巾一闪一闪的，它正在一群鸡当中跳跃，似乎十分开心。

它们只属于阿巴嘎赛罕的狼岛。

一起读

美人如诗，草木如织

《诗经》中的植物种类繁多，而且总是大抢镜头，分外引人注目。比如出现的各种药用植物，菟丝子、川贝母、益母草、泽泻、枸杞、志远等，字里行间飘溢着药香。它将美学与植物世界完美结合，并以这种特殊的形式展现了当时的文明程度和历史画面。

马克思说："色彩的感觉是一般美感中最大众化的形式。"《诗经》中涉及的色彩，可谓众多，异彩纷呈，光描述红色的就有"赤""赫""丹""朱""炜"等，描述白色的就有"素""缟""皎""皙"等。

据统计，《诗经》时代，当时，老百姓很有智慧，也很爱美，他们喜欢用一些植物来制衣或捣作染料。老百姓的衣服就主要取材于三种植物，即葛藤、大麻和苎麻。

《诗经》中的植物染料有三种：一、菉草，通作"绿"，可以染绿；二、蓝草，即靛草，可以染青（蓝青色）；三、茹藘，即茜草，可以染红。《小雅·采绿》："终朝采蓝，不盈一襜。"《郑笺》："蓝，染草也。"《毛诗正义》："以蓝可以染青，故《淮南子》云：青出于蓝。""终朝采绿，不盈一匊。"绿，程俊英《诗经译注》："绿，草名，即荩草，可以染黄。"程俊英《诗经通释》："茹藘，茜草。其根可作红色染料。"而且它们至今仍是高档手工衣物的主要染料。

你的天分在哪里

文/张佳玮

米兰·昆德拉的父亲路德维克·昆德拉是捷克大音乐家亚纳切克的徒弟；米兰少年时就跟父亲学钢琴，然后进修作曲和声学。之后在大学，他学了影视编导。最后，在29岁，他写了自己第一部小说《玩笑》，然后一发不可收，成为我们都知道的大师。

他自己后来陈述过他对音乐和小说的混杂爱好。首先，少年时，他觉得自己不能不写小说，音乐无法满足他的表述需求；但他的小说又大多带有音乐的复调结构，七章循环。他念叨说，自己并不是故意把所有小说都写成七章的。"我一直想摆脱七章的宿命……但这是一种深刻无意识的不可理解的必需。"

艾略特的巨作《荒原》是他在银行工作时写的，马尔克斯早年在哥伦比亚当记者。马尔克斯本行学的是什么呢？他在哥伦比亚国立大学学的法律。

许多时候，你以为是尝试了一点新东西，并不知道那其实才是你真正的人生宿命——此前的一切，都只是为了等这一刻到来。擅长什么与天分何在，其实还不一定是一回事。

一些人擅长什么似乎显而易见。比如，看见个子高的，大家都会建议"去打篮球打排球当模特"；看见长得好的，"去做模特去当演员"；多少父母看见孩子口齿流利，就喜滋滋："可以去做演讲说评书！"我还见过孩子父母志得意满地说："钢琴老师都说我家孩子手生得好，可以去弹钢琴！"

每个人或多或少都有过超乎其他人的一技之长。早熟的孩子比别人长得高啦，音准好的孩子擅长唱歌啦，不一而足。许多人大概时不时会感叹：我小时候什么都会，后来就抛下了；如果一直坚持，也许就……的确如此。每个人都可能有隐藏的技能没被发觉呢。但那是天分吗？不一定。

许多运动员有天赋，有普通人羡慕无比的天赋；但我接触过的一些运动员自己承认：并不热爱这门运动。

但行内人一定明白，职业会消磨人的热情。任何一个爱好一旦成为职业，一定会让人因为例行公事而倦怠。倦怠之后，还有支撑着他们继续下去的热情，才是真爱。许多行业尖子被采访时，常说："你要热爱这行。"其实这后面是另一句："……热爱到当职业了还能不讨厌。"所以事实是，兴趣、热情与持久不懈的能力，在长期来看，才是最重要的天分。

每个人可以擅长许多东西，可能有许多技能，会被人啧啧称赞，但除非你在这方面确实是万中无一的天才，否则，从长期来看，你真正的天分隐藏在那件你闲暇时依然会做的事情里，那件你可以拿来抵抗抑郁与不安，可以持续做许多年而历久不倦还感受到乐趣的事情里，那就是你真正的天分所在。

一起读

长恨歌（节选）

〔唐〕白居易

临别殷勤重寄词，
词中有誓两心知。
七月七日长生殿，
夜半无人私语时。
在天愿作比翼鸟，
在地愿为连理枝。
天长地久有时尽，
此恨绵绵无绝期。

狼的命运

文/杨福成

狼掉进了陷阱,它无奈地等待着死亡的来临。可是过了两三天,都没有猎人来把它打死。它想,这可能是上天对它的恩赐。谁要能将它救出去,它就一辈子效忠这位恩人。

于是,被饿了几天的狼在陷阱里苦苦呼喊:"救救我吧!好心的过路人,救救我吧!"经过的人们,一听是一只狼在呼喊,都躲得远远的。

"救救我吧!好心的过路人,我一定会好好报答您的,一只快死的狼,是不会说谎话的!"

王老头离这儿不远,他每天都能听到狼的呼喊。王老头不相信狼能变好,所以他一直没救它。

这几天,他发现狼的声音变了,哀伤了,气若游丝了,可能真的快要死了,他的心中有一种莫名的不忍。毕竟是一条生命啊!王老头的心里产生了一种负罪感。再不救它,就好像自己是杀死狼的刽子手一样。王老头不能再忍受这种心灵的折磨,于是,他就把狼救了上来。经过几天的喂养,狼的身体很快恢复过来了。

狼对王老头感激涕零,它在心底起誓,绝不会让恩人有一丝的失望。每天早晨,狼会出去叼一只山鸡回来;每天晚上,狼会叼几只野兔回来。有了狼的照顾,王老头的日子舒坦多了,他不仅有吃有喝,而且吃不了的还可以拿到集市上卖掉换个零花钱。

一晃几年过去,王老头的面色越来越红润,狼的身体也越来越强壮。

王老头有个表弟叫金七,人精瘦,心眼很多。金七对王老头说:"你天天和狼在一块很危险啊,平时怪好,可这东西毕竟是个野种,万一兽性发作,可就麻烦了。"王老头说:"没事没事,我们都相处这么多年了,我了解它,肯定没事。"

他们俩说这话时,狼就在窗外听着,等王老头说完话出来,它的眼里还泪汪汪的。

在此后的日子里,狼对王老头更加体贴照顾。

一天上午,有人送信来说,金七死了。

王老头赶紧问,怎么死的?

那人附在他耳边小声说:"有人看见,他是被你的狼咬死的。"

王老头说:"不可能!它一步都没离开过我,再说,它也没那么坏。"

"一只狼你也能相信?"王老头觉得,狼有时比人还可信。

"别傻了,好自为之吧。它能咬死你表弟,也能咬死你!"

这句话,把王老头吓得前胸贴后心,凉飕飕的!

那人走了,王老头抚摸着原先柔软的狼毛,这会儿觉得有点像倒刺似的划手。

狼也发觉到了王老头的心思,它眯着眼一动不动,泪水汪汪的。

第二天一大早,狼比以前多叼来了几只山鸡。王老头摸了摸狼头,很生分地说:"这么多年,你辛苦了!"

狼深情地看着王老头,轻轻地摇摇尾巴,没说什么。王老头起身,狼跟在后面,他们俩还是和以前一样,到不远的那条小路上去散步了。

突然,一声坍塌,王老头回身一看,狼掉进了陷阱里。

狼眼巴巴地看着王老头,什么话也不说,好像这条命就是欠他的。冬天的风越刮越紧,落叶、尘土和瓦块都呼啦啦卷进了陷阱里。

慢慢地,陷阱就成了平地,人在上面来来往往,没有谁能记得,曾经有一只狼在这里逝去。

漱石家有恶妻

文/唐辛子

日本人喜欢奇数,连评价别人家的妻子,也使用奇数,例如"日本五大恶妻"之类。文豪夏目漱石的妻子夏目镜子,就是当之无愧的日本五大恶妻之一。镜子比漱石年轻10岁。她20岁那年,经人介绍跟漱石相亲。头次见面,镜子就冲着漱石咧嘴大笑,露出一口极难看的牙齿,不仅不整齐,还黄黄的,显得有点脏。漱石看了那一嘴丑牙,顿时对镜子特别中意:一嘴丑牙也不懂得藏着点,这女孩真诚实!

漱石将镜子娶回家之后,才开始后悔。镜子的父亲中根重一是贵族院的书记官长,一家人住着两幢楼:一幢西洋馆,一幢日本馆。在这样的家庭长大的镜子,每天要睡到上午10点才起床,因为她从小到大习惯如此,起早了就会头晕,一整天都没精神。漱石当时是中学英文教师,每天必须早起去学校教课。妻子起不了床,没人做早饭,漱石只好饿着肚子出门。婚后第一次过年,镜子就惹得漱石发了脾气:过年的时候,女佣们、送外卖的都回家过年了,可是家里来了一大群客人。镜子一个人硬着头皮做饭,从下午一直忙到深夜12点,可是还有客人连饭都没吃上。漱石大感丢脸,从此不在家里过年,免得有客人上门过年,丢人现眼。

漱石从英国留学回来后,患上了神经衰弱症,变得焦虑不安、疑神疑鬼。每次犯病的时候,漱石就闹着要跟镜子离婚,认为自己人生最大的不幸,就是娶了个一嘴丑牙还不懂得装的老婆,因此天天威胁镜子:"你离不离?就算你不答应离婚,我一样可以撵你出去。"

镜子也不客气,回敬道:"我有一双腿,长在我自己身上,就算你撵我走,我也一样会自己走回来。"不管漱石说什么,镜子都不离婚。因为镜子知道,那是漱石在发病。漱石神经衰弱发作时,没人受得了他,连家里的女佣都被他赶出家门。都走了,谁照顾他呢?他是一个连家里的钱放在什么地方都不知道的人。镜子骨子里心疼漱石,但嘴巴却很硬,只会说:"夏目你少啰唆!你走到哪里,我跟到哪里!"漱石神经衰弱不发作、一切正常的时候,是个性情温和安静、幽默诙谐的人。这个时候的漱石,对镜子彬彬有礼。

漱石出名之后,经常有文学女青年登门拜访。有女文青向漱石老师请教文学,又提出希望跟漱石老师两个人去散步。还有一位女文青经常跟漱石谈自己的身世,诉说自己的人生如何不幸,然后跟漱石说:"很想死,很想自杀。"漱石对这位女文青十分同情,回家之后唉声叹气,说:"可怜呀,怎么得了?连自杀的心都有了呢!"镜子听了,恶声恶气地说:"哪有天天到处做广告,说'要去死、要去死'的人?那么想死,就只管赶紧死掉好了!"后来,一本八卦杂志揭露了这名女文青如何借自杀之名,接近文坛大家行骗的真相。"你看看!"镜子当即拿给夏目看,"就说了是个骗子吧!"漱石满脸厌恶,一声不吭。

别人家有仙妻,风花雪月;而漱石家有恶妻,只能去书里寻找风花雪月。因此,漱石除了埋头写作之外,别无他策。那些打动人心的名作,就是这样诞生的。

一起读

温八叉

温庭筠少敏悟,同其他有成就的诗人一样,自幼好学,苦心砚席,除了善鼓琴吹笛外,尤长于诗词。《旧唐书》本传中说他"能逐弦吹之音,为侧艳之词"。在当时与李商隐齐名,时号"温李"。《北梦琐言》说温庭筠"才思艳丽,工于小赋,每入试,押官韵作赋,凡八叉手而八韵成",所以时人称其"温八叉"。在我国古代,文思敏捷者有数步成诗之说,而像温庭筠这样八叉手而成八韵者,再无第二人。

郭霁莹：15岁，经历非洲

文/武冰聪

2018年1月，一本名为《15岁，我在非洲》的旅游传记类书籍在实体书店和各大电商平台陆续上架，出版社给出的信息是，"属于同类书籍里销量不错的"。这本书的作者郭霁莹2000年9月出生于北京，是个标准的"00后"中学生，由于父亲工作原因在15岁时到肯尼亚首都内罗毕留学，这本书就记述了她在非洲生活和学习的经历。

有关非洲书籍的最年轻作者

2016年7月，郭霁莹还不到16岁，刚刚完成考试，结束了在内罗毕的第一个学年。告别十年级的生活，她也迎来了在肯尼亚的第一个暑假，即将踏上一年一次的归国之路。"'动物王国'似乎很难提供有特色的礼品带给亲友，于是我建议女儿将自己的经历写出来，印成小册子，分送朋友。"父亲郭策在序言中这样写道。于是在一次庭院散步的闲谈中，父女俩就敲定了小册子《非洲游学记》的大致写作提纲。这也就是《15岁，我在非洲》的雏形。

一个偶然的机会，出版社的编辑读了小册子，了解了小姑娘的经历，觉得她的故事有出版的可能性。霁莹就根据要求开始对之前的内容进行更加严谨的增补修改，她利用圣诞假期补充了两个长章节：《我们一起来"抓马"》和《种子》，分享在非洲学习戏剧的经历和关于留学、爱国的认知。2017年暑假，又进行了最后一次修改、校对并给全书配图，最终定稿。

完成整本书的过程中，身边的家人、老师也给予了霁莹不少的帮助。比如这本书的英文名字 *Turning 15 in Africa*，就是由肯尼亚学校里的英文老师帮助霁莹修改选定的。

从最初讲故事的伴手礼，到现在成为一本内容完整的书，一年多的时间里，年轻的小作家和她的书一起成长。

做一颗中西兼顾的种子

在书中，霁莹将留学生比作种子，她认为，来自不同文化背景的学生，走向世界的各个地方落地发芽，但幼苗在生长时却会朝向着如同太阳般的祖国，"我认为我的使命就是传播，这与一颗种子的使命不谋而合"。出于这样的想法，身在国外的霁莹从来没有放下中国，放下她的原生文化。

当品尝过乡愁的味道，生活在不同文化背景的人群间，有关自己国家的一切就会在心里刻画下更重的痕迹。"每当听到外国人在谈论时提到China我就感觉像是在叫我的名字似的。"

尽管怀有对原生文化的深沉依恋，霁莹却从来不排斥接受更多的文化碰撞，体验更加丰富的文化内涵。她觉得，只有自己能理解和包容更多的文化，才有可能让别人也去理解和欣赏中国文化，这是一个需要不断汲取知识并和别人交流的过程。

抱着这样的心态，霁莹很好地融入来自世界各地的同学中。她和朋友一起举办生日派对，在院子中搭一顶大帐篷，体验临时租来的水滑梯和塑料水池；和妈妈一起去慰问中资援建在内罗毕贫民窟里的Mcedo北京小学的孩子们；在假期去国家公园里看斑马迁徙、鳄鱼捕猎的自然生态；在文化节上体验印度彩绘，了解非洲舞蹈。

在非洲的三年霁莹度过了人生中最多彩的青少年时光，大大小小的国家公园里可以乘坐敞篷车近距离看动物迁徙、捕猎，纳库鲁湖有澄蓝的水波和数以百计的火烈鸟，东部的岛屿群落是斯瓦希里文化的故乡……她计划将在今年的期末考试之后告别肯尼亚，到加拿大开启全新的大学生活。但15岁初到非洲的日子，依然生动地保存在记忆里。

那些年我爹撒的谎

文/LX

1

我上小学的时候特别笨，抄写拼音字母，"a"全是尾巴朝上的，改不过来，数学课几乎每次上黑板前做题都不会。小学二年级，我第N次数学不及格时，老师把我叫到办公室狠狠骂了一顿，说我有智力障碍。我哭丧着脸回到家，跟我爸说，他看着我很认真地说："对啊，你出生的时候智力就受到了损害啊！"我当时就震惊了。

"你出生的时候，因为一点点小问题，医生说你可能不会说话和走路。我和你妈妈担心了很久，没想到后来你可以正常地走路和说话，我们就觉得很开心。我和你妈妈就想着你长大后帮你开个炒饭摊子，我们炒饭，你就倒泔水好了。"我爸爸说得云淡风轻，一脸慈爱。我的世界观却坍塌了，原来等着我的是倒泔水的命运！

幼小的我突然对学习的意义有了新的认识，我一定要靠学习改变命运。于是上课开始认真听讲，成绩也有了起色。当我考大学失败时，我爸又劝我："你看我和你妈只想让你读个小学毕业，你都能去考大学了，我们太知足了。"

直到我读研期间，有一次问妈妈："当年你们真的想为我摆个炒饭摊子吗？"我妈特别诧异，听了我的讲述笑得不行，说那是我爸骗我的，虽然生我时有困难，却从没有智力低下这一说。我气冲冲地找我爸对质，他眨着眼睛说："你这孩子咋还记仇呢？我这不是逗你玩吗？"有谁的爸爸能无聊到一个谎言说了二三十年，还每年加入不同的细节？

2

2013年我开始准备考研，平常和爸妈都是一天一个电话，但那个暑假有两个多月他们俩都不给我打电话。我很诧异，问我老妈到底怎么回事，她支支吾吾不说，我爸抢过电话："我和你妈都挺好，我们去新疆旅游啦，那边信号不太好，估计会和你联系少点。"当时我一点没起疑心。

考完研，我和我爹一起吃饭才发现他脸颊之下有一条疤痕，从左耳一直延伸到下巴，怪不得每次他都用另一半脸对着我。我问他怎么回事，他只说大扫除时不小心被窗帘剐了。

等我回了家，才从亲戚口中知道这半年我爸经历了怎样的凶险。原来那年六月，他突然患上了急性糖尿病，病情稳定后，又在左耳朵根后发现了一个大肿块。我以为他们去新疆旅游时，其实我爸在住院。我这才理解了他陪我考研时那些"怪异"的举动：怕我看见伤口，所以每次和我说话都坐在灯光比较暗的地方；每次吃完饭后他都冲到厕所，也是因为要打胰岛素。

3

爸爸，你知道吗？现在的我聪明了不少，你每次说你身体很好、过得很好时，我都会偷偷打电话问妈妈，你现在骗不了我了。

感谢爸爸你为我编织出的一个温暖的世界，一直很想对说谎的你说一声谢谢，在那些"谎言"背后你一定承受了我想象不到的压力。妈妈告诉我，当老师说我蠢之后，你其实跑去找过那些老师，气势汹汹地和他们理论；我考试前吃不好睡不好，你在家里也急得团团转。

我感激你让我面对现实世界时没有遍体鳞伤，你让我始终相信勤奋、善良等美好品质。不过爸爸，我也长大了，最终还是要自己走入那个真实的世界，放心，有你的加持，那个世界伤不了我。

"神猫"小花

文/朱林兴

20世纪60年代末70年代初,我老家屋里老鼠特别多。白天,那些老鼠无视人的存在,当着人跑来跑去偷东西吃;晚上更是它们的天下,女儿被扰得胆战心惊,不敢入睡。我为之采取各种方法,诸如鼠夹、药诱等均试过,然而效果不佳。这时,我们多么希望有一只善于捉鼠的猫。

正是天遂心愿,无巧不成书。有一天,我下班回家路过原梅陇小学操场,看见那里有一只竹节猫,不足一斤,估计断奶不久,两眼炯炯有神,双耳耸起,反应灵敏,四肢健壮。我为它那敏捷的动作拍案叫绝,认定此物是狸中高手,上等佳猫。我连呼几声"咪咪咪"。那猫听到呼声,一点也不陌生,迅速跑到我身边,或用身子擦我的裤脚,或用尾巴拍打我的大腿,那亲昵劲好像是多年未见面的老朋友。我拔腿回家,它就紧随我后,寸步不离,从此成了我家一员。

我给它起名"小花"。小花一到家门口,立即往楼上跑。初以为,它是去熟悉家里环境,谁知,几分钟后只见它叼着一只比它小不了多少的老鼠,由楼上跑到楼下客厅,然后放下"俘虏"。那老鼠拔腿就逃,小花见状一个猛扑,用两只前爪紧抓住老鼠的脊肩处,一口咬住鼠之颈项,用力往前一抛,然后一个猛扑,将鼠紧紧咬住。如此几个反复,那老鼠终于口吐鲜血不能动弹了。于是小花开始唱着得胜歌,"呼呼"地享用战利品。不久,我家,包括整个村的老鼠都被它赶尽杀绝,影踪全无。一位老伯说:"我活到这个年龄从来未见过这样的猫,神猫啊!"

我家屋后有一个湖。一天早晨,我发现小花又守候在屋后的湖边,那里水深不足10厘米。小花伏在暗处一动不动,两眼直视湖里,不时地摆弄着胡须。突然,它向前一个飞跃跳到湖里,就咬了一条三四两重的鲫鱼跳上岸来。小花把鱼放在那棵松树下,翘起尾巴,嘴里发出"呼呼"的响声,而后张开嘴巴,一条活蹦乱跳的鲫鱼进了小花的肚里。它抓鱼总在水很浅的湖边,这样安全又有效,足见其聪明。对小花而言,没有了老鼠,主人可以喂食,但它不干,这说明小花生来就有自力更生的精神。

小花对我的家人,尤其对我特别友好亲密。每当我下班时,它总要远远地在路口欢跃着迎接我。碰到我生闷气时,它会用尾巴拍拍我的裤脚,用柔软的腰摩擦我的腿,两眼看着我,咪咪地叫几声,仿佛在说,主人,不要生气了,生气对身体不好。令我的心情顿时好起来。

然而,小花对宵小之徒则是另一副面孔。一个小偷以为我家中无人,试图取走晒在竹架子上的一件衣服。小花见状,喵喵地大吼大叫,还用爪子拨拉小偷的手。我听到小花怪异的叫声,忙去窗前看个究竟。那小偷见状,放下衣服拔腿就逃,小花紧追不舍。我没想到小花还有看家护院的本领。每当我闲暇去捉鱼摸蟹,小花总是不离左右。有个时期,我家周边的浜头浜脑由于捉鱼的人多而无鱼可捉。一天傍晚,小花对着捞网叫个不停,我明白了它的意思后,便去拿捞网。从此,它成了我的导鱼者。

也许好猫寿命不长,小花在我家生活了四五年,那年夏天,它突然一连几天滴水不进,两眼泪汪汪的。当时没有宠物医院,我以为它患了肠胃病,就喂以食母生、消炎片。小花求生欲望强,很配合。然而,其病日益加重,身体迅速消瘦。病在小花,疼在我心。我深情地抚摸它的头,但苦于回天无力,眼睁睁地看着它痛苦地走了。40多年过去了。每当我见到活蹦乱跳的猫儿时,就会想起神猫小花。

这样说话不伤人

文/宋桂奇

区分对象

《南方周末》记者问作家毕飞宇："您认为莫泊桑的《项链》批判的不是金钱、资本和西方，而是人类顽固的、不可治愈的奢侈冲动。到底是中学老师讲得对，还是您讲得对？"毕飞宇认真道："第一，中学课堂上要听老师的，老师所说有它的合理性，也许就是普遍性。第二，我是在高校，它的开放程度不一样，分析方式也不一样，我们不能满足于普遍性。第三，我只是打开了另一扇暗门而已，从这扇暗门出发，你发现了一个新的小院子，这当然是好事；但对中学生来说，大门才是主要的，而不是暗门。"

对记者"非此即彼"的问题，若按二元思维回答，则只能否定自己，或得罪他人。毕飞宇却将接受对象区分开来，在中学和大学两个层面上进行分析，还借"大门""暗门"之喻强调对方的主导地位。确实高明！

就地取材

央视二套一期《对话》节目中，为活跃气氛，主持人陈伟鸿有意给腾讯的马化腾挖坑："现在的微信已经这么火，您还会发短信吗？"面对一片笑声，马化腾一脸从容道："刚才，主持人伟鸿老师尝试加我的微信，可扫码后，我却没有发现信息，这是怎么回事呢？原来是这里的网络不通畅。毫无疑问，是今天在座的人太多了，把信息通道全都占用了，在这个时候，实际上短信还是很可靠的。所以，不同的产品在不同的场合，都有它存在的价值。"此语一出，掌声四起。

时下，短信已基本沦为验证码收件箱，如果马化腾实话实说，移动等运营商肯定不高兴。于是，他便机智地就地取材，用刚发生的一件事来表明短信仍有存在价值。既不违客观事实，又给人以褒扬之感，堪称妙语。

一起读

朱雀桥与乌衣巷间的千丝万缕

在地理位置上，朱雀桥位于南京市秦淮区中华门城内的武定桥和镇淮桥间，地处夫子庙秦淮风光带，横跨南京秦淮河上，是由市中心通往乌衣巷的必经之路。

在历史进程中，朱雀桥与乌衣巷也有瓜葛。东晋时，乌衣巷是高门士族的聚居区，中兴名臣王导和指挥淝水之战的谢安就住在这儿。谢安住在这儿时，建了一座重楼，也就是朱雀桥上装饰着两只铜雀的重楼。

妈妈，认识你很高兴

文/张一凡

最初，我认识的妈妈是一个普通人。她拿重的东西上楼时总是气喘吁吁，要分一些给我；她削土豆皮时不时削破手指，是我帮她贴上创可贴；尤其是外出的时候，她总是辨不清方向，记不住走过的路，总要我帮忙判断。后来一件偶然发生的事，让我大吃一惊，认识到妈妈是一个有超能力的人。

那是一个夏天，太阳一出，整个小城就像煮在热汤里，天热得哪里也不能去玩，下楼走一趟，就像是踢了一场球，汗流浃背。漫长的白昼，我不肯好好午睡，隔一分钟就问妈妈一遍："为什么还不下雨？"问了十五遍之后，妈妈说她来祈雨。

我渐渐睡着，不知过了多久，醒来的时候，耳边换成了淅淅沥沥的声音，窗户的玻璃上留下了密密的雨点。我几乎是飞到楼下的，空气湿漉漉的，树叶被洗得发亮，树篱间那些小野花，平时灰扑扑的，此刻全都亮得像星星，发出骄傲的光芒。

啊哈，妈妈祈雨成功啦。我掩住嘴巴，生怕自己叫出声来。原来，妈妈是个有超能力的人，只是怕别人发现，所以装成一个普通人。

我开始悄悄观察这个超人，没过多久又发现了很多证据。

我借小朋友的漫画书找不到了，急得不肯去幼儿园。妈妈说，她保证我放学回来就能找到，下午回家，果然就在抽屉里找到了，而且比原来的更新一些。

但接下来发生的一切，却让我对妈妈非常失望。我希望地下通道里那位拉琴的叔叔，能够像我们一样拥有有力的双腿，不是坐着用手走路；我希望住在另一个小区的美丽姐姐，能够像我们一样大声说话唱歌，而不是用手语同人交流；我希望集市上那位卖绣花鞋垫的老奶奶，能够直起腰来舒舒服服地走路，而不是永远佝偻着前行……可是，妈妈并没有用超能力帮助他们，一个也没有。

又到一个夏天，我再一次认识了我的妈妈。

2000年5月23日的早晨，妈妈叫醒我，说她没有力气，我想她一定是饿了，才会没有力气，就打开一袋牛奶递给妈妈，她却怎么也拿不住。

放学的时候，我去医院里才看到妈妈。她躺在白色的病床上，没有一丝力气，输液架上有一大瓶液体。我终于知道，妈妈完全没有超能力，只是一个平凡的人。我错以为妈妈是超人，能够祈雨。我并不知道，她早就看到了天气预报，但童心未泯的她，愿意以另一种方式，浪漫地告知我下雨的消息。我弄丢了朋友的漫画书，她没有责怪我粗心，而是另外买一本偷偷放在抽屉里，等我惊喜地找到。还有很多很多事情，都是一双大人的眼，看穿了小孩子天真的小心思。

后来，这个普通人，像新生儿般一步步学习走路，一次次练习刷牙，一次次试图自己用钥匙打开门……我比从前长大了一些，能扶着妈妈的手散步，能把跌倒的她拉起来，能在她哭泣的时候，默默坐在她身旁，等她散尽抑郁，然后再第一千零一遍地陪她练习走路。

妈妈终于学会了走路，虽然她不能再奔跑；妈妈终于学会了写字，虽然字迹稚拙；妈妈能够把手举过头顶，能够蹲下再站起来……妈妈吃尽了所有的苦，终于换回了她失去的大部分本领。所有劫难只留下一些淡淡的痕迹，如果不特意翻开回忆，大家几乎都忘记了那个夏天。

又是夏天，蔷薇开满整条外环路，妈妈最喜欢在那条路上散步。我想像小时候那样，藏在绿荫的后面，等她经过的时候忽然出现，只为告诉她一句："妈妈，认识你很高兴。"

老师，我终于听见这世界

文/明前茶

"在这里工作，我最感欣慰的一件事，是学生说，老师，我听到了，听到了你手里的鼓声。"

程老师今年37岁，在聋校已工作15年，她的嗓音沙哑，时不时有破音。她自己开玩笑说："我这嗓子完全成了一面坑洼不平的破锣，敲重了不行，敲轻了也不行……待会儿上课，这面破锣还得往重里敲。"她的办公室里有一只能装1.5升水的大茶瓶，里面长年泡着枸杞子和胖大海，金嗓子喉宝也准备了半抽屉。

程老师教的是中重度听力障碍的孩子，儿时的疾患是不可逆转的，有的孩子戴上助听器，也只能听到一点点声音，老师上鼓乐兼舞蹈课的目的，是让他们仅有的听力变得更敏锐，训练他们集中注意力，强化与这个世界的联络。

我看到音乐教室被特意铺上了杉木地板，这是一种质地较软的地板，走上去响动很大，脚底板的震动很厉害。所有的孩子进门前都脱了鞋，有几个穿丝袜的孩子被程老师带到一边，老师从自己的包里拿出短筒棉袜，让他们换上。程老师解释说："丝袜打滑，但不脱鞋又不行，因为要靠老师脚下的用力踩踏，把节拍通过地板的震动传递给孩子们，帮他们理解舞曲的节奏。"重度听力障碍的孩子不完全是以耳朵来听到声音，还用他们的脚底板和手心来感受声音。

程老师曾为一名学生无法听到鼓声而焦急得嘴上起了燎疱，有一天，她无意识地抓住学生的手，放在震动起伏的鼓面上，孩子马上露出欣喜和豁然开朗的表情："老师，我听到了！"那是12年前的事，受此启发，聋校的老师筹集资金，把音乐教室、体育教室都铺上木地板。

一堂鼓乐兼舞蹈课，对我这样的外来者而言，耳朵和心脏都是折磨。鼓声，"咚咚咚"的跺脚声，老师的喊叫声，学生发音古怪的喊叫声，交织在一起，让我开始耳朵发涨，头痛欲裂。

饶是老师如此卖力，课上到一半，还是有孩子露出茫然的表情；程老师不得不把这一部分孩子召集起来，让他们在她周围围成一个圈，蹲下去，用手掌和脚心同时感受老师舞蹈的节奏。

还是有女孩不能理解舞蹈的节奏，她冲着弯腰聆听的老师发脾气，嗷嗷叫，再不愿一字一顿地表现自己的不满，而是暴躁地打起了手语，动作幅度大到几乎扇到程老师脸上。

我注意到，一直到宣布下课，程老师都牵着那位挫败者的手，脸上满是平静的神色。

程老师说："刚来聋校当老师时，遇到这种情况，连老师也会蔫掉好几天。后来校长说，这样不行，请你们不要表露同情和挫败，这会进一步刺激这些敏感的孩子，保持自己的坚韧和平静，才能帮到他们。"

这番话对程老师启发很大，她后来自学了心理学，逐渐懂得如何让那个女孩忘掉舞蹈课上的挫败：她带着女孩到外面的花园里去浇花；还跟女孩玩了个游戏：让她闭眼，伸出手来，将水壶里清凉的水，缓缓地、一滴一滴地滴到她的手心上。我看到，那缓慢的水滴，无声地落下，渐渐地，把女孩满脸的暴戾之气都滤去了。

阁楼里的简·爱

文/沈轶伦

学校给每个教室装了闭路电视。别的老师上课都不太用，但宋老师上课，每隔几周会带录像带来给我们放英语动画片。有一次，她特意跟学校申请食堂停了一日学生例行午餐，换成油炸大排和一铅桶卷心菜番茄汤。她给我们讲西餐礼仪：叉子在左，刀具在右，挺直身体离开椅背，双肘不能支在桌面，喝汤时不能发出声音，要向外侧舀。我们并没有刀叉，也一样努力遵循礼仪，一个个笔挺坐好，用不锈钢饭勺在搪瓷饭碗里认真地一勺一勺向外侧舀汤。有家长听说了，不禁皱眉，"就不能带小孩好好背课文念单词吗？到底是……"到底是什么，家长顾念学生在边上，忍着没有说出口。但那没有说出口的内容，连学生都知道了，"宋老师和别人不一样"。

有一天出完黑板报，我们几个学生在学校里留得晚了。洗完手走出厕所，听到阁楼隐隐有乐声。大家循声走啊走，走到通往阁楼的楼梯前。你推我，我推你，扒着门缝看一看，那里面藏着什么。直到背后传来一声咳嗽，大家回头一看，宋老师拿着一本托福教材站在阁楼外。

她开了门，放我们进去。大家一拥而入，很快塞满整个阁楼。这房间不过四五平方米的样子。窗下放着张单人床，床边一把椅子，椅子上置一台收音机，椅子下面两只热水瓶和一罐三合一的雀巢咖啡。所有陈设，一览无余。宋老师拉开床角的毯子，铺在床沿，示意我们坐在上面。窗户朝东，光照不够，她又开了灯。黄灿灿一只灯泡大放光芒，将陋室镀金。一时间，乐声中断。宋老师打开收音机，拿出磁带翻面。一边拿出磁带，一边问，来干吗呢？我们相顾而笑。老师也笑，说："觉得老师这里好玩？"我们说："觉得你和别人不一样。"宋老师愣了一下，说："我有什么不一样呢？"一个同学说："我们放学回家，你家却在这里。"宋老师说："是啊！你们回家，我家却在这里。"

她按下播放键。磁带转动，发出轻微噬噬声，有一男一女对话，很快乐声响起，一个女人说："你以为我穷、不好看，就没有感情吗？我也会的。如果上帝赋予我财富和美貌，我一定要使你难以离开我，就像现在我难以离开你。"我问宋老师，这是什么？像放电影的声音。宋老师说："就是电影里的台词，这是我自己录的，叫《简·爱》。简·爱是一个外国女教师的名字，她像我一样，没有家庭，也不好看。"

"宋老师，你好看的。"同学们说。宋老师说："谢谢你们。"她不作声了。然后她说："不要紧，我如果也能去外国就好了。等我到了外国，一切都会好的……"只听得磁带，似乎又进入下一段。一个男声在急切地呼喊："简，简，简……"宋老师不出声地听着，我们也听着。那声音里的急切叫人起鸡皮疙瘩。老师不发话，我们不敢走。直到一个同学想起来似的说："我爸爸还在门房等着接我呢。"我们起身告辞。宋老师站在门口挥手。后来听说宋老师那几年一直想申请出国，但没成功，后申请调走。直到我最后一次听到她的消息，她还是单身。其实那时她还未到不惑之年。

大约在宋老师离校几年后，有一次新来的英语老师让我帮忙去办公室整理些旧书。在书橱里，我翻到一本中英文对照的《简·爱》，花了一个下午，囫囵吞枣看完中文部分。书的内页盖着校英文教研组藏书章，是公家的书。但我翻到封底，看到一个小小的签名，是花体英文，宋的拼音。

众小编私藏的，好吃又不会胖的美食

文/喵 咪

小编说：嘴上喊着减肥，手上毫无作为，戒不掉的美食诱惑，纠结的体重与我……没办法，管住嘴真是太太太太太太难了！每个吃货都应该会有一个吃再多也不变胖的心愿吧。今天就让众小编来和大家分享一下减肥美食吧！

喵咪：

作为屡次减肥、屡次失败，却越战越勇的代表，喵咪表示最好的减肥方式就是运动和合理饮食。饮食方面如果你跟我一样是水果控的话，可以选择用酸奶拌水果代替零食，每天都换不一样的口味，简直太幸福了！

二梦：

很多宝宝以为减肥就是少吃甚至不吃，其实完全不对！当身体吸收不到营养时，会先消耗蛋白质而非脂肪。而且，早饭是一天中很重要的一顿饭，二梦推荐全麦面包，当中富含多种维生素、矿物质、纤维素等，对健康很有好处。

青山：

作为常年体重不过百的小仙女，青山基本上没有太大的减肥烦恼，所以也是吃货一枚，哈哈。而且作为一个南方妹子，我想说喝汤其实有助于减肥，饭前一碗汤，先占占肚子，不会吃太多哦。

小王子：

由于工作需要久坐，时间一长腰围也会"暴涨"，但是我们男生饭量相对女生较大，不过为了减肥，挨饿是不可能的。小王子有一个美食菜谱，那就是西蓝花+鸡胸肉，再加上少许配菜，无论怎么炒都好吃！

桃子君：

减脂不是不吃，而是要会精致地吃！自从决定减肥，桃子君就爱上了厨房，迷恋下厨，像鸡蛋、红薯、土豆、玉米等都是可以替代主食又有饱腹感的食材哦，关键就看你怎么烹饪了！

七喜：

很多小伙伴说碳水化合物是减肥的克星，但我们不可能完全不吃。就像面包、牛奶、火腿，现在市面上都能买到低脂的，这款全麦土司+低脂火腿+鸡蛋，既满足了"口腹欲"，热量也不高！

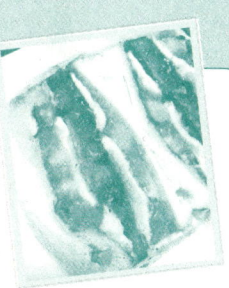

— 一起读 —

李白扑朔迷离的身世

关于"诗仙"李太白的家世和身世，唐代当时就讳莫如深。李白自己很少谈及家世，偶有所及，也往往只提远祖，讳言近亲，闪烁其词，故布疑阵。

不少学者认为，李白乃李建成之后。学者朱秋德在他的文章中说："李白作为沦落民间的宗室之子的人生悲剧是命定的，是谁也无法解救的。祖先的血脉周流其身使他渴望有所作为，但祖先的罪孽又使他不敢有所作为；建功立业而又害怕暴露身世使他的精神和行为在庙堂之高和江湖之远间首鼠两端。他的一生就是在这种矛盾中，在祖先留下的物质财富和精神枷锁中度过的。"不只是身世扑朔迷离，李白的祖籍也尚未确定，关于李白确切的出生地一直存在争议。

梦见你

文/[德]黑塞

常常，当我上床就寝，
等我眼睛闭起来，
雨用潮湿的手指叩着窗板，
那时，你就向我走来，
像苗条的迟疑的小鹿，
从梦乡悄悄地来到我身旁。
我们一同漫步，或者游泳，或者飞翔，
穿过森林、河川、喋喋不休的兽群，
穿过星星和闪着虹光的浮云，
我和你，在中途往故乡同游，
大千世界的千姿百态围在我们四周，
时而在雪中，时而在炎炎的阳光下，
时而分离，时而又靠在一起，
我们手拉着手。

早晨来临，梦影消逝无踪，
它深深地沉入我的心中，
它在我心里，却已不属于我，
我郁郁寡欢，默然开始白天的生活，
可是，我们还在某处走动，
我和你，置身在纷纭的万象之中，
狐疑地穿过充满魅力的人生，
它使我们眼花缭乱，却骗不了我们。

不读书,你就能当网红吗

文/谭影子

网红正成为一个受人艳羡的职业,他们光鲜亮丽,坐在镜头前唱唱歌、跳跳舞就能收获万众追捧,乃至于化个妆、吃个东西也有人打赏。网络社交媒体催生了这种看似不用上班,一边享受一边挣钱的生活方式,让年轻人的心蠢蠢欲动。但是,很多人在说出"我不读书了,我想当网红"这句话时,根本没有了解过网红的成长历程。对这个产业而言,"天上掉馅饼"的时代已经过去。

无论是几千万个微信公众号、3亿多微博注册用户,还是日活跃用户增速趋缓的各大直播、短视频平台,都昭示了网红产业人口红利期退去,洗牌整合期到来。人们用于娱乐消遣的时间是有限的,不可能平均分摊给几千万、上亿的信息流,这意味着网红产业具有"赢者通吃"的特征:极少部分大网红垄断流量,大部分小网红和普通用户不在聚光灯之下。

可以观察到,当下的大网红要么是平台的原住民,经营时间长久,自带粉丝基础;要么在一个细分领域深耕,熟悉某种技能;也有刻苦拼搏,与粉丝搭建牢固的关系,振臂一呼八方响应的。今天幻想成为大网红的青少年,你们没有把握住网红产业初创的机遇,读书都嫌辛苦,不可能没日没夜地钻研专业技能,忍受连续直播十几个小时的劳累,更别提具备当网红的心理素质了——所以,你凭什么觉得自己能以网红为职业?

况且,一味卖丑搞怪,或者在法律边缘试探的网红文化并不健康。这让我想起安徒生童话中《最难令人相信的事》:国王宣布,谁能做出世界上最难令人相信的事,就把公主嫁给他。结果,满大街的小孩都在练习往背后吐口水——安徒生在200年前就生动地道出了某些网红的本质。"我不读书了,我想当网红",更暗含了读书和网红非此即彼的关系,读书了就不能当网红,网红都不读书?谁告诉你的?相反,要当一个好网红,红得长久、红得有价值,还非得读书不可。

读书、学习不仅是通过考试换取文凭,得到求职的通行证,更是了解自己、发现自己的过程。如果一个人仅仅刷刷抖音、玩玩微博,就确定了自己要当网红,他十有八九不会成功。读书帮助人们反思,自己到底适不适合当网红,并提供从事网红行业的途径和方法。

有小朋友模仿大网红李佳琦收获大批粉丝,但我想问,如果这个小朋友模仿李佳琦一年、两年、五年,还会有这么多人捧场吗?他长大之后,外形不再可爱懵懂,又该去模仿谁?

也许有人认为,网红是赶上了好时候,把握住了行业红利期,但为什么是他们而不是你看准了这个机遇呢?藏在网红背后的平台、孵化器、运营公司,可比网红赚得多,想出这些创意、拥有如此执行力的人,有几个是不读书的?"我不读书了,我想当网红",与其说是对网红的向往,不如说是对读书的逃避。不少人谋求走捷径,做最少的事、赚最多的钱、出最大的名,这种想法也传染到了部分年轻人身上。但我认为,不能因短期的浮华,放弃长期的潜力,踏踏实实学习、认认真真读书绝对没错!

你还看"书"吗

文/张淼

小说会不会在将来的某一天被电影和电视剧彻底取代？打从上个世纪影视艺术流行开始，这个话题就时常被人讨论。讨论的结果始终很稳定——不会。阅读的乐趣本身大概永远不会变，人们仍然需要阅读，需要小说。音乐、影视和游戏的刺激无法取代阅读的快感，文字的魅力仍然足够吸引人。

一个名为The Great American Read（《美国有阅读》）的系列电视节目在5月开播。针对这个电视节目，美国公共广播公司公布了一份最新的调查报告，7200人选出了100本书，被称作"美国人最爱的100本小说"。

书单里有《1984》和《战争与和平》，也有《夏洛特的网》和《达芬奇密码》。作者来自15个国家，创作年代纵横500年。一项全国性民意调查正在进行，2018年10月，我们会看到，"美国人最爱的小说"是哪一本。

畅销书作家乔治·R.R.马丁也会在这个节目里出现，届时他会告诉大家，自己最喜欢书单里的哪本书。事实上，他的作品《冰与火之歌》就在书单当中。越来越多的人不再把幻想文学与经典文学区别对待，甚至有人认为，从阅读体验出发，判断一本小说的好坏，本就不该只凭着题材就分出高下。

在费希尔的著作《阅读的历史》中，阅读伴随着文明出现，不断演化。从古埃及的莎草纸，到中世纪的羊皮卷；从默读和礼拜诵读，到单页时报和公共图书馆——阅读史是"文明之声"的传承史，文字曾经被刻在龟甲、青铜器、洞穴的石壁上，也被印在流水线批量生产的纸张上。

费希尔猜测，电子阅读或许会打造新一代读者，阅读的真正内涵，也将被"全新界定"。阅读没有变，变的是阅读的内容和方式，变的是阅读习惯，甚至是我们的眼睛。电子屏幕正在导致更多的近视、远视和散光，《新英格兰医学杂志》曾经刊载了喜欢在黑暗中躺着看手机的患者，他们出现了"暂时性手机致盲"。

幸好，这种眼盲仅仅是暂时的，但也足够使人感到恐惧。为了应对电子阅读带来的视力问题，美国验光协会给出的建议是，每当你对着屏幕连续阅读了20分钟，就应当抬起头来，对着6米之外，眺望至少20秒。

尽管我还保持着购买纸质书的习惯，但当那些书邮寄到家之后，往往就此被我搁在书架里。

刚刚过去的这个假期，我试图重新捡起对纸书的阅读习惯。一本科幻小说被我捧在了手里，尽管书页在指尖流动时我并没有闻到墨香，却也被一种类似仪式感的氛围所笼罩。这次阅读仿佛不仅是为了娱乐，更是为寻求某种怀旧的悸动。

两天了，我坐在饭桌旁，窝在沙发里，趴在飘窗上……没有一个地方是合意的。小说足够吸引我，但读过的内容不超过百分之一。一个波澜壮阔的世界就在我手中的245页当中，但我就是找不到一个合适的地方或姿势，能与那个世界不受干扰地连接。

最终我合上书，拿出手机，找到了这本书的电子版。阅读软件的背景色是我自选的"护眼棕"，字体大小，行间距……一切都恰到好处。我举着手机倚在床头，拜拜了仪式感。3个小时之后，我已读到了结尾。遗憾的是，我忘了每隔20分钟就抬头看看窗外。

最是红楼误青春

文/顾南安

1

初遇《红楼梦》，是在人教版的初中语文课本里。忘了是第几课，只记得标题叫《葫芦僧判断葫芦案》，讲贾雨村在听闻葫芦僧所讲的"护官符"后，为与金陵四大家族结好，冤判薛蟠强占民女之事。

故事本就精彩，加上老师声情并茂的讲解，触发了我对《红楼梦》最初的好奇，很快，我就把内容背得滚瓜烂熟。

从那时起，我萌生了强烈的阅读《红楼梦》全书的念头。

当时，家乡的小镇并不售卖四大名著，而去县城和市里，是比拥有一本《红楼梦》更奢侈的事。我只好把这个愿望深藏在心，并暗自发誓一定要实现这个愿望。我觉得青春里如果没有一本《红楼梦》，那肯定会让我遗憾终生。

升入高中，在一家新书店，我终于看到了《红楼梦》。我欣喜地从书架上取下，也不在乎书店老板投来的异样眼光，只管站在原地阅读起来。直到上课时间马上要到了，才依依不舍地将它放回原处，奔向学校。

第二天再跑去那家书店，架子上的《红楼梦》却不在了。四下搜寻，发现它安静地躺在书店老板的手边。我向他借，他却极不耐烦地说："这本书已经租出去了！"

他是怕我白白阅读他的书，影响他赚钱吧？想到这一点，我攥紧口袋中为数不多的生活费，像是要打破他对我的判断，斩钉截铁地说："我租3天！"

交完押金，我把书紧紧攥在手中，飞一般地跑开——那一刻，我只想尽快回到座位，翻阅令我迷恋了很久的《红楼梦》！

2

考入大学，在学会网购的第一时间，我购买了一本《红楼梦》。

大抵当时激素分泌正旺盛，从《红楼梦》中读出的，也是言情小说中的你侬我侬。

意识到自己喜欢上同班的一个女生后，我忐忑、暗喜了许久。她有着瘦高的身板、白皙的肤色，柳叶眉似蹙非蹙，杏仁眼脉脉含情，谈笑间有一种别样的美。对，她的气质像极了《红楼梦》中的林黛玉。

没有勇气当面表白，我连夜为她写了3000余字的情书，言辞之华丽，情感之真切，不知不觉竟与《红楼梦》中的表述相近。与情书一并托人送去的，还有一块中国风的手帕。

等到的，是一本她的日系动画人物的临摹本。只见色彩艳丽的卡通人物形象生动、栩栩如生。我细细翻阅，不觉对她更加仰慕。

甚至还萌生出一个美好的想法：将来，我一定要写一本书，让她为我的书配插画，好让图文相得益彰，共生促进。

只可惜当时迷《红楼梦》太紧，有空了还在网上追相关解读，对恋爱之事终究有些疏忽，没及时与她沟通，及至我终于"走出红楼"，爱情的嫩芽却早已枯萎。

那是我的初恋，却不想徒留满腔遗憾。痛定思痛，我抛开了《红楼梦》，抛开了她的插画，开始用写作逃避那一段难挨的时光。

5个月的"阵痛"后，我的首部长篇小说定稿。在后记中，我坦承："我写它，是为一种纪念，或者祭奠。将它作为一份礼物，献给我泱泱而寂寥的4年大学时光。"

如今回头再看，正是那一段因为阅读了《红楼梦》而触发的感情，竟无意间引领我在写作的道路上，迈出了新的步伐。

— 一起读 —

南歌子 〔唐〕温庭筠

一尺深红胜曲尘，天生旧物不如新。
合欢桃核终堪恨，里许元来别有人。
井底点灯深烛伊，共郎长行莫围棋。
玲珑骰子安红豆，入骨相思知不知。

文章不过二三斤

文／王太生

搬家，整理出旧书报，拿到废品收购站去卖，其中有一捆载有我文章的旧报，收废品的人一过秤，竟有十几斤。那十几斤旧报，上面的文字，大多是我前些年的一些职业文字，平时随手扔在那儿，这回要搬家了，没地方放，就作为废品处理了。

我很惊讶，在我的职业生涯中，有一段时间，写了这么多，连同那些标点符号在内，长长短短、短短长长的方块字，排列、组合，看上去很美，但转念一想，又感到沧桑：这些年，我所写的文字，挤去水分，肯定还达不到这个数字。

十几斤旧报所承载的东西太少，现在的文章不值钱，稿费收入也就很低。这要是放在从前靠写文字吃饭，还不得饿死？这样就想到，有个朋友在介绍自己作品时，说他已发表了几百万字。他那纸上的几百万字，有多少斤？从前古人的文字是刻在石头上、写在竹简上的，文字不多，却很重。有质量的文字，应该都很沉。

我曾经跟人吹牛：写文章的人，文章要上"北上广"，你如果连这几个城市的报刊都上不了，谈何写文章？当然，我卖了旧报，却收藏了它们的电子版。那些登在纸上的文章，它们离我而去，文字们都非常气愤：你不该这样对待我们！其实，我并不是真的丢弃它们，而是准备把它们集中放在一本书里，给它们安一个家，一座有屋顶的漂亮房子，不让那些文字在外面日晒雨淋、四处流浪。

现在，话又说回来，我这些年所写的文字，就这些吗？一个声音替我回答：就这么多，也就十几斤。这恐怕是一个真实的数字，用重量来衡量一个人的文字。

我卖了废品的那些文字，上面还有别人的文章，被我一同卖掉，剔除别人被我卖掉的重量和我的一些没有舍得卖掉的纸张，两者加起来，也就十几斤。

我文字斤两的分布大概是这样的：年少时，发在某城某报的那些文字，大概只有2斤，后来，我写文章的这门手艺逐渐荒芜，直到39岁时重拾旧笔。之前的文字，大多是职业的，我为很多人歌功颂德过，其中有教师、官员、农民和老板；高贵的与卑微的，骄傲的与矜持的，老人与少年，读书人与手艺人，厨师与美女，以及其他一些职业的人……赢得过一些尊敬，也走过一些江湖，认识了我以前无法接近的人。

一个人，一辈子，能写多少文字，这些字印在纸上，究竟有多少斤？这样就想起作家萧伯纳。他恐怕是这个世界比较长寿的作家之一，这位出生于爱尔兰的剧作家，活到94岁，他一生写过许多作品，留下了50多部戏剧，这些作品中，分量比较重的有《华伦夫人的职业》《苹果车》《卖花女》，可惜我都没有读过，不知道堆放在一起会有多少斤。

我45岁以后的文字，才是自己的文字，想到什么写什么，随性而为，节奏舒缓，像一头拉磨的驴子。以为自己写了很多，直到搬家时，才发现只有毛重十几斤文字。十几斤文字中，有许多是我不满意的，过一段时间，还会把它们处理掉，所剩下来的文字，打个对折，也就四五斤。四五斤，我不清楚，它们是纸张的重量，还是文字的重量？如果再剔除一些，像择菜择去杂草黄叶，那一个人留在文字里的思想重量，会有多少？

文章不过二三斤。

走运的你与不走运的你

文/岑嵘

A中学是我们市里最好的中学之一,毕业的学生大都出类拔萃。那年升学考试,我差两分没能被录取,为此一直耿耿于怀。每次经过这所学校时,我都会想一个问题,如果那一年考试时某个选择题我没有选错误的D,而选了正确的C,或者批作文的老师心情好那么一点点,那么我的人生或许会完全不同。这个看似永远无法解答的谜,经济学家却出人意料地给出了答案。

经济学家把一些重要事件产生的分叉,用一个专业名词来命名——"断点回归"。即任何时候都有一个精确的数字(一个断点)把人们分成两个不同的群体,经济学家可以对极为接近截止点的人们的人生结果,进行比较或回归分析。

纽约史岱文森中学是一所让人梦寐以求的中学,这所学校的学生大多能考上全美排名前20的名牌大学,然而,要进入这所中学并非易事。一个叫耶尔马兹的少年和当年的我一样,遗憾地差了两分没能被这所中学录取。耶尔马兹当然永远没有办法回到少年时代的那次考试并且拿回那两分,然后比较一下两者的人生有何不同。我们想当然的办法是比较上了史岱文森中学的学生和没上史岱文森中学的学生的人生差异。显而易见,从史岱文森毕业的学生更多地考上了名牌大学,因为他们在总体素质上比其他学校的学生更好。这是顺理成章的事,因此并不能真正说明问题。

更精确的比较是什么呢?经济学家需要找到两个几乎完全相同的小组,这个时候,"断点回归"派上了用场。这些经济学家研究了数百位像耶尔马兹一样因一两道题而错过史岱文森中学的学生,然后将他们和数百名考试成绩稍好,因为多对了一两道题考上史岱文森中学的学生进行比较。他们评判成败的标准是这些学生的大学预修课程分数、学术能力评估测试分数和最终进入大学的排名。研究的结果让人吃惊,分数线两边的学生最后的大学预修课程分数和学术能力评估测试分数都难分高下,所就读的大学也都是排名相当的名牌大学。

这几位经济学家评价道:史岱文森中学不会使你在大学预修课程考试中表现得更好,也不能让你最终考上更好的大学。竞争激烈的入学考试席位的价值似乎并未体现出来,入选的精英学子在这里学业进步的程度,并不足以证实学校的优势。

我们再看另一个例子。哈佛大学毕业生进入职场10年后的年薪收入平均达12.3万美元,宾夕法尼亚大学的毕业生10年后的年薪平均达8.78万美元。尽管两所都是很好的学校,显然能够上哈佛似乎更容易让人成功,因为是哈佛大学总体生源质量比宾夕法尼亚大学要好。

经济学家用了同样的方法来研究精英大学与毕业生未来收入潜力之间的关系。他们发现,当两组背景相似的学生都被哈佛大学录取,然而,其中的一组最终选择了宾夕法尼亚大学时,其结果和史岱文森高中的研究惊人相似,两组学生的职业收入难分伯仲,如果以未来的收入作为衡量标准,他们也大致相近。

上述研究表明,如果真有平行世界,在某个重要节点走运的你,并不意味着从此会比那个不走运的你更成功,只要你不气馁,不怨天尤人,两者的差别其实最终是微不足道的,一时的幸运对人生没有很大的影响。

关于阅读的秘密小路

文/沈书枝

小的时候，我和妹妹几乎没有书看，能看的不过是自己的课本。语文书在新学期发下来的头两天就被翻完了，先把喜欢的古诗背一遍，再把喜欢的课文看一遍。古诗寥寥无几，实在是太少了，课本很快被翻完。姐姐们念初中，我们看完了自己的课本，就把她们的课本也拿来看。喜欢并能看懂的篇目有限，且过不了几天，姐姐们的课本也都看完了。

等到上初中以后，大姐在外地工作，偶尔给我们买书寄回来，但也只有很少的几本——一本《古希腊神话》、一本《古罗马神话》、一套硬壳精装的《堂吉诃德》、三册青色书皮的《平凡的世界》。那时候我们很喜欢《平凡的世界》，大概是感觉自己家也如主角家一般贫穷，便有一种感同身受的自怜在里面。

实在没有书看的时候，爸爸抽屉里的《农村百事通》我们也拿出来看，上面写技术先进的农民怎么种菜、怎么养猪，我们也看得津津有味。高中毕业那年的暑假，我在家里等着不知何时会来的大学录取通知书。有一天，村子里的小姑娘来找我玩，带来一本薄薄的《边城》。那时候学校的课本里没有沈从文的文章，我不知道他是什么人，只是打开看了一点，便被它吸引。

这本小说在我心里留下了难以磨灭的记忆。我上大学读了中文系以后，现当代文学的老师一讲到沈从文，我就到学校图书馆去找了他的其他书来看。不久《沈从文全集》出版，图书馆订购了前17册，因为这套书非常贵重，所以不予外借，我们只能在样本室里翻阅。有一段时间，我每天都到图书馆的样本室里坐着，一册一册地看。大学里逃课的日子，很多都在图书馆的样本室中度过了。来看这套书的同学很少，书架上整齐的两排，常常只有我拿的那一册的位置是空的。我守着书本，如同守着一个不为人知的秘密，心里十分温柔。

渐渐看得多了之后，我也开始学着写一些小说。在那之前我偶尔写一些东西，都是当时流行的"新概念"作文大赛风格的爱情小说，散发着青春期旺盛的激素气息，此后，我才开始试着把笔伸向自己从小就熟悉的乡下，将自己童年与少年时期难以忘却的故事写下来。这大概就是我写作的开始。因为课业的关系，那时我也读了许多其他现当代文学作品，但我最喜欢的作家，都是与沈从文同一流派的"京派"作家，周作人、废名、汪曾祺等。

大学毕业后，有一两年时间，我在一家小公司做文员。一方面觉得自己的工作毫无意义，想去继续读书；另一方面却又做不到真正努力去准备考研。在那尤其茫然灰暗的时间里，我也曾假装给沈从文写信，内容是关于自己的日常生活和消极的情绪。等我终于回到学校读研究生以后，有一天我想给自己起一个更容易叫的网名，便几乎是毫不犹豫地取了"沈"这个姓。用着网名，我算是真正开始走上了写作的道路，写出了更多的东西。几年后，我的第一本和第二本书出版了。这样的事，是18岁时在闷热的房间里第一次读沈从文的书的我永远想象不到的，这大概正是文学珍贵的机缘吧。

木棉记

文/白音格力

一看到有人说"路两旁的木棉花开了",就羡慕不已。羡慕看花人,羡慕路两旁。有一年因为看过一组木棉花的照片,随后查阅了很多资料,也看了上百张摄影作品。我惊叹那枯墨似的老枝上,叶子未出,一树燃红。是燃烧的红呢,大朵大朵,整树整树,好似爱,热情,绚丽,明亮,还有一股子凛然之气。

热烈的花,如玉兰,如蔷薇,都是不顾一切,都是焚烧了自己才好,但都与木棉不同。在生活中,曾经一直,我没见过一朵木棉。看木棉花的照片,总觉得它该是北方佳人。但它偏偏生在南方。木棉花又称英雄花,记得当时查资料,希望找到这个别称里的故事,比如与历史中某个人物有关的带着点惊天动地的劲儿,让人起敬。然而不是。真的只是因为它有着很粗很壮硕的躯干,因为它高高参天顶天立地的姿态,而且花也红得如血,是英雄的风骨。

我对木棉格外敬重不是因为看了那么多有意境的图片,而是得知它坠落时,仍带着自己的风骨,"啪"的一声落地,很豪气,很英雄。特别是看到某百科里一句"树下落英纷陈,花不褪色、不萎靡,很英雄地道别尘世"时,心里一热。

在我见到木棉树之前,我曾梦见过它。我梦见我早晨醒来,想到这一整天可以悠然无事,做什么都好,就很开心。自然也不看时间,起床,清水洗脸,然后推开木窗户,阳光照进来,而窗外就是一棵木棉树,正开花。稀奇古怪的梦,让我那个真正醒来的早晨芬芳无比。有阳光的味道,有旧书的味道,有木棉花的味道,尽管我不知木棉花是什么味道。

很幸运后来在现实中,还是见过木棉,在南宁的青秀山,而且是早春。高耸粗壮的干,让我仰头而视,直呼"真高"个不停。而花开得几乎要把整个天空都遮挡住了,热烈得不要命了似的。

有人评价木棉花是"艳而不妖,娇而不弱"。细看单朵,虽然确实说不上美,但那红,很艳,却也端庄大美,初春花一开,娇美喜人,但从不示弱,只顾开,只顾高高地艳在天空。至今脑海中一想到木棉,就是在树下的镜头,满树的热烈啊,如宋代刘克庄诗中"几树半天红似染"所描述的,让人动容。

"木棉"两个字也好,木坚贞寡言,棉柔软热烈。想想人活在世上,真的哪来那么多纷争,哪来那么多不安,哪来那么多委屈,哪来那么多斤斤计较纷纷扰扰,为什么不能本真些热烈些去活去爱,活自己的样子,爱自己的爱。

如一树木棉,只热烈地向自己的欢喜里开。

---一起读---

诗经·卫风·木瓜

投我以木瓜,报之以琼琚。
匪报也,永以为好也!
投我以木桃,报之以琼瑶。
匪报也,永以为好也!
投我以木李,报之以琼玖。
匪报也,永以为好也!

偶然与命运

文/刘江滨

奥地利作家斯蒂芬·茨威格写了一部诗剧《忒耳西忒斯》，引起了普鲁士国家剧院的兴趣，剧院老板写信给他表示要在柏林的王家剧院首演这出剧，并请当时最著名的演员马特考夫斯基出演阿喀琉斯这个角色。茨威格说他当时"简直惊喜得目瞪口呆"。但是，就在茨威格订好了前往柏林的车票准备看演出时，接到了一封电报，马特考夫斯基患病，演出延期，几天后，报纸上登出了马特考夫斯基逝世的消息。茨威格没有想到，这个意外仅仅是一个开始。

不久，茨威格被另一个他"奉若神明"的演员凯恩茨请到他那里，要求出演《忒耳西忒斯》剧中忒耳西忒斯一角，并请求茨威格再给他写一个独幕剧，以供他客串之用。三周之后，茨威格将初稿交给凯恩茨，得到凯恩茨的高度赞赏，两人约定一个月之后，凯恩茨演出归来正式排练这部短剧。然而，茨威格等回来的却是病入膏肓的凯恩茨，几周之后便病逝了。

这两个意外纯属偶发事件，却足以让茨威格感到恐惧，以后凡是著名演员出演他的剧本，他一概拒绝。但是，凶煞之神关闭了一扇门，却从另一扇溜了进来。一个导演刚根据茨威格剧本完成导演手本，还未及开始排练，过了14天就死了。十几年以后，茨威格写了一个剧本《穷人的羔羊》，他的朋友、著名演员莫伊西要求担纲主演，被茨威格拒绝——他心里已存在巨大的阴影无法摆脱。又过了若干年，莫伊西要演出意大利作家皮兰德娄的《修女高唱五月之歌》，首演要在说德语的维也纳举行，皮兰德娄委托莫伊西请茨威格翻译成德语。茨威格觉得这次只是翻译，不会有什么妨碍，就完成了这项工作。没有想到的是，仅排练了一次，莫伊西就患了重感冒，接着高烧不退，两天之后，就驾鹤西去。

茨威格是小说家、剧作家，但这段经历既不是小说，也不是剧本，而是生活中真实发生的，这里面充满巧合、偶然、死亡、命运等种种戏剧性因素，但它不是戏，是人生的本来面目，作家只不过如实写出来而已。最大的悲剧发生在他自己身上，《昨日的世界》是他流亡巴西时写的，1940年写毕，两年后他以自杀的方式告别了这个"昨日的世界"。

偶然是命运无常的最大注脚，或喜或悲，或好或坏，常常有偶然这只无形的手在导演。鲁迅小说《祝福》中，阿毛被狼叼走，这一偶然事件的发生，导致了祥林嫂最终的悲剧命运。同样，唐代诗人王维能高中状元，也是有很大的偶然因素的，但这一显赫的身份给他后来不断擢升位列朝班奠定了基础。

偶然的确能对命运产生重大影响，但是，应该说，偶然中往往存在必然，是那个"必然"在背后导演着"偶然"的发生。比如说，阿毛被狼叼走，看似偶然，实际上是由祥林嫂的性格决定的，如果她心细如发，就不会犯"傻"，明知山里有狼，还让孩子一人在门外剥豆。她的粗心大意，导致了阿毛的悲剧。同样，王维看似遇上了贵人，实际上，正应了那句话，机会总是留给有准备的人。

当然，也不是说没有纯粹偶然的发生，像前面茨威格所历，我们无法找出其中"必然"的存在。我们面对这些不可知的偶然事件，顺应接受是最好的办法，怨天尤人都于事无补。更多的时候，我们可以不断完善自己，提高智慧，淬炼人生，好的偶然就会增多，坏的偶然就会减少。茨威格并未把偶然事件和命运等同起来，他说："我们的道路常常偏离我们的愿望，而且非常莫名其妙和没有道理，但它最终还是会把我们引向我们自己看不见的目标。"这是智者的清醒之语。

一起读

诗经·周南·桃夭

桃之夭夭，灼灼其华。
之子于归，宜其室家。
桃之夭夭，有蕡其实。
之子于归，宜其家室。
桃之夭夭，其叶蓁蓁。
之子于归，宜其家人。

读了很多书，为什么写文章依然很困难

文/张佳玮

打开手机，找到任何一个可以语音输入转化为文字的软件。将你对某事物想说的话，或你想说的故事，口述一遍。等这些语言转化为文字后，自己读一遍。

你大概会很意外地发现：这些文字比你想象的更散乱、更黏糊、更琐碎。

"我觉得自己讲得挺清楚的呀！怎么转换成文字，就成了这个鬼样子呢？"

输出并不难。每个人张嘴说话，都是用口语输出。

写作困难，则可能是因为说话和写作很不一样。

说话时，人会情不自禁地加许多口头语。人的思绪更容易分散；实际上人的意识是容易流动的，伍尔芙、乔伊斯和普鲁斯特当初搞意识流小说，就是在还原人类的思绪。

书面写作时，人必须使用全然不同的语言（更书面、更规范），使用韵律与节奏，遵循一定的规律，不能过于发散。

所以书面写作和说话，是完全不同的输出方式。不能总指望触类旁通，要精通两者，都是需要一点机械训练的。

这跟你的阅读量并没太大关系。这就像你看熟了舞蹈，自然知道怎么跳舞才对；但自己真的一举手一抬足，是否能到那个尺寸和地步，是另一回事。

阅读是摄入，持久的阅读可能让你的脑海里存有许多现成的句式节奏；许多人读多了某人的书，也许之后一段时间写东西都是那个味儿。这不奇怪。司汤达当初写《红与黑》，每次动笔前都要念一页法典，来"清洗自己的语感"。

但这依然不够。

我个人的意见是：多读，然后多写。写时，一句一句慢慢来。写不了长句就写短句。不知道写什么时，用海明威的说法，"写一句最真实的话"。

写了再说，哪怕写得不好，写完再删。你要习惯这种流程节奏。你的大脑和你的身体都要慢慢习惯写东西。把自己当成一台机器来训练。

读书类似于进食，而写作类似于做力量练习。只读不写，你吃的东西就囤积在你体内，不会变成肌肉；只写不读，最后只会把自己熬干了而已。

读书类似于看运动员做正确的动作、看优秀的画家画画。它告诉你什么是正确的，什么是美的。但具体的动作幅度，得自己反复练习，才能掌握得当。这件事没什么捷径可走。

最后讲一句：孙莘老去问欧阳修，怎么才能写好。

欧阳修说，没别的法子，就是多读多写，自然就好了。

"无他术，惟勤读书而多为之，自工。世人患作文字少，又懒读书，每一篇出，即求过人，如此少有至者。疵病不必待人指摘，多作自能见之。"

一起读

苏武很受唐宋诗人欢迎

从王维的《陇头吟》、胡曾的《咏史诗》，到李益的《塞下曲》、杜甫的《寄李十二白二十韵》……苏武牧羊的典故，苏武忠君爱国，不畏艰苦，坚韧不拔的形象，频频出现在唐诗宋词中，甚至"诗仙"李白、"诗圣"杜甫都不止一次地用到苏武的典故。仅在《全唐诗》中，初步估算就有不下五十首出现了"苏武"，可见其受欢迎的程度。

花事和心事

文/肖 遥

赏花，是春天的标配。

真正意义上的赏花，应该是和这场花事产生情绪上的共鸣吧？就像小时候的一次轻盈的邂逅——跟小伙伴们出去玩，春天里穿过山谷，翻过山梁，蓦然看到一大片蔷薇花环绕的院落，那家人被惊动了，出来一个女孩，竟是我们同学魏丽，她邀请我们坐在院子里，给我们端来她外婆做的槐花饼，饼里什么调料也没放，自有一股清香。走的时候，一人抱一捧蔷薇花，回家插在瓶子里，就像把一角春天带回了家。

后来，春天上山摘花就成了固定的节目，从迎春花开始，杏花、桃花、梨花渐次开放，瓶子里总有新鲜的花，只要有新鲜的花，春天就没有完，春天完了也不要紧，院子里还有月季花，一直接上兰花开、桂花开、菊花开、芙蓉开、梅花开，梅花开完，又轮到迎春花开了。

在人生的某一个阶段，会被重重心事压着，看山不是山，看水不是水，看花不是花，甚至已经没有了季节的概念。

某天我去看望朋友阿猫，她失恋了，痛哭了几场后，要收拾东西回老家。现在的她根本没有心情去分辨铃兰和鸢尾，风信子和勿忘我。她满怀悲愤，伤心欲绝。

谁没有过见花流泪、对月伤怀的时刻呢？我想起自己曾经的那段时光，整个春天的花朵们都好像在表演一场又一场的谢幕，特别扎心，但也不无治愈。

先是迎春花星星点点越开越少，接下来是桃花，几乎一场雨，就落红成阵四散飘零了。我揣着重重心事，徘徊在花园里，失魂落魄。丁香占满一溜廊檐，紫藤挂满另一溜廊檐，中间是此起彼伏的樱花，牡丹开得盛大隆重、轰轰烈烈，仿佛永远能够如此繁花似锦。然而心碎的我却分明感觉到一切都在悄悄溜走，笙歌归院落，灯火下楼台。我两臂交叉抱着自己，防止自己也飞散成碎片。

即便如此，春天还是会来。又一个春天，我登上一座山，三色堇犹如绿海里的星辰，七里香宛若山涧里的瀑布，我心里也开出了新的花，和漫山遍野盛放的花朵交相辉映。谷雨一过，所有的花都要谢幕了，桐华是春天里最后一拨花事，不过它一点也没有春天里其他花朵的敏感和脆弱，它带着股经摔打耐折腾的皮实劲头，扑扑地落一地……

然后，花期长、明媚鲜艳的石榴花就开了，开得火红火红。夏天来了。

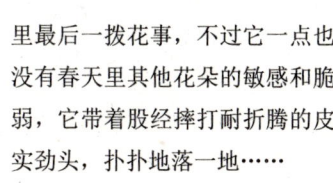

---一起读---

玉楼春·春恨

〔宋〕晏 殊

绿杨芳草长亭路，年少抛人容易去。
楼头残梦五更钟，花底离愁三月雨。
无情不似多情苦，一寸还成千万缕。
天涯地角有穷时，只有相思无尽处。

《山海经》：古人写给成年人的童话

文／卜松竹

借无限的想象绘制奇幻的图景

《山海经》中,有大量看似"超自然"的内容,呈现出客观知识和主观想象混合的杂糅局面,对于一般人来说,它最大的价值,在于借助"神话"这种媒介,为我们绘就的一幅闻所未闻、见所未见的奇幻图景。这幅图景,不仅令孩子们迷恋,也能吸引大人们。

鲁迅先生的保姆阿长,曾送给他一部《山海经》。当中那些"人面的兽,九头的蛇,三足的鸟,长翅膀的人"深深打动了他。我们如果读他成年后写的那些小说,比如《铸剑》《理水》《眉间尺》,那种以古典神话元素为基底的创作框架,是不是可以看到《山海经》的影子?

《山海经》是一部写给成年人的童话,可以让他们在摒弃世俗的繁俗之后,在其中找到一片供自己神游的天地。是翔于五山,游于四海,还是深入大荒,看你的境遇、心情和经验。

用大地的神思呼唤山海的精魄

《山海经》当中的神话和"超自然"元素,对后代的世俗文化影响非常大。历朝历代都有关于它的绘画作品,张僧繇这样的巨笔大家,都画过十卷本的图像,所以很多时候人们也叫它《山海图》。今天也有许多艺术家,在以各种方式,进行着相关创作。

许多中国古代志怪小说,受到《山海经》的影响,当中最著名的要数《镜花缘》。这部小说,前半部分讲的唐敖、多九公等人乘船在海外游历的故事,包括他们在女儿国、君子国、无肠国等国的经历,很明显是从《山海经》里择取相关元素衍生创作的。

追日的夸父,填海的精卫,治水的大禹,补天的女娲……历来受到社会主流价值观的推崇,振奋着民族的精神,挥发着雄健的人性。

以独特的框架包容无穷的韵致

《山海经》中,《山经》主要记载山川地理、动植物和矿物等的分布情况;《海经》中的《海外经》主要记载海外各国的奇异风貌;《海内经》主要记载海内的神奇事物;《大荒经》主要记载与黄帝、女娲和大禹等有关的神话资料。当中还记载了许多奇怪的国家,比如三首国、长臂国、一臂国、长股国、一目国、奇肱国、羽民国等。

要把这么多庞杂的内容糅合起来,《山海经》当然也少不了自己的"世界观"。它把各种神话传说、民间风俗、珍禽异兽安排在"地理方位"之中,用山川走向、海陆位置,来统合千奇百怪的神异幻想。它就像在我们面前铺开的一个无边无际的大沙盘,这座山上立着一个长着牛角的神,那个山上盘着一条比山还大的蛇,这条河里忽然跳出一条一头十身的鱼……这个世界,在观者的眼前自由自在,无拘无束地运行。你拿一些中国传统的山水画作来仔细看看,一定能从中品出《山海经》这种"平淡如水,滋味无穷"的韵致。

作家们的"花招"

文/欧阳宇诺

如果你想描述一段你未曾体验过的生活，又希望将它描述得栩栩如生，仿佛亲身经历过一般，你该怎么做呢？作家大概是最需要思索这个问题的群体，他们在云端穿梭，在地表漫步，在喷发的火山口边静观，在浓雾弥漫的丛林中找寻……那些令人印象深刻的文学作品中的震撼场景，随着阅读的深入，读者也仿佛跟随作家进入了他们所构造的虚拟世界。我们有时会信以为真，以为那就是作家亲历的一切，其实，那也许只是他们的"花招"。

乔治·奥威尔希望进入监狱。他带着四五个先令，来到迈尔安德路，计划喝得不省人事，他知道警察会对东区的醉鬼更加不留情面。酒吧一开门，他就进去喝了四五品脱啤酒，还把一瓶威士忌喝了个底朝天。当他跟跟跄跄地走在人行道上，终于如愿以偿地引起了警察的注意，他被带入了囚室。填写起诉书的时候，奥威尔变成了"爱德华·波顿，在一家布料店上班，因为酗酒而被开除"。奥威尔见识了囚室里的瓷砖、厕所、热水管道、木架床、马鬃枕头、毯子、栅栏，一场五秒钟就结束的审判，以及各式各样的人。被关押一天之后，他被推搡到街上，进监狱的"梦想"以失败告终，不过他将这段经历记录下来，写成了有趣的杂文《进班房》。

在大卫·福斯特·华莱士的长篇小说《无尽的玩笑》里，有很多关于酗酒及上瘾的内容，它们如此逼真，令《滚石》杂志的记者大卫·利普斯基好奇不已。在陪同华莱士做巡回宣传时，他一直在追问华莱士，小说中的内容是否有尚未提及的隐情？在数度的回避及迂回之下，华莱士终于坦承："波士顿有12家过渡教习所，我在其中三家度过了几百个小时。结论是，你只需要坐在那里听他们说话就好了……我收获颇多……我花的时间更长，调查得更细致。"华莱士的做法给渴望写出更具感染力细节的人们提供了一种独特的观察方式。

斯蒂芬·金在打工时清理过女生浴室墙上的锈渍，他还读过一篇文章，大意是"心灵致动是指单凭意念就可以使物体移动的能力。年轻人可能就有这种能力，尤其是青春早期少女"。金将打工经历与文章内容相结合，计划写作《魔女嘉丽》。但他认为写作这部小说需要高中女生的生活经历，而他对此一无所知，于是他将第一稿扔掉了。第二天当他下班回家后，他发现妻子塔碧莎拿着那几页稿纸，她已经将纸团抹平，还拂掉了烟灰。她觉得这个故事很有料，希望金能继续写。当金告诉她有关细节问题的困扰时，塔碧莎说她会帮金解决这个问题。金也尽力自助，回忆起了中学时班上最孤僻、挨骂最多的两个女生的样子、举动、得到的待遇。最终，《魔女嘉丽》得以成型。

"刻画无盐，唐突西施"与甜咸可无关

文/仲维柯

【抽丝剥茧话成语】

成语"刻画无盐，唐突西施"，从结构上看，属于两个动宾短语构成的并列复合短语；从修辞学上看，这里使用了类比，意为拿着我跟有成就的人做比较宛若拿无盐跟西施比，那是冒犯人家西施，是对人家的大不敬。多用作公共场合下的谦辞。

现实生活中的我们，见陌生成语，往往将其各成分意义进行简单相加，随即望文生义起来。所以，竟有人对"刻画无盐，唐突西施"做出这样笑话般的理解：刻画得没滋没味，横冲直撞地描写人家西施，西施也变得很丑了；这里形容描写呆板，语言不生动。这种理解误区在于：将无盐（人名），理解成"没有食用盐"；将唐突（冒犯）理解成"横冲直撞"，如此以讹译讹，不闹成笑话才怪呢。

【寻踪觅迹道词源】

纵观中国历史，称得上"谦逊达人"的非东晋周顗（字伯仁）莫属。《晋书·周顗传》中有这样一段文字："庾亮尝谓顗曰：'诸人咸以君方乐广。'顗曰：'何乃刻画无盐（战国时齐国丑女），唐突西施（春秋时越国美女）也。'"

我们不妨想象一下这样的场景：某一天，明穆皇后之兄、辅政大臣庾亮和周顗清谈，谈着谈着，话题就到了"清谈领袖""中朝名士"乐广身上。庾亮说："人们都认为，你的雅望可与乐广相比。"听此言，周顗自谦道："这就像拿着丑女无盐跟美女西施比，太冒犯人家西施了！"

"刻画无盐，唐突西施"，也许是周顗在顶头上司庾亮面前的谦谨之言和戏谑之语，孰料此语竟流传千古，成了极富有生命力的固定谦辞。当别人把自己跟某某有大成就者相比时，不妨来上一句：这岂不是"刻画无盐，唐突西施"！想想看，还真的比"羞煞我也"来得典雅而得体。

伴随"刻画无盐，唐突西施"渐渐成为约定俗成的谦语，东晋名士周伯仁"谦逊达人"的形象也就深深烙在了人们心中，成了后世谦逊者效仿的楷模。

当然，谦逊是一个人的美德，但什么事都有一个度，过犹不及。自己明明是众人中的佼佼者，却极力推说自己不如某某人；别人说你已达到某某人高度，请你谈谈成功经验，你却拼命说自己没什么好谈的，难免会让人误解为骄傲或虚伪做作。

就拿创造此成语的周顗来说，最后就坏在了"误解"之上。史书上讲，周顗，善饮酒，任仆射之时，酒醒时不多，人称"三日仆射"。喜与人斗酒，曾致对手死亡。王敦叛乱，有人劝元帝灭王氏一族。司空王导请求周顗在皇帝面前说情，周顗没有答应，反说"必杀逆贼"，其实他暗地里已向元帝进言：王导忠君爱国，不可杀！后来，王敦叛军入建康，周顗被逮。王敦问王导周顗的杀留问题，王导痛恨周顗，没说什么话，周顗自然就被杀了。后来王导浏览宫中奏折，知道了内情，不禁愧叹：吾虽不杀伯仁，伯仁由我而死。

在语言的实际运用中，我们一定要根据具体语境，灵活地使用各类谦辞和敬辞，既让交流顺畅自如，又给对方留下美好印象，此乃交流的至高境界。

一起读

西施咏

〔唐〕王维

艳色天下重，西施宁久微。
朝为越溪女，暮作吴宫妃。
贱日岂殊众，贵来方悟稀。
邀人傅香粉，不自著罗衣。
君宠益娇态，君怜无是非。
当时浣纱伴，莫得同车归。
持谢邻家子，效颦安可希。

古典名著里鲜为人知的"分身术"

文/刘黎平

很多科幻小说里有"平行宇宙"的概念设计："一个人物"在不同的空间里有不同的"分身"，他们长相相同，但性格不同、身份不同。说起我们的古典小说，作者们仿佛都不自觉地利用了所谓"平行宇宙"的概念，很多人物的设置都好像存在"分身"一般。

《三国演义》里，三顾茅庐和火烧新野的故事可以说脍炙人口。它们都是关于诸葛亮的著名的小说情节。然而，我们细读时会发现：在诸葛亮这个厉害角色出山之前，已经有一个"小诸葛"存在了。这个人就是徐庶。徐庶身上明显带有诸葛亮仙风道骨的气质，他是替诸葛亮提前亮相的。从塑造人物的角度而言，徐庶将诸葛亮的卓尔不凡提前交代了一下，让我们隐隐感觉到诸葛亮的神奇。这种照应，丰富了三国时期谋士阶层的形象。他们在乱世中献奇谋，出妙策，具有一定的相似性，同时又各有特色，从而让故事情节摇曳生姿。

《儒林外史》中我们熟悉的范进，其实也有一个"分身"般的存在。范进的故事，很多人都非常熟悉。老秀才范进忽然发现自己中举了，多年来他屡考不中的压抑情绪一下子集中爆发，陷入疯癫，以极尽夸张的情态演尽了大半辈子的辛酸。"范进中举"这出戏，是《儒林外史》里颇为夸张的一段。这出戏其实是有前奏的。我们完整阅读《儒林外史》就会发现，在范进发癫之前，已经有了一个类似的故事，故事的主人公名叫周进。周进就是一个"小范进"。周进也是一位考到老、寂寞到老的读书人，白发苍苍还功名无望，得不到应有的尊重。他去省城做生意，看到举行乡试的贡院，百感交集，"不觉眼睛里一阵酸酸的，长叹一声，一头撞在号板上"，昏死过去。醒来后，他号哭不止，令人动容。发生在贡院的这场闹剧，无疑是范进疯癫的一场小规模预演。范进与周进，相似而不相同，丰富了明清时期科考者的群体形象。

《红楼梦》里其实也存在一个"平行宇宙"。《红楼梦》的第一主角是贾宝玉，但与贾宝玉如影随形的，还有一个甄宝玉。这两个人物有高度的相似性。为什么作者要安排这样两个相似的人物？他们实际上代表了一个形象的两面。贾宝玉可能代表了觉醒者不入流俗、直面毁灭的一面，甄宝玉则代表了觉醒者随波逐流、泯然众人的另一种倾向。从某种程度上说，贾宝玉和甄宝玉属于同一个群体，意味着在那个时代，觉醒的人已不止一两个，他们形成了一个群体，甚至一个阶层，但他们走的路截然不同，引人深思。

写人物，讲究的是个性鲜明，但不等于人物之间不能有相似性。小说中的一群人物，能走到一起，成为一个群体，相互之间往往有相似性，这种相似性说明了群体形成的合理性。同时，一部小说，尤其是长篇作品，往往不只是塑造个体形象，也会塑造群体形象，相似性正是群体联结的关键所在。如果这个群体塑造不好，个体人物便很难站得住脚。实际上，相似性也有助于塑造个体形象。因为相似，才有比较的基础，有比较便更能显出人物的特质与个性来。

一起读

斗鸭——古代人的消遣活动

斗鸭即是鸭相斗的博戏，相传起于汉初。古人的消遣游戏层出不穷，角力型游戏是一种较为原始的游戏方式，角抵、相扑等，都是属于典型的角力型游戏活动。

角力型游戏中还有一种较为特殊的形式，就是斗禽。斗禽包括斗鸡、斗鸭、斗鹅、斗牛、斗马、斗蟋蟀、斗鸟、斗鱼等，这类游戏虽然不是由人直接参与争斗，却是以动物之间的相斗、角力为内容的游戏活动，因此实际上也属于一种角力型的游戏。

"空"字在古代诗词中的妙用

文/李丹丹

在阅读古诗词时，我们经常会看到一种奇特的现象——古代诗人喜欢用"空"字传情达意，一个普普通通的"空"字经过诗人们的调遣，立刻变幻多姿、魅力四射，令人叹为观止。

"空"字含有"空灵、宁静"之意，因此古代诗人们常常借用"空"字渲染环境的幽静、表达归隐闲适的情怀。王维的《山居秋暝》"空山新雨后，天气晚来秋"描绘出了清新、幽静、恬淡、优美的山间秋季黄昏的美景，一个"空"字开头使意境全出，顿时点出了山间世外桃源般的宁静，表达了诗人对隐居生活的向往。

"空"字含有"孤独、孤单"之意，因此古代诗人常常借用"空"字传递难言的愁苦之情。李白的《菩萨蛮》"玉阶空伫立，宿鸟归飞急"，诗里的主人公伫立在玉阶上茫然地望着暮色中归飞的宿鸟，鸟归人却不归，触景生情，引起无限愁思。这里一个"空"字表达出了主人公苦苦等待而没有结果的孤寂、惆怅心情。杜甫的《咏怀古迹·其三》"画图省识春风面，环佩空归夜月魂"，诗人在这里用简短而雄浑有力的两句诗揭示出了造成王昭君悲剧的根本原因。一个"空"字令人肝肠寸断，写出了王昭君葬身塞外的悲剧以及思乡而不得归的伤感。

"空"字含有"凄凉、寂寞、萧条"之意，因此古代诗人常常借用"空"字传达怀古伤今、昔盛今衰的伤感。刘禹锡的《石头城》"山围故国周遭在，潮打空城寂寞回"。诗里一个"空"字不仅写出了石头城的荒凉破败，还让人想起了这座六朝古都昔日的繁华，引出了物是人非的历史沧桑感。韦庄的《金陵图》"江雨霏霏江草齐，六朝如梦鸟空啼"。诗人在欢快的鸟啼声中，想起那些曾在台城追欢逐乐的六朝统治者，都已成为历史中来去匆匆的过客，当年豪华的台城成了供人瞻仰凭吊的遗迹，一个"空"字流露出诗人对唐室衰微的极度悲叹。

"空"字含有"徒然、白白地"之意，因此古代诗人常常借用"空"字抒写壮志难酬、功业未成的悲愤和无奈。陆游的《书愤》"塞上长城空自许，镜中衰鬓已先斑"。一个"空"字抒发了诗人壮志未酬、英雄无用武之地的悲哀。温庭筠的《苏武庙》"茂陵不见封侯印，空向秋波哭逝川"。一个"空"字是诗人面对秋江寒波时既哭苏武，也哭自己，是借古人之酒浇自己心中块垒，令人感慨至深。

"空"字还能用来抒发人生盛衰无常而宇宙永恒的感慨，王勃的《滕王阁序》"阁中帝子今何在，槛外长江空自流"。诗人在提出历史上建阁的人如今何在的疑问之后，以景作结，似答非答，抒发了人生盛衰无常而宇宙永恒的感慨。这里的一个"空"字写出了江水的永恒和人生的短暂。明代才子杨慎的《临江仙》"滚滚长江东逝水，浪花淘尽英雄，是非成败转头空，青山依旧在，几度夕阳红"，词人是在借叙述历史的兴亡而抒发人生的感喟，这里的一个"空"字给人一种浓郁的历史厚重感，古往今来，人生的多少无奈尽在"空"字之外。

各国另类校规知多少

文/音乐水果

美国：中学必备的三大校规

美国各州的各个学区所制订的校规有些许差异，但学术诚信、尊重他人、考勤制度是各中学必备的三大校规。不过，美国教育界的专家们一致认为："在学生踏入校门的第一天，就必须树立起按规则办事的观念和习惯，遵守校规才是各校最重要的校规。"

日本：发色不黑不能上学

2017年，日本大坂府一位高中女生向法院提出了诉讼，原因是学校强制要求她将天然的褐色头发染成黑色。事实上，在日本，像这位女生因为发色而被禁止上学不是个例。日本多所中学对学生的发色、发型有严格要求，包括"马尾辫的高度要控制在耳根以下，不能扎丸子头""不能烫发"等。

新西兰：远离流行文化

新西兰南岛的一些中学禁止学生在校讨论流行文化，包括书籍、动画、电影等，校方认为，流行文化会对学生产生干扰作用。例如，当《宠物小精灵》《数码宝贝》等动画风靡一时，新西兰奥瑞瓦中学的学生不能在学校讨论动画的剧情；当"哈利·波特"热潮席卷全球时，新西兰多所中学的老师禁止学生阅读《哈利·波特》系列丛书，也禁止学生把周边产品带入学校。

韩国：上学不能带化妆品

韩国中学禁止女生上学带化妆品，也禁止她们化妆。即使防晒霜是为了阻挡紫外线，也会被老师没收；当然，学生不能带口红，也不能带润唇膏。专家们认为，化妆品的临床试验是针对成年人进行的，如果中学生使用，可能会有副作用。

澳大利亚：不能鼓掌，可无声欢呼

2016年，澳大利亚悉尼一所中学颁布了新校规，禁止学生鼓掌，可无声欢呼，可凌空挥拳，也可以有兴奋的表情。学校在新校规声明里阐述："我们要尊重对噪音敏感的学生，无声欢呼可以让学生消耗能量，避免学生坐立不安、影响他人。"

印度：要求学生"双手写字"

印度北部一所中学要求学生在校期间，必须学会用双手写字。这所学校的校长表示："我觉得训练孩子们掌握这项技能十分重要，有助于提升他们的注意力和学习能力。我希望孩子们的左右脑一样发达，不仅能言善辩，还心灵手巧。"目前，全校300多名学生都可以用左右手写字，有的学生还能用双手同时写出不同语言的文字。

学习其实有窍门

文/揭 威

不少人特别勤奋,在一个学习内容上花费大量时间,效果却不好,原因就是没找到正确的学习方法。真正的学习不是一味地耗时间,而是了解大脑运作的基本原理后"投其所好",制订相应的学习策略,获得进步。以下4个方法也许能帮你更高效地学习。

1.变换学习环境

很多人在学习的时候都倾向于找固定、安静的场所。如果是自习室,有的人还要找专属的座位,认为这样的"仪式感"会给大脑发出"现在该好好学习"的信号。但科学家发现,比起固定的学习场所,频繁更换不同地点,能提高40%的学习效率。

大脑在储存知识的同时,会将周围环境信息一并编码储存。在不同环境下学习时,与知识相关的"背景"提示也会更多,这都方便我们回忆信息。另外,变换学习场所也使我们的记忆不再依赖于某一环境,毕竟你考试的时候不会在熟悉的座位上。

2.拉开时间间隔

如果想熟练掌握某项技能或学会某个知识,我们通常会花整块时间来反复练习。而这样的效果可能并不好。就像我们不能一口吃成个胖子,学习也一样。在记忆科学中,分布式学习——把一次集中学习打散成数次学习,并拉开每次学习之间的间隔——更有利于记忆。这不仅能让你记住更多的东西,还能记得更牢。对于长期的学习任务,有科学家总结出了最佳学习间隔,如待考时间为一个星期,两次学习间隔时间最好为1~2天;待考3个月,间隔三个星期……

3.交替学习

不管是学习技能还是知识,我们常常认为就某一项任务反复练习效果会更好。但目前很多科学实验证明,比起反复练习,交替学习更有效。

心理学家罗勒做过这样一个实验,他召集24名小学生,学习计算棱柱体的面、棱、顶点和转角数量。其中一组集中学习,按顺序练习面、棱、顶点和转角习题;另一组也练习了相同次数,只不过随机而无序地做题。第二天,所有孩子都测试了4种题目,结果交替学习组的答对率为77%,而反复组仅为38%。科学家认为,学习时把不同的对象、技巧、概念等穿插到一起来练习,经过一段时间的积累之后,不但能使我们更清楚地了解每一项之间的不同之处,还能使我们更好地掌握每一项内容。

4.分心不是敌人

如今,微信、游戏、网络推送等对学习工作造成的分心固然令人担忧。然而,新的科学研究告诉我们,当被某道难题卡住的时候,适当地分心是件有益的事。

我们常说的"顿悟"往往在大脑"离线"后意外出现。科学家发现,放下难题后的"孵化"阶段至关重要。这个时候,长时间休息、做做别的事情,甚至玩玩游戏等,对解决难题都有意想不到的帮助。

一个考官的艺考奇葩说

文/安宁

艺考不仅仅是一次考试，更是一场命运与命运的残酷竞争。虽然艺考是一场辛苦战，但在成千上万的考生中，总有形形色色的奇葩考生，给考官们带来乐趣。为了实现自己的梦想，考生们可谓使出了浑身解数，尤其是站在我们面前的那一刻。

一个考生上来就深情地说："知道老师们都累了，我先给你们讲一个故事放松一下吧。"我只想说："你后面还有几百号人等着累老师呢，求求你，还是放过我们吧。我们从早晨8点坐到晚上10点，其间盒饭都是站着在10分钟之内吃完的。"

一个考生讲完故事后，说："老师，我讲这个故事就是想告诉你们，如果我考不上这个专业，10年以后我就和这个男主角一样，成了疯子！"我惊恐："原来，戏剧影视文学专业还能成为杀人之凶器！"

有一年艺考，我出了一道题："你认为人生是悲剧，还是喜剧？"抽到此题的学生，100%都回答人生是一出喜剧，因为，我们的生活多么幸福快乐啊，而且每天都有开心的事！本来以为会有一两个学生，能够体会到人之一生孤独来去的悲剧感，我承认，我错了，不该出这道题目难为生活在幸福中的90后们。

对于中学时候很少上过戏剧课程的中学生来说，表演大多是临考前一年的现学现卖。除了部分"演二代"或者真正有兴趣做演员的学生，大多数都是有点唱歌、跳舞、表演等兴趣爱好但文化课成绩算不上太好的。于是在集体编织小品故事的环节，这些读书不多又被影视剧深深影响的一代人，制造矛盾冲突的方法基本上都是突发车祸心脏病，爹死娘死孩子死。有一个男生，颇有马景涛的风范，一上来就悲痛地跪在考官面前，对着面前的空气大吼大叫、连哭带喊，吓得老师们心生惊悚。

因为想象力匮乏，故事里80%的主人公都会被叫作"小明"，不知道英语教科书里的小明会不会听到不耐烦，愤然跳出书本。若问他们读过什么书，被师兄师姐一个模式培训出来的考生们，又会千篇一律地回答"四大名著"；但要具体问起这四大名著的内容，他们脑子非急得卡壳不可。有一个女生被问："为何喜欢林黛玉？"答曰："因为她有气质又长得好看。"另一个考生被问："最喜欢看的文学书是什么？"答曰："《成语词典》。"

相比起来，编剧专业倒是更为纯粹，因为写作不好的学生，是没有胆量来报考这个对文笔有着严格要求的专业的。所以，只要问几个读书上的问题，就能大致看出学生几斤几两。

一个女生被问平时是否喜欢读书，她诚实答不喜欢；是否热爱电影，她又老实回答不爱。老师当场抓狂，问她什么都不爱，来这里干什么？女生慢悠悠嗲嗲地回复："老师，我觉得我挺爱玩的。"

报考编剧专业的，在被问及"五岳"常识时，脱口而出岳飞的大有人在。更有考生敢于直言进谏，当场指责我们考官考他对《诗经》的认识是变态行为。

有一次，我们要求用"邮票、鱼缸、金鱼"编个故事。一个考生编道："金鱼跳出了鱼缸，与邮票商量在书桌上编织一个故事，莫言爷爷半夜起床后看到这个故事，很受触动，就写了一篇论文，于是他获得了诺贝尔文学奖！"

而在考前培训班的应急指南里，一定让他们提前备好一个精妙的小品构思，这样不管抽到的题目是"一张假钞"，还是"意外事故"，再或者是"汽车站"，万变不离其宗，他们都能生搬硬套进故事框架里去。以至于有时候他们背诵了同样一个故事框架，考官们听到开头就立刻喊停，告诉他们，已经猜到结尾了。

废物是成功之母

文 袁文幻

西蒙娜·格尔茨发明的机器人形状各异，应对的问题也是各种各样：帮人刷牙、切菜，甚至和网络喷子吵架。但它们有一个共同点：没用。这个瑞典女孩把自己从事的行业称为"废柴机器人制造"。

28岁的西蒙娜喜欢穿一身蓝色的工装，手里拿着锤子和电钻在房间里捣鼓。她的卧室就是工作室，一醒来就能看到各种假手和剪刀，"像一堆怪物在聚会"。其中一只假手属于"不起床就扇脸"机器人，刺耳的闹铃一响起，它会疯狂拍打你的脸和脑袋。还有一只手属于自动涂口红机器人，安装好口红，嘴唇凑准方位，就可以接受它拙劣的服务了，当然，最后肯定是涂个大花脸。

那台"不起床就扇脸"的演示视频在网上播放了8亿多次，越来越多的人开始关注这些无用的发明，人们称西蒙娜为"废柴机器人女王"。"为什么你要造这么多没用的东西？"人们在很多场合问个不停。但西蒙娜已经厌倦了解释，"你花整个晚上浏览社交媒体上的信息也是件没用的事啊！"

天马行空的想法塞满了西蒙娜的脑子。一有新想法蹦出来，她就赶紧去设计草图、编程、组装。西蒙娜并没有多么深厚的机器制造功底。这个曾在瑞典皇家理工大学读工程物理的女孩经常不按常理出牌。她只读了一年就辍学，去一所创新学校读书。16岁那年身边的朋友都选择去欧洲或美国读书，她只身来到中国学习中文。

她的灵感都来源于生活。因为不想刷牙，她就做了个头戴式自动刷牙机。那是她的第一款发明，只不过刷牙机刷得不精准，机器会在脸上蹭来蹭去。她自己最喜欢的是一款自动朝热狗上挤压番茄酱的机器人，同样不精准，一大半番茄酱都被挤到了盘子外。还有和网络喷子吵架的机器人，一旦启动，就会拿头疯狂地砸键盘。

8岁时西蒙娜想做一个机器人，但不知道机器人的标准是什么。她在树桩上凿了一个口，塞进一根木棍，这样一头会随着另一头自动动起来。西蒙娜一直忘不了这个幼稚的发明，这让她明白了孩子和成人的区别。"当你是个孩子的时候，没人指望你做个真正有用的东西。"

现在西蒙娜的账户在社交媒体上有97万多的订阅者，她被称为科技界的"卡戴珊"。越来越多的人为这堆废柴机器人着迷。儿童节目邀请她去做嘉宾，孩子们并不觉得这些机器人无用。"一个10岁的孩子告诉我受到了启发，做出了个有用的东西"。他们发现机器人不再是高冷的科技，还可以如此有趣。

"制造无用机器人的真正迷人之处，在于你永远不知道真正完全正确的答案是什么，而我正是想把这种寻求答案的热情分享给大家。"她的粉丝对她说，"我希望你体内疯狂的孩子永远不会死。"就在不久前，西蒙娜被查出得了脑瘤。做完手术后她可能面临着右眼失明和右半边脸不能动的后遗症。但在社交媒体上发布的一段视频中，她宣布，要开始设计眼罩，"做一个很酷的眼罩佩戴者"。🌿

一起读

谁能解水语

像《卜算子》这样借"水"的意象，寄托哀思别绪的表达方式在古诗词中是很常见的。

较早的如建安诗人徐干的"思君如流水，何有穷已时"（《室思》），后唐宋间如李煜的"问君能有几多愁？恰似一江春水向东流"（《虞美人》），李清照的"花自飘零水自流，一种相思，两处闲愁"（《一剪梅》），等等。无论是表达了何种情感，诗人们都抓住了"水"这一审美意象的特质，而放诸诗词中，具有别样的美感。

跟约翰逊博士学读书

文/贝小戎

18世纪的英国学者塞缪尔·约翰逊出身贫苦，但经过不懈努力，成为一代文豪，编写过英语词典，写过《诗人传》，研究过莎士比亚戏剧。他成就巨大，不仅因为他记性特别好，而且读书不止。他说："一个年轻人一天应该阅读五小时，这样他会获得大量的知识。"

对于一般人来说，每天阅读五小时很难做到。但约翰逊其他关于读书的观点适用面更广，他说阅读要从兴趣出发，不必强求，"一个人要提高一般修养，读书应随兴之所至，一时想读什么就读什么；若是有某一门学问要学习，那自然就得经常坚定不移地求得进步。我们有心读书时，读的东西留下的印象要深得多；无心读书时，心思一半是花在集中注意力上，只有一半用在读的东西上。"

据鲍斯威尔记载，赫伯特·克罗夫特牧师劝告自己的学生，无论开始读什么书，都要把它读完。约翰逊说："这可真是奇怪的劝告；这等于劝人下决心，无论结识什么人，都要和他厮守终身。一本书，也许毫无用处，也许其中只有一点可取之处，难道我们非得从头至尾看完不成？"他说很多书不值得看完，"写得不努力，读起来就无快感。"

英国学者亨利·希金斯在《约翰逊博士的人生指南》一书中说，约翰逊喜欢读一些枯燥的大部头，他最喜欢的作者包括荷兰法学家胡果·格劳秀斯、意大利诗人波利齐亚诺、法国学者斯卡利杰，这些人的书现在只能在大学图书馆里看到。在大学里，他引用了不太知名的古罗马作家马克罗比乌斯的句子，让他的老师惊讶不已。约翰逊跟马克罗比乌斯一样，对天文、地理、数字等都很感兴趣。约翰逊认为要多读经典，他说："有人曾认为，现代作家的多产和现代出版物的大量涌现，对于过去的优秀作品是不利的，因为在这种情况下，为趋时计，我们不得不去读那些价值较低的东西，而无暇顾及过去的那些优秀作品，因为与其读古代最优秀的作品，不如读现代作品，更能使人在谈话中满足自己的虚荣心……现代作家是文坛上的月亮，他们发的光是一种反射光，是从希腊、罗马古典作家身上借来的光。"

针对不同的目的，约翰逊有不同的阅读方式，对于他感到好奇的东西，他可以完全沉浸其中；为解答特定的问题需要研读；对于费脑筋的材料，要仔细地、批判性地阅读；最后是不会让注意力感到疲倦地浏览报刊。这一周，除了研读《约翰逊博士传》，我还读了让我感到好奇的《七宗罪·贪吃》，书中说："路易十四的朝臣巴拉丁伯爵的夫人和约翰逊博士的密友亨利·思罗尔都是被大家认定因暴饮暴食而死的大名人。"还读了《泰晤士报》网站上的一篇书评："查理五世并非天生的语言学家，但他知道要用交谈对象的语言跟他们说话。据说，他曾经说：'我对上帝说西班牙语，对女人说意大利语，对男人说法语，对我的马说德语。'"

一催就成"被动废"?
不如主动出击找回掌控感

文/余冰玥

"本来已经设了闹钟,但我妈一催我,我就更想赖床。""计划好了要锻炼,同学一问我,今天你怎么还不去,心里反而有点动力不足了。"本来愿意主动做一些事情,但由于别人的催促而"一催就慢,一点就炸"。如果你也有这样的毛病,"被动废人群",说的就是你。

前段时间,"被动废"成了热词,微博博主"语文指挥中心"为其下定义:"本来很主动且愿意干的事情,一旦被催促,就会立马出现从身体到心灵全方位的抗拒。学习、婚姻乃至生活各方面的事,别人可以提醒,但请勿催促。催促会将主观意愿上的美好变为被动意义上的承担,对于被动废人群而言,一催就慢,一点就炸。"

有网友说,这个词适用于"我妈叫我起床、不要一直玩手机、多出去走走"等家庭场景。英语系大四学生周贝对此感同身受,每年过年回姥姥或奶奶家,作为小辈的她总要负责摆桌子洗碗,帮厨打下手。周贝一点都不反感做家务,但让她难以忍受的是,明明她愿意主动收拾,可每次妈妈总会几次三番督促她。"我知道这是我的任务,到时候一定会去干,但不要每次都催促提醒,把我当小孩,这样我反而会逆反不想做。"

在学习和工作中,"被动废"人群常常即使不想做某件事,也不得不做,网友调侃道:"导师催论文,前一秒还是被动废,后一秒爬起来继续。"中文系大二学生林越则表示"扎心":"'被动废'这个词一针见血地描述了我的学习。"学中文的她喜欢文学,爱看小说,但当某本小说成为导师布置的读书札记作业,并在DDL(截止日期)前被催促,她会瞬间陷入"被动废"的状态。"当它变成了作业,我会不想看它。""被动废"的结果往往是以敷衍的态度完成作业,既浪费时间,也毫无收获。

已经工作的毕子琪有相同的体验。刚入职创业类猎头公司10个月,常常在项目推进方面被领导催促。"我自己会制订工作计划和目标,但是leader(领导)有时会直接催问我:怎么还没有出成果?何时完成?听到这些话,我瞬间丧失斗志,心情和效率急速下降。"

北京师范大学心理学部心理健康辅导员黄利老师表示,"被动废"实际上是个人自主权的问题。"人是需要有自我掌控感的,如果他觉得自己的人生在掌控之内,就会很有安全感,有掌控感和一切井然有序能够给人带来新生力量,会感觉生活饱满而幸福。而不确定性就是失控,'被动废'是因为那件事情不是由自己推动,因此就会失去掌控感,丧失积极性。""有人指出,当人们主动要求做一件事时,是充满期待和成就感的,执行规划能够带来自我实现的快感,但被别人催促时,主观能动便会变成客观被动,自我满足感消失,出现抗拒的心态。因此,在与"被动废"人群交流时,与其用催促的语气让其产生抵触情绪,不如换种形式,提出更真诚的邀约。

有同学为此很苦恼,因为被催促而不想做,却又不得不做的事情,该怎么办?"这涉及社会功能适应性。人生活在社会上需要承担责任,每个人所扮演的社会角色既有权利又有义务,作为学生,应该承担作为学生未来为社会做输出服务的责任,需要完成学业。"黄利老师指出,"在这种情况下,不应该因为不开心就不做这件事。不如调整好自己的心态,换个角度积极去完成。"

毕子琪笑言:"我发现避免'被动废'最好的方法,就是在老板催你之前,提前把你的计划和进展都告诉他。与其被催促,不如主动出击,'堵住'他的嘴!"

继承者们：扶苏为什么非死不可

文/王 磊

公元前210年，守卫长城的秦帝国北部军团主将蒙恬与监军扶苏迎来了皇帝陛下赐死的诏书。扶苏大哭着走到内室自杀。而蒙恬却觉得事有蹊跷不肯自杀，于是被剥夺军权扣押起来。

其实蒙恬的怀疑是对的。当时胡亥、赵高和李斯更改了秦始皇的遗诏，拥立胡亥为太子，然后捏造罪名，假冒秦始皇的身份赐死扶苏和蒙恬，就是为了给胡亥登基扫除最大的障碍。

可公子扶苏与将军蒙恬手握三十万精锐军团，怎么就不能起兵反抗搏一把呢？

第一，主观意愿决定了他们不想反抗。

扶苏在史书上的形象，是个和父亲秦始皇截然不同的好人。"扶苏"一词，出自《诗经·郑风·山有扶苏》，指代一种山上的小树木，也可以形容树木枝叶茂盛，进而引申为美好的事物。

公元前212年，深受虚假保健品毒害的秦始皇决定把那群卖假药的方士都活埋了，这就是历史上所谓的"坑儒"事件。对父亲的大开杀戒，扶苏直言进谏却惹得秦始皇大怒，皇帝把扶苏发配到蒙恬的北部军团去当监军。

而史书中记载，即便是在被亲爹发配边疆挂职锻炼后，扶苏也还是好几次上书直言劝谏秦始皇，让他收敛铁血强硬的政策。由此可见，扶苏应该是一个比较仁爱且充满同情心的人。这样一个感情丰沛的人，在接到亲爹赐死自己的诏书时，内心该是多么伤心和绝望，而且他知道自己可能已经惹恼了皇帝。秦法严苛，扶苏又在外监军多年，十分了解父亲在军中的巨大威望，所以对这道诏书既没有怀疑，也生不出一丝一毫的反抗之心。至于蒙恬，他是秦国三代名将，素有忠信之名，就算觉得事情蹊跷不合常理，也不会生出直接造反干一票的念头。

第二，客观条件决定了他们不能反抗。

三十万守卫帝国北方边境的精锐虽然听起来很拉风，不过带着部队保家卫国守卫边疆是一回事，扯旗造反就是另一回事了。秦人重法，兵权更是重点监控的领域。另外当时大军驻扎的北部边境，是蒙恬率军从匈奴人手里抢来的，原是匈奴人的势力范围，在当时属于边境贫困区，驻军的粮食保障和后勤补给都只能依靠国内。一旦断粮，空有再多的军队也是摆设。秦始皇敢让三十万大军驻扎在边境，就一定有控制军队的办法。尤其是嬴政是一个攻灭六国、一统天下的开国雄主，在天下军民心目中的地位无人可比，实在让人不敢生出造反的念头。所以，扶苏的死似乎是注定的了。如果扶苏不死，秦国的国运、中国的历史，是否就会不同了呢？答，不好说。

自商鞅变法以来，秦国朝堂主要有三股势力：第一是靠变法壮大起来的军方集团，如蒙骜、蒙武和蒙恬三代秦国名将；第二是来自关东六国的文法吏集团，他们以客卿的身份参与秦国国政，如张仪、吕不韦、李斯等；第三是秦国本土宗室和外戚组成的亲贵集团，如号称"智囊"的樗里子、魏冉等。

秦始皇亲政后，把亲贵集团收拾得差不多了，而军方集团和文法吏集团则是两强制衡，既摩擦不断，又相互配合。统一战争期间，军方集团大杀四方，文法吏集团不得不暂时退让。而天下一统后，军方集团的开拓也并没有停止，大秦也就不会有停下来休息的一天。所以就算扶苏上位了，他难道能够抛弃支持他的军方集团，转向休养生息和文治建设吗？对此我们不得不打上一个大大的问号了。

当然，假如扶苏上台，想要比胡亥做得更差的确是挺难的，因为胡亥的执政水平确实是没有什么退步空间了。

名字有内涵

文 / 闫晗

常听人吐槽现在孩子的名字雷同,叫子涵、梓轩的到处都是,和从前的大伟、翠花没什么区别。语言就像纸币,流通一阵子就变脏了,再美好的字眼也经不住大规模重复,如同网络流行语一样容易让人审美疲劳。

从前的大学问家名字都意境开阔、有内涵,多少年过去依然掷地有声。比如梁漱溟、钱玄同、严济慈……梁漱溟倡导宽和恕,给儿子取名培宽、培恕。钱玄同本来给儿子取名秉穹,同学则给他起名"三强"——排行老三,喜欢运动,身体强,还可以解释为立志争取德、智、体都进步。钱玄同听说之后,觉得这名字不错,居然认可了。万万没想到,著名核物理学家的名字竟然是从同学起的外号而来,大俗中透着大雅。

金庸小说的人物名字很有味道:任我行、东方不败、左冷禅、岳不群,在普通的字眼里见出气势,王语嫣、木婉清、周芷若则带着《诗经》《楚辞》里的温柔绮丽。但是,给那么多人物起名字也不是容易的事,有时候他就会用熟人现成的名字,表哥徐志摩的笔名"云中鹤"被安在了四大恶人之一的采花贼身上,这个操作惹人遐思。徐志摩在《爱眉小札》中,对陆小曼的称呼为"龙龙""我最甜的龙儿",《神雕侠侣》里杨过就管小龙女叫"龙儿",不知道是不是也受了表哥情话的启发。

汉代皇室取的名字看上去有点奇怪,汉武帝出生时被取名刘彘,大约因为婴儿夭折率很高,取个贱名好养活,被立为太子之后又改成刘彻。长公主叫刘嫖,一查才知道,这个字读一声的时候,有勇健轻捷的意思。

名字往往被寄予很多的愿望和含义,纪录片《人间世》里有一集,得了癌症的妈妈决定到派出所给女儿改名,因为原本谐音嵌入她姓氏的"思妍"在她生病的情况下显得不够吉利,还是希望自己能治好,不想让亲人空留思念。

有人讲究五行,比如"闰土"。有的明星为了图吉利,过一阵子名字就变了,让人认不出,期望换个名字能更红。《请回答1988》里,德善的妈妈听说女儿改叫"秀妍"有利于考学,于是高考前不许大家再叫她"德善"。这种希望有个好前程的心情,也是可爱的小迷信吧。

换个名字,引发的联想也不同,比如植物的名字中,女青又名"鸡屎藤",有人写诗"我一看女青花就开了",如果变成"我一看鸡屎藤花就开了",诗意就变了。张爱玲小说《第一炉香》里提到的"一朵一朵挺大的象牙红,简单的,原始的,碗口大,桶口大"。象牙红其实还有另一个名字"鸡冠刺桐",听起来就没那么摇曳。

名字一般是父母取的,网名才是自己的,这里面玄机更深。有次,我在四川某地的山村买了两串烤面筋,扫二维码付钱的时候,发现那个不苟言笑的傈僳族摊主微信名叫"莱茵河畔贝多芬的悲伤",心中震动了一下,仿佛窥见了她内心的宇宙。

趣说古代身份证

文/周 礼

身份证是我们出门或办事所必备的物品之一,没有身份证,我们几乎寸步难行。既然身份证如此重要,那么它起源于何时?古代人有身份证吗?

带着这些疑问,我翻阅了相关典籍,竟惊讶地发现,身份证并非现代独有,早在战国时期就已经出现了。商鞅变法时,秦国推出了照身帖,以验证秦人的身份,防止间谍进入。所谓照身帖,就是一种经过打磨的竹块,上面刻着持有人的相关信息,如头像和籍贯等,跟我们今天使用的身份证十分相似。

汉和隋基本上沿袭了秦时的制度,用"竹使符"作为官员的身份证明。而到了唐朝,李渊对"身份证"进行了改革,发明了"鱼符"。《新唐书·车服志》载:"附身鱼符者,以明贵贱,应召命。"可见,"鱼符"一方面代表了一个人的身份和地位,另一方面也方便皇帝召见时验明正身。"鱼符"形若鱼状,上面凿有小孔,可以随身佩带,背面刻着官员的姓名、任职衙门及官位品级等。

根据官员的职位大小,"鱼符"所采用的材质也不一样,亲王和三品以上的官员,使用的"鱼符"为黄金制造;五品以上的官员,使用的"鱼符"为白银制造;六品以下的官员,使用的"鱼符"为黄铜制造;而地位更低的,则为木头制造。武则天称帝后,将"鱼符"改为"龟符",但其作用并未改变,同样分为三等,金龟、银龟和铜龟。金龟为三品以上官员,地位非常高,金龟婿就是由此而来。

到了宋朝,赵匡胤嫌"鱼符"太麻烦,索性废弃了,官员直接使用"鱼袋",以上面的金银饰品及颜色区分官级,主要以"金紫"和"银绯"为贵。到了明朝,官员的"身份证"又发生了变革,开始使用轻便、美观的"牙牌"。"牙牌"一般是用象牙、兽骨、木材、金属等制成的片,上面刻有持牌人的姓名、职务、履历及所在的衙门等相关信息。陆容的《菽园杂记》载:"凡在内府出入者,无论贵贱皆悬牌,以避嫌疑。"此时的"身份证",已不仅仅限于官员使用,其他出入内府的人也必须佩带。

到了清朝,官员的"身份证"又变为顶戴花翎,其帽珠用宝石、珊瑚、水晶、玉石、金属等制成。一品为红宝石,二品为珊瑚,三品为蓝宝石,四品为青金石,五品为水晶,六品为砗磲,七品为素金,八品为阴纹镂花金,九品为阳纹镂花金,无顶珠者无官品。除此之外,一些特殊的从业者也有"身份证",比如,僧人,他们有"戒牒"和"度牒",凭此牒可以化缘和筹善款。

当然,古代的"身份证"并非真正意义上的身份证,真正意义上的身份证诞生于1936年,那是宁夏省政府制定的一项居民管理制度,用白布做成,长7厘米,宽3厘米,上面写有持有人的姓名、年龄、籍贯、职业、身高、面貌、特征及手纹箕斗形状等,是我国最早使用的居民身份证。

从身份证的演变过程,我们可以看到时代的变迁,社会的进步。如今的身份证,已不再是特权者的专属,而是我们普通老百姓的一个身份证明,体现了人人平等的原则。

清风明月还诗债

文/白音格力

与你在最美的一个词上坐一坐,听听风,看看月。这是多么美的事。也许太诗意了,与日常,与朴素人间,显得过于缥缈。也许又是因为,明知皆是俗人一个,所以此生欠着彼此一份诗债,便要借了清风明月,与你花影婆娑。在这个世界上,有时我们什么也不缺,缺的就是一颗诗心一份诗情。因此我们欠了生活,或欠了一个人一份诗债。

马致远有一曲也提到了"诗债":"酒旋沽,鱼新买,满眼云山画图开。清风明月还诗债。本是个懒散人,又无甚经济才,归去来。"酒与鱼刚买好,见到的是云山画图,一派隐逸之趣。俗世里过着,心头还想着诗债,这样的人,生命永远绽放着潋滟的光。

有人评说,前四句勾勒出一幅"隐居画卷",眼前便出现一个诗人酒喝好鱼吃饱,刚站起来,就跌跌撞撞,一个趔趄,从画里掉了下来。猛一惊,想起自己还欠着几首诗债,赶快趁着清风明月去写吧,还上了债,才能再隐居到画中去。

我更愿意把这一句"清风明月还诗债"理解成一个"借"字。李白有诗,"清风朗月不用一钱买",所以马致远在买了酒与鱼,看到美景时,洒脱的情怀,自然而然——借清风与明月为诗,还俗世一份诗情。何其豪放与不羁。

马致远的散曲,确实是"豪放中显飘逸,沉郁中见通脱"。恨古时留不下声音,所以听不到马致远的唱曲。若这时能听得这一曲,耳朵该是怎样的享受,余音不绝,意味十足。马致远写了很多"归去来"。买了酒买了鱼,看到了好景想起了诗债,归去来;看到故园风景依旧在,三顷田,五亩宅,当然也要归去来。

我总觉得,一个人眼前有千条路,必须有一条是通到内心的。归于内心的人,才能看得见万物迷人,才能看花写诗。我一直也愿意做这样一个走向自己内心的人,也许是为了看看清风绕满的花枝,走一走白云搭起的石级,也许是为了一页某人留在心中的诗稿。走向内心,因为我欠了自己,欠了世间,一份诗债。为还一份诗债,我把墨研老了,把流水捻成万古琴,甚至把落花铺在信笺上,把月光洒满窗前……我准备好了一万首美丽的诗,安排它们在一盏茶里低眉,在长长的岁月里某一朵悄悄开了又悄悄落了的花上微笑。

我会用一个诗人深情的诗行告诉自己:"从春天开始,你要再次出发。爱上沿途的美,也爱上沿途的厄运;爱烟火里的温暖人间,也爱尘世里的薄凉。"清风明月还诗债,还的不过是一点善,一点美,一点暖,一点苍凉中而永不失却的多情与喜悦。那些诗债,让生命的笔尖静了,静生幽,幽生高洁。如此,也终于明白,美的诗,在纸上,也在眼睛里。青山是诗,幽月是诗,微风、细草,又是诗,清风吹花影,哪个不是诗?就连你的名字,你带走的岁月,都是我永远爱之不尽的诗债,让我身在俗世而清澈美好。

我相信,欠俗世一份诗债,才能向自己的内心走去,才能归去来。然后才能与你,在最美的一个词上坐一坐,听听风,看看月。

我学语文的"独门秘籍"

文/钱梦龙

我读初中的时候（那是20世纪40年代的事了），各科成绩平平，独有语文（那时叫"国文"）成绩在班级里一直遥遥领先。我不但能读会写，而且每次语文考试，即使考前不复习，成绩也稳居全班第一。同学们看我语文学得轻轻松松却又成绩出众，总以为我在语文学习上有什么"独门秘籍"。其实我何来什么"独门秘籍"，不过学得比较得"法"而已。这个"法"现在看来仍然很管用，因此写出来与同学们分享。

我从初中一年级起就爱读课外书，最早是爱看小说，中国古代的"四大名著"我都读得爱不释手。到初二时差不多能把《唐诗三百首》全背下来了，读诗渐多，竟无师自通地弄懂了"平仄"，并学会了"吟"，即按照平仄的变化有腔有调地唱读，这更提高了我读诗的兴趣。后来我又由读唐诗扩展到读《古文观止》，再由读古代诗文扩展到读当代作品。

后来我又由"读"迷上了"写"，由于爱写，我又养成了爱揣摩文章的习惯，但凡读到好文章，总要反复揣摩文章在选材、立意、运思、语言表达等方面的特点，作为自己写作的参照。特别值得一提的是，我后来又把这个揣摩文章的习惯迁移到了课内的语文学习上，这一"迁移"，确实使我受益匪浅。这大概就是我当时的同窗们所认为的"独门秘籍"吧，现在不妨把它"公之于世"。

我的所谓"独门秘籍"，说穿了其实就是一句话：立足于自学。不仅在课外读书自学，即使在课内，也力求把老师的讲解和个人的自学"糅"在一起，让老师的讲解为我的自学服务。更应该指出的是，我从学生时代培养的自学意识和自学习惯，不但使我受惠于当时，甚至惠及我的一生。

我在初中毕业以后，由于家庭的原因只读了三个月高中便失学了，后来由于一个偶然的机缘竟当上了中学语文教师，并从初中教到高中，1980年还被评为特级教师，先后给本科生、研究生上过课。有人觉得奇怪：一个仅有初中学历的人，竟能走到今天这一步，靠的是什么？

答案还是那句话：立足于自学！

自学，靠自己学，把老师的"教"和自己的"学"糅合起来，而始终立足于自己学；即使你们将来读到了本科、硕士、博士，有了名师指点，仍然要靠自己学，这样才能走出一条自己的路来。这是我的"独门秘籍"，其实也是任何一个人成长、成才的必由之路。

一起读

卜算子·我住长江头
〔宋〕李之仪

我住长江头，君住长江尾。
日日思君不见君，共饮长江水。
此水几时休，此恨何时已。
只愿君心似我心，定不负相思意。

有一种美好，叫宫崎骏的夏天

文/青 山

2019年6月21日，承载着多少人回忆的《千与千寻》正式上映了。那场梦境般的经历、那条帅气温柔的小白龙、那个无脸怪、那个勇敢的少女，在这个夏天，来了。这是长达18年的等待，但值得。

有意思的是《千与千寻》中的配乐就叫《那个夏天》，也译为One Summer's Day，原名为《あの夏へ》。"那一个生命/是能够回去的地方/是在我指尖永不消逝的夏日阳光"，连歌词都充盈着夏天的滋味。不知是巧合还是刻意，宫崎骏的动漫，都特别有"夏天"的感觉。清风、流水、蝉鸣、西瓜……夏天的气息，一切都刚刚好。

壁纸般的画面

宫崎骏是出了名的工作狂、细节控，总是有着惊人的创作激情和好像用不完的精力，这样的追求让他笔下的每一帧画面都细致到几乎完美。而宫崎骏的动漫，几乎每一部都有夏天的影子。

比如，《龙猫》里，大片大片的绿色，草地、森林点缀着黄色、红色、白色的小花儿，车站那场酣畅淋漓的大雨，微风下随风晃动的毛毛，老式的压水井咕噜咕噜冒出来的水，隔着屏幕都感觉到清凉。《悬崖上的金鱼姬》扑面而来大海的气息，碧蓝的天空和海浪相结合下，可爱纯真的小波妞穿着鲜艳的红裙子，点缀在梦幻的海底世界，总有度假的感觉。《借物小人艾莉缇》在百花盛开的花园里与男主人公告别后，坐着叶片"帆船"，顺流而下的画面；《天空之城》随风翱翔的唯美背景；《千与千寻》里的花田、静谧的夜空……夏之气息就是这样的吧。

童话般的剧情

有人说，《龙猫》是我们每个人童年都做过的一场美梦。在夹杂着青草气息的河边奔跑，清爽如风，让人就像是穿梭回了盛夏的儿时时光。

我想，宫崎骏的动漫，一部一部串联起来的，就是一个独立的梦幻世界。纯美的画面，勇敢的主人公，天马行空的想象……不同的人，不同的年龄，看见的是不一样的故事和世界。

就像《千与千寻》，有人看到千寻的独立勇敢，有人看到无脸怪的虚无，有人看到小白龙的付出，有人看见成人世界与孩子世界的不同。

就像《悬崖上的金鱼姬》，有人看见五岁孩子的纯真，有人看见所有人的包容，有人看到我们失去的洒脱和纯粹。就像《侧耳倾听》里，所有关于青春期的困惑、迷茫、懵懂、梦想，这里都能寻找到共鸣。就像《魔女宅急便》，骑着扫把飞翔在天空，是多少人共同的幻想啊！

宫崎骏总能通过一个个"童话"，来告诉不同时期的我们，渐渐成长中失去的力量。

"不要在意外表，内心才是重要的。""不管前方的路有多苦，只要走的方向正确，不管多么崎岖不平，都比站在原地更接近幸福。""如果把童年再放映一遍，我们一定会先大笑，然后放声痛哭，最后挂着泪，微笑着睡去。"

动人的音乐

宫崎骏的动漫基本都是大师久石让配乐，每一首几乎都是经典。久石让是日本电影配乐史上最受人崇敬的人之一，七度获得日本电影学院奖最佳音乐奖。宫崎骏也说过，听他的音乐就像是在疗伤，就像是在天堂！

《千与千寻》的配乐是久石让的杰作，也是最具有代表性的作品之一。简单遥远舒缓的钢琴音符弥漫在小镇里，从简单的钢琴乐开始，慢慢变得复杂，层次感随着画面的演变，孤独的小岛、遥远的列车、苍茫的海面，也不断地递进变化着。最耳熟能详的可能就是《天空之城》了吧，小提琴如梦如幻略带忧伤的曲调，随着绝美的天空之城缓慢上升，那个孤独的机器人，摘下一朵小花儿，这个恰如其分的配乐，显得无比深邃和悠远，缥缈中夹着忧伤。相较而言，《龙猫》的配乐欢乐多了，节奏鲜明跳跃，仿佛跟着音乐你也能跟着那只胖龙猫去冒险一样愉悦。

久石让说："认识宫崎骏是我一辈子最高兴的事。"宫崎骏说："实在没有比认识久石让更幸运的事了。"可以说，三十年来，久石让与宫崎骏的无间配合，也是电影与音乐相互成就的典范。当动画电影伴随那些熟悉的乐曲呈现在眼前，或许我们都会相信，梦想与美好，并不那么遥远。

门前

文/顾城

我多么希望,有一个门口
早晨,阳光照在草上
我们站着
扶着自己的门扇
门很低,但太阳是明亮的
草在结它的种子
风在摇它的叶子
我们站着,不说话
就十分美好

有门,不用开开
是我们的,就十分美好
早晨,黑夜还要流浪
我们把六弦琴交给他
我们不走了
我们需要土地
需要永不毁灭的土地
我们要乘着它
度过一生

土地是粗糙的,有时狭隘
然而,它有历史
有一份天空,一份月亮
一份露水和早晨
我们爱土地
我们站着
用木鞋挖着泥土
门也晒热了
我们轻轻靠着,十分美好
墙后的草
不会再长大了
它只用指尖,触了触阳光

知乎"女神",黑暗中开花

文/一江春水

蔓玫,知乎网上的植物大神,她用几支彩色铅笔、一个速写本,成了植物插画界的"女神"。但没人知道,她曾在抑郁深渊里苦候多年。她说,好在,寸草不生的岁月里,还能寻觅到看似无力的花朵,它们可以伸出蜿蜒的根,把黑暗的能量一点点消解和感化。

年少时,蔓玫被认为是有点写作天赋的神童,因文笔太好,很长一段时间里,校内不少老师竟认为她是抄的。她兴趣广泛,植物也备受她钟爱。童年时她与外公外婆住,家中养花百余盆。放学后的消遣,多半是观察花花草草。中学时,校园里的各色植物,开花时间、形态品性、背后的诗词典故,她皆倒背如流。

后来一切完全变了。她尝试写故事,脑中只能浮现支离破碎的字句,有时甚至只有空白。昔日绘声绘色的情节、活灵活现的角色,突然都让她觉得没意思,甚至厌弃。升入高中后,其他好玩的事情,也逐渐无法让她兴奋。她不知道那是抑郁症。

高考时,她的第一志愿是心理学,但因分数不够,被调剂到植物学系。上了大学后,她的抑郁症发展到极端,甚至严重到生活无法自理。住院前做抑郁症量表测试,250分以上为症状严重,她得了400多分。

溺水者需要抓住一根稻草,哪怕希望渺茫,创作是她唯一能感觉"自己仍存在"的东西。凭着从小打下的素描、水粉、写意中国画的基础,蔓玫在病床上画喜欢的衣服、甜蜜或悲伤的梦,还有路上的寻常植物。那些看似无力的小小花朵,扎根在很多人觉得脏的泥土里,但永远向着更接近天空的方向生长。桃红,李白;堇菜玲珑,海棠春睡……植物是蔓玫亲近的伙伴,随时随地给她灵感与抚慰。

病愈出院后,蔓玫依旧"调戏"花草。她最初在知乎上回答植物问题,也是为了打发过剩的创作欲。但想真正对植物进行科学绘画,就必须把严谨性与艺术美结合,这就要求掌握一定的植物学知识,不能随意创造样子、颜色。因此,读完本科后,蔓玫又进入中科院,攻读观赏植物学专业的硕士研究生。

有次做实验,从分子层面鉴定数十种同属植物的亲缘关系。过程烦琐,最终在软件中输入一千多个数据,分析形成一张表格。从简单的表格中,蔓玫好似看到了时光卷轴,千万年的画面历历在目,潮水涨退,沧海桑田,昆虫、恐龙、飞鸟、人类,足迹纷呈,来了又去。"植物们看似静默,却竭尽全力在生长蜕变。而我竟有幸,从一片叶子的细胞里见证这一切。"蔓玫感觉幼时看日食的兴奋又回来了。

当她在知乎网公开自己的重度抑郁症病史后,粉丝反而更多了。大家好奇:什么样的情境,让你突然有种心上开出一朵花的感觉?她说画日记、画植物就是让自己"开花"的尝试。无关痛痒的琐碎小事,经过这么记录之后,都变得有味道起来,内心也不再荒芜。

"我们不会因为一朵花盛开就升职加薪,但它仍能带给我们发自内心的喜悦和美的享受。"蔓玫说,她会继续林间漫步,素手理枝,一直画下去,如果有人愿意来看,那就更好了。

修复经典神剧，高清版要不要留住"年代滤镜"

文/蒋肖斌

在家吹着电扇第N次看《射雕英雄传》的孩子可能不会想到，多年之后，在电脑上重新打开心头好时，会因为马赛克一般的画质而弃剧。那，如果童年经典有了高清版呢？

近日，在第七届中国网络视听大会上，中国网络视听节目服务协会副会长罗建辉说，此前，我国保护和修复老电影的工作主要由政府投入资金支持，截至2011年12月31日，实际财政拨款2.65亿元，累计入库影片数字模板4810部，而现在，互联网企业成为影视剧修复的新力量。

对老片修复，现在有两种方式并存：一种是匠人式的手工修复，一种是使用互联网、算法、人工智能等技术。前者一天能修一集电视剧已是专家级，后者目前的速度是一小时修复一部4K（分辨率）电影——而且仍在加速中。2017年，优酷启动高清修复计划，采用超分辨率视频增强技术、AI（人工智能）机器学习技术等先进科技手段，批量去噪、去模糊、去划痕、去闪烁、去抖动、高帧率等。

清晰度和画质是老剧最普遍存在的问题。在没有高清电视机的年代，没人觉得标清的画质模糊，可现在一看，有的简直是"奔跑的马赛克"；有的剧年代久远，存在严重色偏；有的经过多次转存，画面边缘已是锯齿状……还有一些细节问题，比如，过去电视机屏幕的长宽比是4:3，而现在主流是16:9。

江文斐表示，以上问题都能通过技术手段解决，但修复并非"炫技"，仍须忠于原作。在修复《士兵突击》时，他们发现网上所有数字版都模糊到缺乏细节，"我们的技术能做到添加细节，但尽可能不做无中生有的事，于是找到了这部剧的母本，重做胶片转数字来提升清晰度"。

"以前很多电视剧的色调是黄的，从技术上说，修成什么样都能做到，那我们就要评估观众喜欢哪一种。"江文斐说，目前的策略是，抗日题材等观看门槛不高的剧，就"修旧如新"，朝着符合当下审美趋势的方向走；像《教父》那样的片子，观众可能追求原汁原味的内容，就"修旧如旧"；还有一类风格明显的电视剧，如港剧，也保持原貌。

修完后怎么办？难道是重新放回仓库？罗建辉认为，老片修复不能停留在修复和保存，要重在传播，在与观众的互动中延长作品的艺术生命，让经典影剧修复既面向未来的观众，也服务当下的观众。

修复版老剧静悄悄地上线后，在没有任何运营活动的情况下，弹幕的画风变了，变成"为什么大家都说画质不行，我觉得挺不错的呀""奇怪，我怎么会有蓝光版的"……观看数据变化显著：《江南锄奸》修复后，播放量增长3倍，苏有朋版《倚天屠龙记》增长451.8%；观看人群的变化也十分明显，《家有儿女》《爱情公寓》的观众，90后占比均超过65%。

瞧，年轻人不是不想看老片，修得好就能让他们爱上经典。

视频平台也正在尝试用专题、活动等方式，进一步增加老剧的曝光率和到达率。有时候还有意外之喜：一部2010年的电视剧《李卫当官之大内低手》上线后，突然拥进来很多观众，他们是来看赵丽颖的——当年只是不起眼的配角。

《红楼梦》里美食出现的频率有多高呢?其实整本书里,曹雪芹用了将近三分之一的篇幅在描述饮食文化活动。有红楼学者做过统计,120回的《红楼梦》全本中,描写的食品多达186种,包含9个大类,其中主点心有17种、主食菜品有38种、饮料有23种等,名目繁多,却样样精妙绝伦。

作者闻佳在自己的新书《红楼飨宴》中,就联手中国烹饪大师、上海厨师技师资格证考官毛水生,细心地将20道"红楼"美食复制重现,变为"红楼家常菜",还一一细数每一道菜中所蕴含的各种"讲究"。

"红楼"中自带食谱

曹雪芹写美食自有一手,他写贾府的吃,能结合原料产地、烹饪技术、生活习惯、民俗风情、礼仪制度、历史掌故……描述起来信息量之大,可见其钻研之精深。所以在闻佳看来,《红楼梦》不仅是一部"饮食百科全书",亦是一本"顶尖的绝版食谱"。

曹雪芹笔下真正写出"食谱"(菜式的具体做法)来的菜式其实并不多。但即便如此,在闻佳看来,相当懂吃的曹雪芹"非三代富极,很难有这样的见识",他的笔下都是"随便积累的关于吃的讲究"。于是《红楼飨宴》根据时令,分为春、夏、秋、冬四个篇章来调配出20道美食的菜谱,每道菜都附有《红楼梦》中的出处,并以此为线索,做了严谨的考证、有趣的解读。

日常饮食背后的"富贵"

关于美食,曹雪芹的独到之处正是"贾府的食不厌精,却不是一般人想象中的大鱼大肉,而是讲究'时鲜'二字"。不到时令不吃,到了时令,就挑产地最好、质量最佳的吃。

单从这"时鲜"二字,曹雪芹已力透纸背地写出了大户人家的富贵。"时鲜"背后代表的是富贵至极。因为"我们现在有物流和电商,贾家那时只有运河",我们有网购、快递服务,千里之外的美食能不日即达,而贾家准备一顿年夜饭,就得提前一两个月开始准备,偶尔"遇上大雪",还可能会耽误。

曹雪芹写美食,高鹗没得比吗

书中通过分析《红楼梦》中对饮食的描写,还指出一个很有趣的细节:曹雪芹写火腿汤,是将其和春笋放在一起的,但到了续书的高鹗笔下,火腿就和北

当《红楼梦》中的美食变成"家常菜"

文/那拉

京土特产白菜一起做汤了。曹雪芹写下饭的酱菜,复杂一些的是野鸡瓜齑,只取野鸡腿上的肉,和江南的小酱瓜炒过,放冷了早上泡饭吃;最简单的也是酱萝卜炸儿,要用脆甜多汁的小萝卜,"炸儿"是形容其脆。而高鹗写饮食似乎就有点儿勉为其难,"给林妹妹配白粥的菜是五香大头菜,瞧着特亲切"。

贾府的时代没有"四通一达",但家里从不缺江南的时鲜食材,到什么季节,就吃当季的什么食物。这些食材自江南采买,再经京杭大运河运到北京,送到贾府贵妇、小姐、少爷们的餐桌上,从不限量。这才是富贵人家的气象。但大白菜是北京本地最寻常的蔬菜……也许会端上袭人哥哥家的餐桌,但正经地给林妹妹喝白菜汤……感觉略突兀。

这个细节尤其有意思。

跟着水果看世界

文/阙政

2018年伊始,国产纪录片《水果传》"引爆"B站。4K超清设备、微距、千倍高速摄影……《水果传》最终呈现出的水果世界完全可以用"性感"二字来形容。在这场水果主题秀里,每一种水果都只有5分钟的表演时间,但它们毫不怯场,一个个都像"戏精"附体,争先恐后地献上独门绝技。

开篇的第一幕就令人惊艳:即使你没去过台湾,可能也听过爱玉冰,街头巷尾铺天盖地的台湾奶茶铺里多的是"爱玉"主题的特饮,一块块淡黄色的爱玉冰浮在杯中,口感爽滑Q弹。然而《水果传》告诉你:水果爱玉的真身才不是你平时看到的黄色小方块——它最初好似一颗普通的青绿色果子,被摘下削皮烤干之后,一个翻身,竟像一朵灿烂的菊花一般盛开了!而我们平时所见的爱玉冰,其实正是这些"菊花瓣"的神奇化合产物。

横跨全球十几个国家和地区的50座城市,《水果传》团队有8个月都"在路上"。拍水果不像拍其他,因为保质期和运输问题,几乎全都要在当地当时当令拍摄。8个月的奔波,总共拍回的素材量长达七八万分钟,而最终呈现在观众面前的是精挑细选的200分钟——越南丛林里的新鲜可可果吃起来像山竹,云南西双版纳的木瓜榕内涵丰富,非洲竹芋富含的"索马甜"要比蔗糖还甜上3000倍……这些平时难得一见或者连听都没听说过的水果,每个人都被馋得食指大动。

更有趣的是,《水果传》中的果子们还被赋予了人格化的色彩——椰子为了繁育后代给自己准备了三层外壳,一辈子都能在海上冲浪;榴梿长着眼睛,绝不会在不合适的时间掉下来砸到行人的头……

有了这些稀奇古怪的戏精,《水果传》成功地打开了观众的视野。但接着看下去,你会发现《水果传》的野心远不只猎奇与逗趣。正如一名网友点评的:"它讲的不只是水果,而是采摘者的人生。"

陕西马家坡到了柿子收获的季节,除了摘下柿子制作柿饼,还会特意在树上留下一些柿子给鸟吃。"这既是民风淳朴,也是劳作者一种根深蒂固的概念:回馈自然,与大自然保持平衡。"

同样令观众记忆深刻的,还有在"菠萝的海"里寻找一枚最合适的凤梨的凤梨酥制作人,用"柿染法"结合空气与阳光的染布匠,为了畅吃榴梿而去异国专程跑马拉松的选手……人物的深入人心,使得《水果传》看似轻巧的选题,呈现出"一花一宇宙,一树一菩提"的无穷奥妙。

很多观众可能会好奇,摄制组是如何像猎人一样,去世界各地搜罗奇特水果的呢?其实,《水果传》的背后还真的有不少"水果猎人"存在。实际上我们平时天天接触的水果只不过是冰山一角,许多水果都没有经过大面积工业化的种植,被称为"野果",而水果猎人的职责就是去发现这些水果,赋予它们名字,选择合适的时机进行传播和推广。

在这里,你还能看到水果的前世今生,比如传教士把某个品种的葡萄从法国传到云南,最终法国的葡萄绝种了,却幸好有传到中国的得以繁衍存续。

谁说年轻人不爱看纪录片?《水果传》在网上的爆红说明,年轻人其实是完全可以爱上纪录片的。

— 一起读 —

晏殊与晏几道

中国历史上,父子齐名的文学家并不多,最有名的或许就是苏洵、苏轼、苏辙一家子了。此后,北宋的晏殊和晏几道也是难得的书香世家,同时盛名于史书中。他们一个是太平宰相、成功人士,一个是痴情公子、文艺名人,世人又称晏殊为大晏,晏几道为小晏。父子俩以其相映生辉的艺术成就影响了一代词风,被词话家们并称为"二晏"。

走，带你到大唐长安买"东西"

文/王雨懿

新的一年即将到来，按照我们国家的传统习俗，过新年当然要准备年货啦。每年的这个时候，你一定会跟着爸爸妈妈去各种类型的商场、集市买东西。可是你知道我们平时说的"买东西"中的"东西"最初是什么意思吗？挑选东西时判别是否识货的"内行"和"外行"又是怎么来的呢？

要解答这两个问题，我们就要穿越到大唐的长安城去看一看啦。你肯定知道，唐代是我国古代一个非常强盛的时期，作为大唐的都城，当时的长安可是一座国际化的大城市！在唐长安城中有两个市场，分别叫"东市"和"西市"，每个市场面积差不多有1平方千米。东市和西市是我国古代最早的"商业中心"。两个市场中各有两条平行的东西大街和南北大街，四条主干道在市场的中央交叉成井字形，干道旁边还有很多小路，所以两个市场规模虽大，但大街小巷相通，交通极为方便。

在唐代，东西两市虽然都很繁荣，但卖的东西可不太一样。东市由于靠近皇宫，顾客大都是皇亲国戚和达官显贵，市里的店铺也多是贵族出资营建并租给商人从中赚取利益的，所以售卖的主要是毛笔、铁器、布、肉、酒、印刷品等高级商品。西市离皇宫比较远，顾客大多是平民百姓，所以售卖的多是衣、烛、饼、药等日常生活用品。不过，西市会有更多通过驼队运来的外国货物，比如来自欧洲和中亚地区的首饰与宝石。在大唐盛世的背景下，这两个市场都繁华无比、车水马龙。你会看见，经营同种货物的店铺一起挤在称为"行"的小街上，站在"行"里面的是识货的卖家，站在"行"外面的是不懂货物的买家。今天我们常说的"内行""外行"就是由此而来的。

与老百姓住的"坊"一样，唐长安城中的两个市场也有围墙，而且门禁森严，五品以上的官员不得入内，因为当时的统治者认为商贩的身份是很低的，所以严禁百官入市。不过，"市令"这个官却不在不准入市的规定内，他们除了管理市场正常经营事务之外，还负责保证市场在正午开门，日落前一个时辰关闭。

如果你是个外地人，来唐长安城逛东西两市，你可以选择在市里的饭馆、酒馆或小吃摊上美餐一顿。东西买多了，可以存在商行里；钱花完了，可以到柜坊去取钱。这里还有不少旅店，客房充足，服务周到，包你满意！这么一看，当年唐长安城东西两市的繁荣程度可一点也不输给今天大城市里的商业中心呀！

现在，你应该明白"东西"这个词的来历了吧。从指示方位的"东"和"西"，再到指代市场的"东"和"西"，最后是表示物品的"东西"，这其中体现的是我国古代商业文化高度发展的结果。在今年准备年货的时候，你和爸爸妈妈又会去哪里买东西呢？

晋楚争霸争的是笑料

文/大梁如姬

整个春秋中期,基本的动向是晋楚争霸,其他一堆配角小国只能纷纷站队。然而,有些国家因为眼光不长远,夹在晋、楚两个大国之间左右摇摆,比如郑国。

公元前597年,为了争夺郑国,晋、楚在两棠发生了一次直接对战,又称邲之战。事情是这样的,郑国和晋国眉来眼去,楚国知道了,派大军围困郑国,郑不想投降,偷偷派人去晋国求救。晋国中军元帅荀林父对和楚国交战心里没底,于是打哈哈,安抚使者说晋国三军马上就来。

郑国人信心十足地等着,结果一个月、两个月、三个月……晋国毫无动静,郑国没办法,只能抱楚国的大腿。

晋国人为了维护自己中原霸主的名声,估算着郑国已经"服软",于是慢悠悠地来到了战场。荀林父认为,仗都打完了,回家呗。但副将先縠不同意,"这就跑了?还有点大哥的架势吗?"说完他率领小分队渡黄河去了。

荀林父很尴尬,先縠的小部队肯定是打不赢的,到那时脸上可就不好看了。于是晋国三军不情愿地渡过黄河,做出跟楚国叫板的姿态。

楚庄王这边刚跟郑国签完条约准备回国,听说晋国来了,也有点紧张。楚庄王的宠臣伍参说:"跑啥?出来不就是为了与晋国一争高下吗?"最终,楚庄王拍板:走我是不走的,打嘛,也要玩点计谋。

于是,楚庄王派人向晋国表达和平理念,晋国最高领导也表示握手言和。到这里,仗应该打不起来了吧?但很快就有人寻衅闹事了——楚国大将乐伯带着两个司机跑去找晋国单挑,三四个来回,胖揍了晋国士兵,打得驻边将士鲍癸心里气极,二话不说,左右夹击。

乐伯既然敢单枪匹马来挑战,就有把握全身而退,然而,正当乐伯得意之际,司机脸色不好地说:"箭没了,就剩一支了……"乐伯大惊失色,眼看就要被晋军活捉,忽然眼前一亮,和平使者出现了——一只麋鹿。乐伯用最后一支箭射中了麋鹿,派司机拿去交给后面追赶的鲍癸。鲍癸见楚国人服软,就接受了麋鹿,不再追击。

但是,晋国有个叫魏锜的人想做公族大夫失败后,就想让晋楚之争失败,他主动提出出使楚国。他来到楚军后,完全不提和平结盟的事,还代表晋国声称马上就要与楚国决一死战,气得楚国大将潘党忍不住开车就去打他。魏锜见状,爬上车子就跑,跑到荥泽已经上气不接下气,忽然和平使者麋鹿又出现了。魏锜连忙张弓搭箭射死了一只,献给潘党。潘党考虑到晋楚"结盟"的大局,不好继续追赶,魏锜也躲过一劫。

为什么春秋时期两军交战时都不努力抓俘虏,对方送上一只麋鹿就没事了呢?《论衡》中说:"天子射熊,诸侯射麋,卿大夫射虎豹,士射鹿豕,示服猛也。"也就是说,麋是诸侯级别才能享用的猎物,敌方将一个诸侯级别才能享用的物品敬献给你,顺便向你服软,这已经足够让人握手言和了。再者,鹿自古以来都是帝王的代表,拥有鹿的是帝王,能有资格逐鹿的都是天下英雄和霸主。

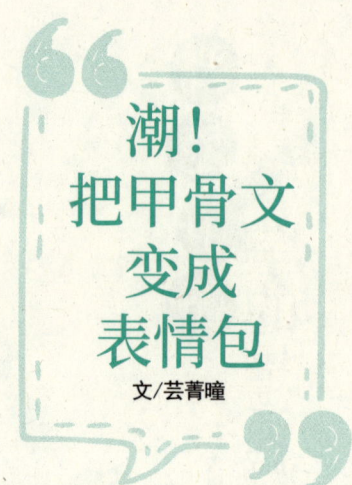

潮！把甲骨文变成表情包

文/芸菁曈

2018年1月，两套甲骨文表情包爆红网络。来自清华美院的陈楠教授化身时尚造型师，让一批甲骨文摇身一变成了当下的流行语，"你说神马""猴嗨森"……俏皮可爱的形象搭配局部文字的动画效果，瞬间戳中了不少"90后"和"00后"的萌点。

携甲骨文走上潮流之路，源于陈楠十多年前的一次创作。1999年，诺贝尔物理学奖获得者李政道与清华美院联合发起了以"科技与艺术"为主题的国际作品展，陈楠受邀为这次大展做视觉整体设计。活动筹备期间，他萌生了创作一件中国传统文化符号作品的念头。而他所学的专业又把字体设计当作最重要的基础课程，于是最古老的字体——甲骨文成为他创作的首选。

陈楠遵循几何与图案学原理，建立了一个由方形和圆形构筑的网格状母图，然后将现存的甲骨文放入其中，利用直线、垂线、斜线、弧线的比例，让这些不同方向和大小的字体协调起来。在此基础上，他又通过设色、添加故事化元素等方式，将原始的甲骨文"加工"成"人面""方舟"等极具创意的甲骨文字绘，得到了国际作品展方的高度认可。

从那以后，推广甲骨文就成了陈楠的头号使命。他在工作室里挂满了从世界各地淘来的工艺品；他反复研究刻有甲骨文、金文、东巴文等东亚汉字的彩陶藏品，从中探索汉字雏形的设计规律；他还借鉴福尔摩斯的演绎法，将甲骨文的设计理念不断系统化……对此，陈楠解释说："甲骨文作为'祖先级'的文字，有着自己的一套造字体系。要想让它'活'起来，并且'活'得好，必须深度解读它，遵从它的逻辑，梳理清楚后的再创作才能令人信服。"

在陈楠的不懈努力下，全球第一套甲骨文创意字库成功上线，1.0版本涵盖了3500个常用字符。然而，陈楠的目标不仅仅是推出一个字库，他要让甲骨文"潮起来"，在年轻人的日常生活中刷屏、滚动、传递下去。于是，2017年年底，陈楠所在的工作室推出了《生肖甲骨文》和《甲骨有表情》两套趣味表情包。只见表情包里，"醉"字冒着泡，歪歪斜斜地倒在"了"字的怀抱中，醉醺醺的表情仿佛让人真的闻到了酒味；"你说神马""想吃狗粮"等网络热词与甲骨文一牵手，更是引发了奇妙的化学反应，让人在捧腹之余又觉得这些古老的文字不再高冷陌生，反而令人倍感新鲜。

更有趣的是，陈楠把这些表情包制作成了动画片，让古董级的甲骨文担纲片中主角。在动画片《甲骨也嘻哈》中，形神各异的甲骨文配上了充满感染力的说唱。看过此片的网友都惊奇地表示："天哪！甲骨文也会即兴说唱。"

"甲骨文既是中国优秀的传统文化符号，又是符合当今设计潮流的创意字符，将甲骨文与手机表情包相结合，是传统与当下结合的必需，也体现着现代设计的发展趋势。"陈楠满怀信心地表示，未来他将继续开发甲骨文系列文化产品，让人们在时尚、有趣的氛围中重温传统文化，体验象形文字之美。

一起读

尺素为何指代信

尺素，本义小幅的丝织物，如绢、帛等，古时候人们用绢写信，这种绢大约一尺长，白色，所以叫作尺素，借指小的画幅，短的书信。简称书信为"信"，那是近代才有的事。在漫长的历史进程中，由于书写材料演变等，书信又有许多别名、美称，尺素就是其别称之一。

为什么喜欢陶渊明

文/杨杰

凡是接受过九年义务教育的人，都知道陶渊明。一提到他，就是归隐田园，潇潇洒洒，特立独行。上下五千年的历史中，爱甩手不干的人多了去了，就他陶渊明一人亘古不朽，成了"归隐"的代名词。

陶渊明之于中华儿女，就像梭罗和《瓦尔登湖》之于西方人，已经成为一种生活态度，约等于一种形容词。他的影响力可不是最近才有的。历史上，仰慕陶渊明的人可以组成一本厚厚的名人录，贯穿每朝每代。孟浩然说"最嘉陶征君，目耽田园趣，自谓羲皇人"。李白说"渊明归去来，不与世相逐"。陶渊明的粉丝团里还有王维、白居易、欧阳修、苏轼、韩愈、黄庭坚、王安石、朱熹、辛弃疾、归有光、曹雪芹、鲁迅、朱光潜、梁启超……几乎承包了整个语文课本。

陶渊明放着大官不做，老百姓们觉得很"飒"。陶渊明早年间做过江州祭酒，但因为"不堪吏职"辞官了。他当时三十岁不到，升到厅局级，说不干就不干了。

在那个读书人稀少的时代，读完书去种地，就像北大毕业卖猪肉一样引起讨论。山下小村庄，景色美滋滋，院里有桃树、李树、榆树、柳树……当然还有菊花。可是种田实在累人，陶渊明的身板受不住，在家躺了一阵，饿得不行，又去当官了。

年底专员来查，要考核，让他穿得体面点，于是有了那句"不为五斗米折腰"。这句听着挺有阵仗，但说不定是为了逃避审查的说辞。那位被讽刺了近两千年的考核小吏挺倒霉，因为不会写诗，也没什么文字留下来，就丧失了话语权。

有才的人溢价太多了，能定义历史，也能因才华"任性"。有一次，陶渊明正在制作酿熟的酒，找不到滤网，正巧有官员跑去拜访他，他顺手把那人的纱帽摘下来，过滤酒糟，用完还给他："多谢了。"

因为他是陶渊明，所以这些逸事被后人反复吟诵。连他喜欢什么样的花，也会被引申。这些喜恶和生平我们是从作品里读到的，文字成为唯一的媒介，连接了晋朝和21世纪。如果不是有文字，谁还会记得两千年前的人呢？

陶渊明在去世前给自己写过祭奠的诗，说"亲戚或余悲，他人亦已歌"。他想象自己死后，亲戚还会哭几声，等亲人也死了，就没人再记得自己了。那么忧伤，那么无可奈何。这或许是很多亡灵的宿命，但因为陶渊明留下了禁得住时间考验的文章和思想，于是，一个初中生也知道晋朝有个叫陶渊明的人，他写了很多诗，他归隐了，他爱喝酒，也爱菊花。

我们这些普通老百姓，通过什么让后人知道呢？

媒介发明了许多，文字不再新鲜，千年之后，人们还能从声音、影像或其他高科技手段中听到、看到我们这代人。除了要赞美文字、赞美科技进步连接今天和明天，那些集聚天分、勤劳、运气和资源的人，总得留下些好东西让后人记住你。

到了那个时候，被历史筛选出来的真偶像，一定比电视上的少。

你只看到王勃的才华，却不知《滕王阁序》的悲剧

文／温伯陵

668年，大唐帝国发生了两件大事。其中之一是长安城外两个年轻人的告别。两个年轻人的告别，能跟帝国大事相提并论？真的可以。这两个年轻人，一个叫王勃，一个姓杜。因在唐朝，凡是送别都要写诗。这次也不例外，王勃当场写了一首《送杜少府之任蜀州》。

王勃是个神童。而培养出这位神童的王家，更是传奇。在隋末乱世之中，有个美丽的地方叫白牛溪。每天清晨，在清澈的水边、碧绿的草地上，王通都正襟危坐，向弟子们讲学。作为王勃的爷爷，他是隋朝最优秀的教师之一。就这样，王勃的开挂人生在大唐帝国发出闪耀的光芒。

666年，17岁的王勃给唐高宗写信，送上了自己新写的文章《乾元殿颂》，直接被授予"朝散郎"的职务，捧上了铁饭碗。

在送走好友后，王勃回到工作单位，直接搞了个大新闻。当时，唐朝贵族们都喜欢一种游戏——斗鸡，沛王和英王更是骨灰级玩家。吃人的嘴软，王勃身为沛王的身边人，自然得为领导分忧。第二天，一篇名为《檄英王鸡》的文章刷屏朋友圈，不巧的是，这篇爆文被两位王爷的妈妈武则天看到了，顺手就转发，并且转发给孩子的爹唐高宗。

"两雄不堪并立，见异己者即攻。"唐高宗看到这两句话，再也坐不住了，他本能地想到自己的父皇在玄武门杀兄灭弟的事，还有自己的哥哥李承乾和李泰打得头破血流的记忆，李治那根敏感的神经，瞬间被引爆。就这样，成为大神没几年的神童先生，彻底成了无业游民。

王勃看着巍峨的大明宫，落寞地离开，只留下一个萧索的背影。

虽然他因为写爆文被开除公职，但毕竟人脉还在。于是，有朋友对他说："你不是懂医药嘛，虢州那地方药材多，正适合你啊。"很快，他就担任了虢州参军。

天才，往往是学术上的巨人，人情上的侏儒。王勃上任之后，因为心软而私藏了一个逃跑的奴隶。但在某次喝酒之后，他想到世间还有"法律"二字，私藏奴隶是犯法的呀！那怎么办？自首？不行。报官？不是暴露了嘛。酒后的王勃，心一狠就把这个奴隶杀了。彻底完了，天才少年成了杀人犯。在这一刻，所有的交情、人脉全部作废，有谁会和一个杀人犯做朋友呢？经过这一番打击，王勃再也不敢触碰仕途。

675年，南昌城里正在举行一场大聚会。主办方是南昌城的大领导，地点就在新修建的滕王阁。他打算利用这次机会，大力推荐自己的女婿，将来好做自己的接班人。于是，号召大家为滕王阁作序。玩套路，大家都是老江湖了，谁也不会真正去扫兴的。可偏偏就是有愣头青。表演到王勃面前的时候，他抬头："好啊，我来写。"笔走龙蛇、思绪飞舞，在经历挫折与反思之后，一篇千古奇文就此诞生。

676年，长安的唐高宗也读到这篇《滕王阁序》。"此人真是有才，让他回长安吧，朕要重用他。"旁边的老太监很为难："陛下，王勃在南海溺水，已经去世了。"一篇《滕王阁序》，耗尽了王勃的所有心力。

他只活了27年，却留给世界一千年。

快进 1.25 倍是对一部剧的最高礼赞吗

文/阿 树

如果有人说，"我用1.25倍速看了某剧"，那么，这可能是一次推荐。另一部剧是1.5倍速看下来的，说明凑合能看。一部剧用2倍速看下来，其实他是想说，这是部烂剧。2倍速是一条底线，妖魔鬼怪至此原形毕露。正常倍速约等于精品好剧，看上去简单粗暴，但请不要怀疑，这是人民群众摸索出来的真理。同一部剧如果在不同倍速间切换，基本可以画出作品质量的曲线图。对于《琅琊榜》这种口碑发酵极慢（节奏也慢）的剧集来说，倍速曲线可能是这样的：1.5倍速—1.2倍速—正常速。

所谓倍速，就是调整视频播放速度。烂剧当道，倍速追剧这种讲究效率的模式，也应运而生。倍速看上去是技术创新，不如说是当代年轻人反抗烂剧的武器，是对好作品的呼唤。品味好剧的姿态有一千种，打败烂剧只需一招：上倍速。

调查显示，半数以上的观众因为剧情注水、故事乏味，开启了倍速追剧。毕竟国产剧注水手段已经炉火纯青，废话台词、闪回和重复剪辑，这三板斧是烂大街的雕虫小技，扩充支线、放慢语速这样的操作也越来越普及。有网友调侃，一集电视剧45分钟，开头和片尾曲10分钟，前情回顾和下集预告15分钟，再加上重复剪辑、镜头闪闪、废话对白10分钟，这一集电视剧真正涉及内容的时间也就只剩下10分钟了。

注水这个锅，也不光是烂剧在背。一些观众口中的良心剧，也不免跟着"作奸犯科"。《人民的名义》编剧周梅森就表示，剧作原本计划拍摄四十来集，为了商业收益考虑，拍成了55集。对于找不到好剧看的中国观众，只要快进1.5倍或者2倍，不用拖进度条，就可以忍受。倍速成为衡量一部剧的标尺，听起来有些无奈？那你也太小看当代年轻人的娱乐精神了。

一如弹幕成为追剧的必备良品。倍速，也为追剧党打开新世界的大门。准确来说，弹幕+倍速，可以让追剧变成一桩富于情趣的娱乐事业，原本处在烂剧边缘的剧集，也在这两大神秘力量的加持下，变成一道独具风格的美食。在B站上，你时常会发现这样的预警：前方高能，配合2倍速播放食用效果更佳。一些严肃的桥段，经由2倍速的扭转，立刻触发了鬼畜模式（视频类型）。这是现代技术的红利，无论喜剧还是正剧，你的体验都是加倍的。

鬼畜感并非只在高倍速下触发，不同的倍速，会有不同的口感和风味。以《家有儿女》为例，刘星和夏雪杀马特造型的美丽二人组，在0.5速倍中，喜剧感产生于那份妖娆和妩媚，而2倍速是气势突出了幽默。倍速也可能做到创作者怎么也做不到的事情，比如刻画人物形象。倍速改变了语速，改变了角色的肢体动作，从而改变或者强化了一个角色的形象塑造，比如《延禧攻略》的魏璎珞，2倍速会让她的嚣张跋扈和张扬更加突出。

倍速表面上是一种反抗，实际上是一种娱乐效益的最大化。当代年轻人时间有多紧张？以至于他们不得不在娱乐身心这件事情上讲起了效率。但反过来，我们为什么不用倍速观看《权力的游戏》这样的神剧呢？语言和字幕跟不上是其一。深层次的原因在于，它的内容足够丰富，值得你去揣摩表演，融入剧情，或者观摩布景、运镜，以及类似视听语言的魅力。

你愿意仰望，愿意让它扑面而来，覆没你的注意力，侵占你的宝贵时间。为什么？因为这样的剧对自身足够尊重，也就是给观众足够的尊重，而你也愿意尊重它。

胡哥的理想

文/秦木洲　图/空西瓜

高一时,我们班有个牛人,文科特别好,每次考试语文接近满分,英语全班第一。因为他姓胡,所以全班同学都喊他"胡哥"。

高一文理分科时,我们一致认为胡哥会选文科,然而他居然选择了理科。

高二刚开学,胡哥和年级主任达成一项协议:如果胡哥能在一学期之内将化学成绩提高到110分,就可以继续读理科,否则就去读文科。所有人都说胡哥傻,说胡哥必输无疑,大家都明白,化学要考110分不是那么容易的。

从那一天起,胡哥上化学课时开始认真地听讲、记笔记,下课的时候仍旧坐在座位上啃化学

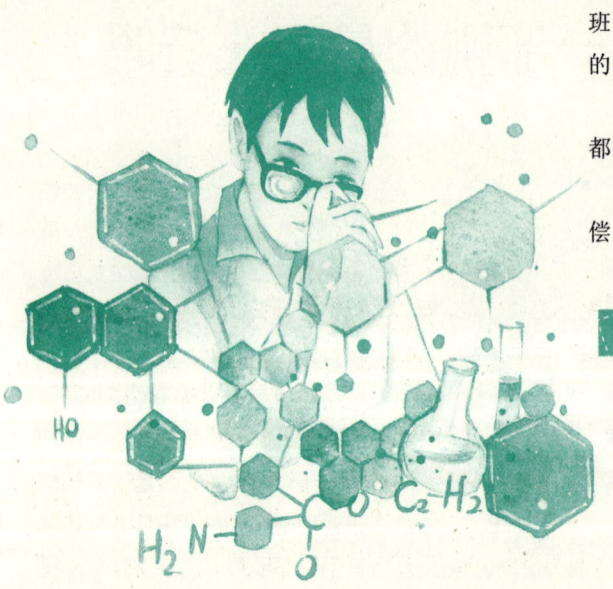

题。他似乎很不擅长化学,化学式总是搞混,化学反应也记得一团糟。

他告诉我,他很喜欢机械。他说8岁时,他拆了老爸的机械表,被老爸一顿痛揍,却还是觉得很开心;10岁时,他开始偷偷去书店翻阅家电维修方面的书;13岁时,他决定以后要做一名机械电器修理工,被小伙伴们集体嘲讽。从此他深藏这个愿望,决定上大学就读机械专业,而这个专业只有理科生才能报,所以他一定要选理科。

隔着厚厚的镜片,他眼神笃定,像是在说一件不容置疑的事。而他的梦想,竟然是机械专业全国排名前几位的上海交通大学。

他比以前更加努力了,全班他来得最早,走得最晚。他几乎将全部的精力花在了化学上,导致数学和生物成绩严重下滑。即使有英语、语文、物理护法,也依然无法挽回颓势。

我终于明白,从一开始,这便是一个注定会输的赌局。

胡哥的化学课本上涂满了各式波浪线和下划线,不同颜色的笔记占满了空白的地方,整本书看着就像鬼画符的天书。习题册和测试卷被他翻得卷起了毛边,错题本摞起来有半米高,只要我往前看,永远是胡哥不动如山的背影。

期末考试时,胡哥的化学居然破天荒地考了114分,惊呆了所有人。胡哥终于成功留在了理科班,但是化学114分的代价却是牺牲其他5科换来的,胡哥最爱的物理居然只考了101分。

我替他得不偿失,胡哥却笑着说:"连化学都能拿下,还有什么可怕的!"

然而,并不是所有的坚守都能换来如愿以偿。那年高考,拼尽全力的胡哥连一本线也没过。但是这一次胡哥平静地选择了复读,依旧选理科。

就这样,胡哥踏上了复读的征程。之后的一年,我沉浸在丰富多彩的大学生活里,而胡哥则过着早五晚十、两点一线的复读生活。我不知道他这一年过得究竟怎样,只知道暑假回家之后,他打电话给我报喜,说过完暑假,就能和我一起去上海了。我这才知道,他是当年的市理科状元。

4年后,胡哥毕业去了日本丰田总部做设计师。去机场送他时,他依旧戴着厚如啤酒瓶底的黑框眼镜,笑得内向而腼腆,我却看到了他眼中的力量。他曾说过:"如果你有梦想,就一定要去捍卫它。"

少女心，告诉你一个秘密

文/路小远

去服装店买衣服，碰上一对母女。母亲穿得时髦大方，妆容也精致，浑身上下都透着一股精神劲儿。倒是那个女孩，给人一种老气的感觉：牛仔裤是好些年前的款式，外套被洗得发白变了形，穿在她身上宽宽大大的，把她姣好的身材遮挡得一无是处。

那位母亲一进店就开始不停地给女孩儿选衣服。她拿了一件又一件，女孩站在那里不为所动。待母亲让她去试衣间试穿的时候，她的嘴撇得厉害："这些衣服我怎么能穿？"她指着其中一件白衬衣，"你看，这衣服多透啊，我不要！"母亲极有耐心地哄着她说："乖，听妈妈的，保证你一下子变得美美的。"小女孩还是一脸的不高兴："我还小啊，17岁能穿这些衣服吗？"那位母亲瞪了她一眼，然后把她推进了试衣间。

试好衣服出来后，小女孩儿就像变了个人似的，很惊艳的感觉。售货员说，这才是一个17岁少女该有的样子。小女孩对着店里的镜子不停地照，一边照一边紧捂着胸口，然后把她妈妈拉到一边悄悄地说："你不觉得胸口太透了吗？我不喜欢。"

相比那位17岁的少女，她母亲看起来更加"少女"一点。说实话，我很少看到那个年纪的女人还能那样打扮，对美的事物抱有一种完全欣赏的状态。她看起来也活力满满的，对每一件新事物都充满了好奇心和新鲜感，那些颜色斑斓的衣服即使一点都不适合她。

曾在书店遇到过一位60多岁的阿姨，她一进门就问老板："匪我思存是不是出了新书？你给我拿一本。"阿姨看我也买了几本匪我思存的书，就跟我聊了起来："姑娘，你也喜欢看她的小说吗？"

我礼貌地笑笑回她："别人介绍我看的，不知道好不好看。"

她听了我的话，笑得眼睛都快眯住了："给你介绍的这个人还真是蛮有眼光的。"她扶着眼镜看了一眼我挑的那几本，一本正经地说，"这几本，我都看过了，我最喜欢看的就是《裂锦》，真是太虐了，我看的时候被虐得肝疼，眼泪都流了好多呢！"

那天下午，我和阿姨在书店里聊了很久，话题差不多都是这些年流行的言情小说和网络小说。她还真是个挺时尚的老太太，告诉我说匪我思存的书哪一本最好看，哪一本的结局是喜剧，哪一本最赚她的眼泪。讲起最喜欢的男主角时，竟羞得捂起嘴偷偷地笑了起来，表情与一个17岁的少女讲起暗恋的少年时无异。

一直觉得少女心是个很奇怪也很复杂的东西，它好像跟年龄密不可分，又好像跟年龄没有关系。拥有一颗少女心，青春就像永远不会过期似的。

这是少女心告诉你的秘密。

愿你无论经历多少世事磨难，都能保有17岁时对生活的那股热情劲儿；愿你无论到了哪一个年龄段，都能永驻少女心，都能向往一切美好浪漫的事物。

我是他的英雄，我是他的哥

文/何 晓

弟五岁的时候，我刚上小学，但完全可以担任他的老师。每天放学回家后，我写作业，他安静地在纸上乱写乱画。等我写完后便模仿老师讲课，将我学会的再教给他。那个时候，印象最深的是他忽闪着大眼睛，一副认真听课的模样。

村子里当时还有一个比我小又比弟大一岁的孩子，那孩子顽皮淘气，总爱惹事。那次班里有个同学上厕所回来后告诉我，你弟和那孩子打起来了。我立即悄无声息地从教室的后门溜了出去，急着跑去现场，弟大老远地喊我："哥，哥，我在这里……"

情况如我所料，那个孩子占了上风，弟满身是土。我当时气愤极了，后来都回想不起自己是如何把那个孩子打回家的。总觉得自己如果被揍，倒也没有什么，大不了受一些皮肉疼痛而已，但是绝不能让弟受欺负。后来，我既受到了老师的严厉批评，更受到了父亲的教训。

我站在父亲面前，低着头认错，弟本来可以躲在一边，但他却悄悄地站在我身旁靠后一点的位置，一起聆听父亲"不准打架"的教诲。

父亲教训过后，我的情绪显然不高，弟便小心翼翼地跟着我，想着法子逗我开心，又或是悄悄地说一些支持我的暖心话语。

小学后来几年，我们就开始外出求学。弟学习成绩特别棒，在县城最好的小学，每次都名列前茅。

放学后回到住宿的地方，弟会给我讲各种发生在班里有趣的或者惊险的事情，有时候还会给我看些小纸条，那些纸条都是出自幼小心灵对学霸的崇拜。我在那个时刻肯定是摆出了大人的模样，评论该如何如何，大意不外乎学习是最重要的。现在想起来，忍俊不禁。

弟上四五年级的时候，有一次有感而发地写了一首小诗，共四句，其中有两句"哥哥好比父母亲，教我学习教做人"。也许在弟的眼里，我一直都是大人，我一直什么都懂。遇到难以解决的问题，弟实在不知该如何去做时，肯定会说，等我哥吧，看我哥怎么说。

我带着弟在外求学，数次遇到街头小混混，把我俩逼进小巷子里搜身，企图搜到三五毛钱，然后到游戏厅逍遥一番。弟跟着我，我无奈地跟着小混混往巷子里走，当时内心有些许恐惧，更多的是愤怒。我心里无数次想过与小混混搏斗的情景，但是转念一想，即使打得过跑得过小混混，可是还有弟呀，万一他跑得慢，被人家逮住那还了得。在小混混拿出刀子逼着交钱的那刻，我俨然是弟的英雄。

那一年，在我通过努力获得奖学金后，我是弟的英雄；在我策划的暑假创业中最后和弟每个人赚到了五千元的第一桶金时，我是弟的英雄；在弟选择工作地点的时候我也帮着做出了合理的分析，目前弟都很满意，我是弟的英雄……

也许在弟会说话后，就发现有一种称谓叫作"哥"，这个人一直很强大，一直都像英雄一样保护他。我是他的英雄，我是他的哥。

古来才子，都玩不过考场作文

文／张甫兴

高考作文出题，年年苦为谈资。出得正了，人民嫌呆板；出得偏了，人民嫌浪荡；引经据典，人民嫌陈腐；结合时事，人民嫌功利。

这也说明考场作文实在当不得真。中国以科举选拔文官，唐宋之间，先是请士子写策论，其实是考士子的时事政才，兼考文章。本来科举是公务员考试，务实为主，又不是选拔文艺创作青年，所以考场作文，算是给文艺青年们留了条路。唐朝时甚至还考过诗，于是钱起先生在《湘灵鼓瑟诗》这题目下，写出千古考场第一诗句来："曲终人不见，江上数峰青！"

但考场好诗，也就到此为止；考场好文章，也殊为难得。韩愈这种继往开来、博古通今的大才子，文章上无所不为，其实也有黑历史。他老人家考完后，回身一读自己的考场作文，甚为羞臊，"颜忸怩而心不宁者数月"，几个月都羞羞答答，但回身一想，还是考场作文这体例太没劲了，明明是考试制度有问题嘛！——还特意搬出司马迁、孟夫子、司马相如、扬雄、屈原这些心中偶像申斥道：这五位如果蒙了名字去参加考试，估计也考不中！

但蒙了名字，却也是真事。宋朝时，士子文章交上去，都得匿名，怕来考的士子和考官关系太好，给了高分。然而考官们也颇自律，甚至矫枉过正，出了这笑话：欧阳修批卷子，批到一篇文章，好得太过分了，甚至传遍同僚，大家一起激赏。等欧阳修冷静下来，便思索：这么好的文章，一定是好朋友曾巩写的；如果老夫批他高分，一定会被人说偏袒，还是改列第二吧。然而到最后一看：文章并非出自曾巩，而是出自苏轼。也不能怪欧阳修低估了那年的考试水准：那是宋仁宗嘉佑二年（1057年），可能是中国科举史上空前绝后的一年——苏轼、苏辙兄弟，曾巩，唐宋八大家到了三位；外加曾布、曾牟、曾阜这几位兄弟，程颢、张载这两位大家，全挤在一个榜上了。

当然，事后一个事例证明，欧阳修把苏轼压了一下，并不冤枉。考场作文里，苏轼谈拥政宽简——顺便说句，这就像让现在的高考生写国家刑法实施问题——苏轼就杜撰了个帝尧和皋陶的行为。考官梅圣俞看卷子时有些犯愣，但又不敢擅断，怕显得自己没读过书。考试后，梅圣俞问苏轼：这典故出于何书？苏轼承认是编的，然后补了句"帝尧之圣德，此言亦意料中事耳！"——好吧，这就是仗着才学，地道地耍无赖啦。

蒙名字这事，其实也是出于没办法。唐朝时，科举制度没太规范，不少士子跟贵族们一勾兑，就能免去考场里写些让自己都觉得恶心的文章。王维年少时，听说太平公主内定了位叫张九皋的做头名，于是打通关系，酒席间给公主弹了首《郁轮袍》琴曲，再献诗文。公主心醉，当场就定他为头名——这故事听来浪漫，但如果搁到现在，就是营私舞弊了，自然是不好的。不过反过来想想：王维文章清新如画，真进考场里谈为政用刑、财赋军资，也煞风景得很——你会想让王羲之去刷"多快好省，提前完成任务"的大条幅吗？

当然了，韩愈其实也有点理想主义。毕竟考场作文这事，就是看个大概根基。对唐宋八大家级别的才子的确该少些拘束，但对普通人来说，题目出得太超前，人家真没法子写。晚清时，把拿破仑译作拿破轮。科举考试时为了显得新潮，出了个《项羽拿破轮论》，大概想把两位旷世名将来做个比较吧。可怜有士子不通外务，真以为让项羽去拿个破轮子，上来就想当然，发了一句感慨，遂成千古考场作文经典："以项羽拿破轮，是大材小用，其力难施，其效不著，非知人善用之举也！"

长得好不如长得巧

文/忆江南

有时候，来得早不如来得巧；看完本文你会发现，有时候，长得好不如长得巧。

公元170年前后，刚刚成年的公孙度跟随父亲公孙延来到辽东玄菟郡，投奔他们的本家玄菟太守公孙琙，令公孙延父子意想不到的是，一见面公孙琙就给了他们一个天大的惊喜。

公孙琙有一个儿子名叫公孙豹，却不幸在十八岁时英年早逝了，碰巧公孙度乳名也叫豹儿，又与公孙琙的儿子年龄相仿，所以公孙琙对公孙度这个青年"一见钟情"，喜欢得不得了，于是就将他收为螟蛉之子。太守很高兴，后果很"严重"，公孙琙不但送公孙度进京求学，还给他娶了妻安了家，后来又托朋友举荐义子当上了尚书郎。

公孙度从此踏上仕途，后来的一个特殊机遇，另一个贵人进一步成就了他的辉煌人生。

公元189年，汉灵帝驾崩，外戚宦官争权，结果两败俱伤，凉州军阀董卓趁机进京掌握了朝政大权。当时辽东太守的位置正好出现空缺，董卓手下的中郎将徐荣和公孙度是襄平（今辽宁省辽阳市）老乡，就向董卓推荐公孙度担任辽东太守，董卓正想结党树威，而且知道公孙度和公孙琙的关系，就顺坡下驴卖徐荣一个面子，于是，事就这样成了。

从这一年起，辽东的历史进入了公孙度时代。

第二年，董卓的倒行逆施引起各地刺史太守的公愤，一时间成为众矢之的，自顾不及，无暇东顾，公孙度便抓住这个机会自立为辽东侯，继而东伐高句丽，西击乌桓，南取辽东半岛，并且越过渤海，占据了山东半岛北部的东莱诸县，同时设馆取士，封官授职，设坛祭天，亲耕籍田，成了独立于中央政府之外的辽东王。

辽东政权总共传了三代四王，直到公元238年被司马懿灭掉，从存在时间来看，这个政权存在的时间竟然在蜀国和魏国之上。

公孙度的特殊经历发生在白山黑水的东北地区，五百年后，在地处大西南的青藏高原上演了一个与之异曲同工的传奇故事。

公元677年9月，大唐和吐蕃在青海东南部展开大战，结果不够团结的唐军被吐蕃名将论钦陵打得一败涂地，主帅刘审礼和副帅王孝杰都做了俘虏。刘审礼几天后伤重而死，王孝杰则被论钦陵带到吐蕃赞普赤都松赞面前。

在赤都松赞见到王孝杰的一刹那，他简直不敢相信自己的眼睛，为什么呢？因为这个来自大唐的俘虏太像他逝去的父皇芒松芒赞了，顺便说一下，芒松芒赞是松赞干布的孙子，也是他的下一任赞普。

吐蕃人都是虔诚的佛教徒，赤都松赞也不例外，他认为王孝杰的到来乃是天意，是佛祖给了他这样一次重温父爱的机会，作为回报，他不但应该赦免王孝杰的罪过，还应该以尊贵的礼节将其送回大唐。

长得好不如长得巧，王孝杰就这样逃过了一劫。

十五年后，女皇武则天决定收复被吐蕃占领的安西四镇，这时她想起了王孝杰曾经身陷吐蕃的特殊经历，就任命他率领数万大军向西域地区的吐蕃军队发起进攻。王孝杰一方面充分吸取上次失败的惨痛教训，另一方面努力利用他在吐蕃时获得的各种信息，终于一雪前耻，把势力猖獗的吐蕃人完全赶回了青藏高原，成功收复了安西四镇，重新建立了安西都护府，在大唐历史上写下了灿烂辉煌、无比壮丽的一页。

幻影侠，比超人还大两岁

文/吴朔巨

当漫威迷都在为《复仇者联盟4》刷屏，第一时间涌入电影院，见证"灭霸"和美国队长、钢铁侠等众英雄的决战时，有这样一位前辈英雄似乎正在被慢慢遗忘。他就是幻影侠，在动漫英雄人物的"族谱"中，他的地位无可取代，被认为是历史上第一个超级英雄。

20世纪30年代，美国处于经济大萧条之中。面对现实的崩坏，人们期待更有力量的人物出现，以带来精神上的希望。1936年2月17日，一部名为《幻影侠》的漫画开始在美国《每日漫画》上连载，主角是吉特·沃克。

他的故事可以追溯到400年前，沃克家唯一的一个孩子从海盗"辛格兄弟会"的屠刀之下死里逃生，并意外获得一件刀枪不入的战衣，成了专门挑战邪恶的"幻影侠"。从此，打击世间的暴力和不公，成了沃克家族世世代代所恪守的信条。到了21世纪，其后人吉特·沃克离开家乡，来到美国。每当夜幕降临，他便穿上战衣，化身幻影侠，惩奸除恶。

幻影侠的创造者是福克·李，一位可以比肩斯坦·李的漫画鼻祖。福克是犹太人，1911年生于美国密苏里州。1934年，他在杂志上发表漫画《魔术师曼德拉克》，自此打开漫画世界的大门。

幻影侠的灵感，来自福克·李对神话传说的迷恋。每当幻影侠戴上面具时，瞳孔就会消失，就像古希腊雕塑——他们都没有眼珠，以更好地表现其超越凡俗的智慧；幻影侠身着紫色紧身衣、眼戴黑色眼罩的造型，则取自英国民间传说中的绿林好汉罗宾汉。前卫的造型加上英雄故事，幻影侠迅速点燃了人们心中希望的火焰，也影响了之后超级英雄的出现。1938年，两位来自克利夫兰的高中毕业生创造出了来自氪星的超级英雄——超人，开启了超级英雄连环漫画的黄金时代。

除了漫画，福克·李还曾着迷于戏剧和舞台剧。他的一生，经营过5家剧院，制作了300多部戏剧。1999年，福克·李因心力衰竭去世。直到生命的最后，他也未曾放弃过漫画创作——在医院里，他摘下氧气面罩，口述还未完成的故事。

幻影侠并未随着福克·李的离去而消失。迄今为止，漫画《幻影侠》的总销量已达1亿套，由它改编的游戏、电影、美剧，更是不计其数。此外，可以说，正是幻影侠为美国"超级英雄"这一概念定了基调：他武艺出众、机智勇敢、劫富济贫、行侠仗义，其后出现的超级英雄与之一脉相承；在外形设计上，无论是蝙蝠侠的蝙蝠眼罩，还是蜘蛛侠只有眼白的服装，抑或是超人标志性的蓝红紧身衣，都能找到幻影侠的影子。

幻影侠在80多年前的美国点燃了一种精神——从困顿中重新站起来的精神。之后，又经过数代超级英雄的接棒传承，让这一精神持续至今。

—— 一起读 ——

长相思

长相思，词牌名，又名"吴山青""山渐青""相思令""长思仙""越山青"等。长相思是汉代诗歌中的词语，六朝人多用其做题目，并用其做开头语，属于乐府《杂曲歌辞》，流传的多是闺怨之作。此调由三、七、五句式组成，每句用韵，且前后段各有一叠韵，音节响亮，表情由热烈而渐趋和婉。李白两首"长相思"，内容、形式、意境各有不同，但都写了相思之苦。

走神，请注意

文/江 山

我从小练就了一种特殊的能力，外表看起来淡定专注，大脑早已神飞天外。这种技能帮助我挺过了无聊的课程、会议和部分工作时间。这让我舒服并愧疚着，毕竟从小到大，家长、老师苦口婆心地教育我们要专心，分心有害。

幸运的是，科学家发现，无法集中注意力的不止我一个人。多项研究发现，在我们醒着的时间里，至少有一半要贡献给走神，或者说"思想漫游"。

人们总是想办法和走神做斗争。但新西兰的心理学家迈克尔·C.科尔巴里斯要为"走神"辩护，"不管我们喜欢与否，我们天生就具有走神的能力"。如果你能思想漫游，恭喜，你是合格的人类。众多实验表明，只有人类才具有"思想漫游"的能力。猩猩很聪明，鹦鹉很能言，但似乎只有人类的思想可以不受时空拘束，逃离现实，追溯过去，畅想未来，进入梦境和幻觉，坠入故事里。

科学家发现，走神时大脑的血流只比精神集中时低5～10个百分点，而活跃区域的面积比精神集中时还要大。走神时的大脑并不是一个空无一物的旷野荒原，它更像一个小镇，当镇子中心举办的足球赛吸引了大量人群时，其他人还是可以在小镇上漫游、四处闲逛。越来越多的研究发现，思想漫游也许会赋予我们更多的创造力。一位匿名的物理学家曾信誓旦旦地说："我们经常说的3B——公交车（bus）、浴缸（bath）和床（bed）——正是很多伟大科学发现的发源地。"科尔巴里斯指出，或许还可以加上第四个B——会议室（boardroom）。在几千年的科学史里，古今中外的科学家亲身为我们示范了精神漫游带来的高光时刻——阿基米德坐在浴缸里想出浮力定理，庞加莱一只脚刚踩上公交车的踏板，就想出了苦思冥想不可解的数学难题。就连比尔·盖茨和杰夫·贝索斯都在访谈中表示，直到现在他们仍坚持亲自洗碗，可以在放空自己的同时思考一些问题。文学和艺术界似乎更是如此。

斯坦福大学的神经科学家将两种思维分为"任务正面网络"和"任务负面网络"，前者控制你全神专注，后者放纵你精神漫游。它们就像坐在一个跷跷板的两端，由一种叫作"脑岛"的大脑区域控制升起或落下。专注的能力是有限的，在这两者间完美切换，许多思想的火花才会应运而生。走神赋予了我们一个实在的好处：当又要开始一项无聊的工作，我们又不能公然反抗或毅然放弃时，让思想信马由缰是人之常情。科尔巴里斯自己就是一个挺喜欢"走神"的人。今年83岁的他最早学的是工程，但没挺过一年就去学数学，毕业后在一家保险公司工作。他发现以上这些都不是自己的最爱，快到人生的1/3时，他才发现自己心中的缪斯——心理学。

说到这里，也许我们应该考察一下"走神"这个词的本来含义。在《辞海》里，"走神"的解释是"注意力不集中、思想开小差"，听起来有些负面。但在英文里，不受拘束、信马由缰的"思想漫游"，也许只分是否在合适的时间去往合适的地方，而不用分对错。我本以为写这篇文章可以肆无忌惮地走神，可写到最后，我"失败"地发现，尽管做好数度走神的准备，但或许觉得这个话题太过有趣，我的思想高度集中，简直想走神都走不了。所以，当你常常走神的时候，除了自责，更应该问问，是什么导致你感到无聊呢？

未必人人都明白的道理

文/沈淦

三国时，魏国大臣刘晔甚受魏明帝曹叡的器重。太和六年（232年），明帝准备大举伐蜀，满朝文武大臣都认为"不可"。明帝很不高兴，唯将刘晔召入后宫商议。刘晔侃侃而谈："蜀国弹丸之地，后主刘禅又昏庸无能，我大军一出，必然势如破竹。蜀国可伐！"明帝十分高兴。刘晔从宫中出来时，文武大臣都围住他问道："太中大夫，你看现在能不能大举伐蜀？"刘晔连连摇头道："断然不可！"

中领军杨暨也是明帝的亲信大臣，他对刘晔也甚为器重。杨暨最坚决地反对伐蜀。这一天，杨暨又与明帝为伐蜀的事争论得不可开交。明帝很不高兴地说："你是一介书生，写写文章倒还可以，怎么懂得行军打仗的事情？"杨暨磕头告罪道："微臣确实不知兵事，意见固然不足采纳，可是太中大夫刘晔是三朝元老，他也经常说：蜀国必不可伐。"明帝不禁笑道："你一定是记错了，刘晔明明向朕说过：蜀国可伐。"杨暨又磕头道："只怕是陛下记错了，不信可以召刘晔前来对质。"明帝当即传旨，问道："爱卿，你说蜀国可不可伐？"杨暨也问道："太中大夫，你说蜀国可不可伐？"刘晔抬头看看明帝，又转身看看杨暨，不发一言。

后来，明帝单独召见刘晔时，刘晔责备明帝道："攻伐敌国，这是大谋大略，微臣不才，连睡梦中也倍加谨慎，生怕泄露了国家的机密，怎敢轻易向旁人提及？"明帝听他说得头头是道，不觉连连点头说："这是朕的过失，这是朕的过失！"

刘晔出宫见到杨暨，又责备他道："要想钓到大鱼，就必须放出长线，随着大鱼移动，直到它游得筋疲力尽时再牵线，才能得手……你确实算得上一个耿

直的大臣了，不过一味蛮谏的方法并不可取。只有先顺着他的意思，然后再慢慢诱导，才能使他回心转意。你看怎么样？"一番话说得杨暨心服口服。

又过了一段时间，有位大臣终于对刘晔的诈伪有些认识，便对魏明帝道："刘晔并不是个忠臣，不过是善于揣摩陛下的意图，迎合陛下罢了。"明帝不以为然："你说这话有什么根据？"那位大臣道："我此时还没有确凿的根据，只是见他每次都与陛下的意见不谋而合，深为怀疑。陛下以后碰到什么事情，不妨故意拿相反的意见询问刘晔，如果他表示反对，这就说明他果然与陛下所见略同；如果他也表示赞同，那么他的矫情诈伪就暴露无遗了。"明帝点头应允。

这一年，河北发生大灾荒，明帝有心拨粮赈济，却故意对刘晔说："河北虽说有灾荒，可是目前国库空虚，只有让地方官设法向大户人家筹粮自救了。"刘晔立即附和。明帝心中暗暗冷笑，表面上却不露声色。后来又如法用反意试问了几件事，刘晔果然是只插顺风旗。这一来，明帝终于识破了他的真面目，便渐渐疏远了他。刘晔自知在朝中再也没有地位了，一直闷闷不乐，终于悒郁而死。

你不可能在所有时间里欺骗所有人。这道理，别说一两千年前的刘晔不太明白，一两千年后，也未必人人都明白吧？

海狸血泪史

文/岑嵘

电影《荒野猎人》里，讲述了一名19世纪的皮草猎人休·格拉斯在丛林中遭遇黑熊攻击和同伴抛弃并奇迹般生还的故事。电影根据真实故事改编，1822年，42岁的爱尔兰裔美国人休·格拉斯在密苏里州的一份报纸上看到一则广告，召集100名敢于冒险的青壮年男子上溯密苏里河，开拓毛皮贸易生意，于是休·格拉斯前去应征。

从1820年到1840年的鼎盛时期，活跃在落基山脉的皮草猎人数量达到3000多人。他们在常年人迹罕至的西部地区捕猎珍稀动物并获取毛皮，再通过毛皮贸易公司销往国外。在所有的毛皮贸易中，最主要的商品为海狸毛皮。

15世纪前，欧洲制帽使用的毛皮来自欧洲本土的海狸。之所以选用海狸皮做帽子，是因为它不但舒适保暖，还有很好的防水性。海狸皮帽引领了当时风尚，率先使用的人群是商人，很快这种时尚蔓延到了宫廷和军队精英。不久，所有需要社会身份的人都必须有一顶海狸帽。

美国历史学家沃尔特·奥莫拉说，拥有一件上好的海狸皮制品就是一名男人或女人的上流社会地位的证明。而制帽匠人也因为社会的需求炮制出千奇百怪的帽子式样，帽冠一会变宽一会变窄，一会又变成拱形，帽檐时而上翘时而压低。

然而这种时尚成了海狸的催命符，由于过度捕猎导致海狸数量骤减，对欧洲北部荒野地区的拉网式大搜捕，使得这里的海狸近乎绝迹。皮草贸易于是北上，进入斯堪的纳维亚半岛，随后开始的过度捕猎使得那里的海狸种群也宣告灭绝。

16世纪即将结束时，出现了两个新的海狸毛皮产地，一个是西伯利亚，俄国猎人纷纷拥到此地，寻找更好的狩猎机会。很快，西伯利亚的毛皮产量由于过度捕捉开始减少，俄罗斯商人开始沿着海岸向南航行，围捕堪察加半岛、阿留申群岛、阿拉斯加的海狸。

另一个狩猎地点是加拿大和美国，欧洲人沿北美东海岸捕鱼时，发现东部的林地里都是海狸，当地的猎手已准备好将海狸皮卖个好价钱。海狸是逐水而居的动物。《荒野猎人》中的探险队之所以要沿河探索，正是为了寻找水边的海狸。对于熟练的猎手来说，一天捕获几十只海狸都不成问题。早在1787年，光是加拿大出口的海狸皮就高达14万张。在猎人的疯狂捕杀下，一个地区的海狸会很快灭绝。猎人们只能不断深入西部，寻找新的海狸栖息地。

在海狸的大捕杀中，中国也不能置身事外。从1650年到1850年，中国是全世界最大的毛皮市场之一，俄罗斯人把毛皮出口到中国和欧洲，成为沙皇政权主要的财政来源，美国人和英国人一样在广州买进大量茶叶，但是他们和英国人不同，他们没有生产大量的鸦片在广州贩售，因此毛皮贸易成了美国人的主要收入来源。

海狸毛皮的故事，是一个关于全球贸易的故事，但对于海狸这种萌萌的动物来说，则是一部残酷的血泪史。

一个人的文笔，可以好成什么样呢

文/张佳玮

26岁的张佩纶同治九年（1870年）中举，一年后中进士，下笔千言，慷慨好论天下事。他是张之洞那拨清流党的主将，年少气盛。

1880年，法国开始侵占安南；三年后，清朝派军队入安南，虽不与法国人交战，却想捍卫自己宗主国的地位。李鸿章当时正组织建设中国海军和制订海防计划，懂点儿国际法，跟朝廷说了："中国无权干涉法国与安南的协议，这是理论；中国无力把法军赶出安南，这是实力；还是谈判为妙，不然就是为了个安南，直接与法国开战啦。"

张佩纶看不惯李鸿章如此畏缩。他与清流们认定战争的胜负，主要不靠兵器，而靠勇气与美德。

李鸿章那边则在打探，基本确认法国人不想贸然投入大规模战争，只要河内与红河的贸易航行罢了。李鸿章去谈判，1884年基本确定了：中国军队撤出安南，法国人自己与安南签订合约，法国允诺不侵犯中国，不要求赔款，而且绝不使用有损中国威望的字眼——然而张佩纶愤怒了，47封奏疏大骂李鸿章卖国。

于是本来打不起来的战争开始了。张佩纶被派到福建，会办福建海防。福建马尾船政学堂23岁的天才詹天佑提醒他，要提防马尾港的法军战舰。张佩纶才不管，云集自家十一艘战舰扎堆。终于法国舰队升火过来了，张佩纶一看，大惊失色：妈呀，原来军舰是这么个玩意！一小时内，十一艘中国军舰全溃，法国人自己帮忙建造的马尾船厂也被摧毁了。

接下来才是张佩纶一生最好玩的瞬间。手边有了纸笔，张佩纶当然得发挥他的才华。身为主战派和前线督军，全军大溃，怎么办呢？写封奏章吧。他文笔太好，奏章写得华丽，朝廷一看，好，看来赢了！赶紧开国帑，发犒劳，还下令以后张佩纶兼船政！——船都被轰沉了，兼什么船政呢？

又过了几天，朝廷听说了真相，气坏了。张佩纶倒了霉，戍边去吧。

袁世凯说："天下翰林真能通的，我眼里只有三个半，张幼樵、徐菊人、杨莲府，算三个全人，张季直算半个。"张幼樵就是张佩纶了。按说他着实有才华，但终究文章翰林与现代战争，那是两回事啊！

最后一个故事。

李鸿章的女儿嫁给了张佩纶，叫作李菊藕；李菊藕后来生了个儿子张志沂，张志沂有个女儿，叫作张爱玲——嗯，就是我们熟知的那位张爱玲。

一起读

宋代四大女词人

李清照，号易安居士，婉约词派代表。其所作词，前期多写其悠闲生活，后期多悲叹身世，情调感伤。形式上善用白描手法，自辟途径，语言清丽。论词强调协律，崇尚典雅，提出词"别是一家"之说，反对以作诗之法作词。她有"千古第一才女"之称。宋词标志着宋代文学的最高成就，历来与唐诗并称双绝。

在宋词历史上有另外三位女词人，与李清照合称为宋代四大女词人。张玉娘，字若琼，自号一贞居士。她出生在仕宦家庭，自幼饱学，敏慧绝伦，尤其擅长诗词，当时人曾经将她比作"东汉曹大家"班昭。吴淑姬，作品有《阳春白雪词》五卷、《花庵词选》，黄升以为"佳处不减李易安"。朱淑真，号幽栖居士，亦为唐宋以来留存作品最丰盛的女词人之一。

疯子导演

文/雷 鸣

沃纳·赫尔佐格是享誉世界的新德国电影大师之一，与法斯宾德、文德斯、施隆多夫等人齐名，被称为"新德国电影四杰"。

1974年，天寒地冻的冬天，赫尔佐格得知电影界前辈洛特·艾斯纳在巴黎病危。放下电话，他立即抓起一件夹克、一个指南针、一个帆布袋、一些生活必需品以及一个记录旅程的笔记本，从家乡慕尼黑徒步前往巴黎。

"我踏上了通往巴黎的路，我坚信如果我靠双脚走去，她就能活下来。除此之外，我也需要一段属于自己的安静时间。这不是什么自我放逐之旅，也不是出于挑战自然和人力的狂妄，而是为了一个人。"他相信，只要自己从慕尼黑徒步走到巴黎探望艾斯纳，对方就会痊愈。从慕尼黑到巴黎，乘坐高铁需要整整6小时，我们不知道他究竟走了多少个日夜。这个人对赫尔佐格而言是如此重要，让他觉得自己必须向命运提出恳求。后来，赫尔佐格真的走到了，艾斯纳也真的痊愈了。

赫尔佐格曾打过一个著名的赌。为了激励一个年轻人拍电影，他打赌说，如果对方能拍出一部电影，他就吃掉自己的鞋子。结果那个年轻人拍出了纪录片《天堂之门》。这个年轻人就是后来拍出《细细的蓝线》的埃罗尔·莫里斯。

大师没有食言，愿赌服输。当时，赫尔佐格居然真的在纽约UA影院的首映式上当着上千名观众吃掉了自己的一只煮了5个小时的皮鞋。这一故事后来被拍成电影《赫尔佐格吃他的鞋》。对此，赫尔佐格说："吃鞋是一件蠢事，但人生有的时候就要干些蠢事。一个成年人在他的一生中，本来就应该吃一回自己的鞋子，或者干点其他类似的事。这话说给所有那些想要拍电影却不敢上手的人，别为资金、剧本烦恼太多，电影是运动，不是美学，动手拍就是了。"

如果说当今在世的导演中还存在一个疯子的话，只能是他。

一起读

『酒鬼』李先生

诗仙李白喝酒豪气潇洒，同为李家人的李清照在好酒方面也毫不逊色。李清照有多爱喝酒呢？她的饮酒，不是浅斟低酌，而是大醉无归。李清照存世作品里有23首是关于喝酒的，从比例上来说比李白还多。李清照出身高知家庭，父亲是苏轼的弟子，母亲是状元王拱辰的孙女。按理说，这种大家闺秀的人设，应该是在家好好钻研琴棋书画就好了。可是李清照偏不，经常呼朋引伴，哪怕喝多了也没有丝毫丑态。

"常记溪亭日暮，沉醉不知归路。兴尽晚回舟，误入藕花深处。争渡，争渡，惊起一滩鸥鹭。"李清照真一奇女，喝得晕乎乎的，连回家的路都找不着了，即使在今天，也不多见。但李清照又绝非滥酒之人，以词中所写，某日黄昏，驾着小船，一边游湖一边品酒，那该是一种多么浪漫惬意的情景。李清照的词被人吟唱最多的就是《声声慢》："三杯两盏淡酒，怎敌他晚来风急……"靖康之乱，词人流离失所，老来无依，在饱经人生的炎凉风霜后，已不再是当年闺中抒情的少女，此时的酒，已满是凄凉之意。

三千年来，历代女子，诗词登峰造极者，仅李清照一人而已。

哥伦布把玉米带回了欧洲

文/松鼠云无心

玉米是人类的三大主粮之一。至少在7000年以前，墨西哥人就把一种野草"驯化"成了高产美味的玉米。种植粮食是人类社会从"采猎"向"农耕"转化的基础。

不过，玉米并不是一种营养全面的食物。它缺乏烟酸。烟酸又叫尼克酸，尼克酸和尼克酰胺就是维生素B_3。这是一种很重要的维生素，缺乏的时候可能导致恶心、呕吐、腹泻、头痛等症状。如果长期严重缺乏，可能出现贫血和糙皮病。糙皮病的典型症状是皮肤发炎，裸露的皮肤被阳光照射之后，会变黑、变硬、脱落、流血。严重的糙皮病还能导致痴呆。

其实人体本来可以把色氨酸转化为烟酸，而玉米却偏偏缺乏色氨酸。

在漫长的历史时期，欧洲人对玉米浑然不知。直到15世纪末，哥伦布到达北美才发现这种美妙的粮食，并且把它带回了欧洲。很快，欧洲人就接受了这种高产的作物，也把它作为主粮。

没想到的是，大量吃玉米的人们逐渐出现了糙皮病。随着时间的推移，糙皮病患者越来越多，欧洲人逐渐把怀疑的目光对准了玉米。起初，人们猜测玉米中含有某种毒素，或者携带某种病原体。然而玉米是从美洲引入的，"自古以来"就吃玉米的中美洲人民却没有糙皮病。

"毒素"和"疾病载体"的猜测无法解释这一现象，欧洲人开始探讨中美洲人加工玉米的方式。他们注意到，中美洲人对玉米进行"灰化处理"之后才食用。所谓"灰化"，就是用加了石灰或者草木灰的水去浸泡玉米，并进行加热煮熬。

不清楚中美洲的古人是怎么发明出这种加工方法的。或许初衷是为了使玉米变得软嫩可口，没想到歪打正着地解决了烟酸的问题。原来，玉米中也是有不少烟酸的，只不过成熟玉米中的烟酸绝大部分都与半纤维素形成了复合物，因此不能被人体吸收利用。石灰和草木灰都是碱性的，用它们来浸泡并加热玉米，半纤维素会发生水解而把那些烟酸释放出来。

欧洲人学会了种植玉米，却没有学习"灰化玉米"的加工方式，于是导致了糙皮病的流行。糙皮病患者受到阳光照射会引发皮炎，严重的皮炎看起来很恐怖。

美国人也只引进了玉米的种植，而没有学习玉米的加工方式。20世纪初美国人才注意到糙皮病，起初他们也认为源于玉米携带的病原体或者毒素。错误的假设，自然找不到正确的解决办法。从1906年到1940年，美国的糙皮病患者多达300万，其中10万人死亡。

后来，美国人终于发现了糙皮病的根源是烟酸缺乏，于是在食物中强化烟酸。对症下药之后，问题很快得到解决，于是"强化烟酸"成了美国食品饮料的传统。到今天，已经很少有人大量食用玉米，多样化的饮食使得烟酸缺乏也不常见，但美国的强化食品中还是保留着添加烟酸的传统。

一起读

一剪梅·红藕香残玉簟秋

〔宋〕李清照

红藕香残玉簟秋。轻解罗裳，独上兰舟。

云中谁寄锦书来？雁字回时，月满西楼。

花自飘零水自流，一种相思，两处闲愁。

此情无计可消除，才下眉头，却上心头。

文／张艾京

科幻、自然、治愈、臭美……总有一款博物馆适合你

自然派——极地博物馆

如果你喜欢自然风光，喜欢亲近大自然，那么"极地博物馆"不容错过。为了向人们展示极地景观之美，法国人类学家让·克里斯托弗·维克托在法国东部的普雷马农打造了一个"极地博物馆"。

这家博物馆里里外外都体现了"极地"的主题——外形像冰山，建筑的60%埋在地下；馆内一片白雪，展示有关极地的照片、影片和标本等。除了展示白雪皑皑的极地之美，博物馆主人还有一个愿望，那就是通过博物馆的展览，提醒人们关注气候变化带来的恶果。

脑力派——大脑博物馆

对于"医学控"来说，在秘鲁的"大脑博物馆"是可以"拔草"的目标。这家位于利马的桑托·托里比奥·德·莫格罗韦霍医院内的博物馆，收藏了超过3000个人类大脑标本，标本的采集时间跨度300年。

在这里，参观者既可以通过标本观察健康的大脑的模样，也能看到各种疾病对大脑所造成的影响。除了大脑博物馆，利马还有一家"人骨博物馆"，馆内展示了大量人类头骨标本。这家博物馆由牙医阿达尔韦托·梅内塞斯创办并运营，只能通过预约参观。

科幻粉——星战博物馆

《星球大战》和科幻电影粉丝们，好消息来了！你们期待已久的"星战博物馆"终于动工建造了。乔治·卢卡斯要建"星战博物馆"的消息传了好几年，去年终于决定把博物馆建在美国洛杉矶，具体地址是南加州大学附近的博览园。

这座耗资15亿美元打造的博物馆将在2021年开放。按照乔治·卢卡斯的设想，"星战博物馆"不是简单的电影道具和纪念品大仓库，而是通过绘画、漫画、电影等各种视觉手段来讲述"星战"故事。

治愈系——失恋博物馆

美国洛杉矶"失恋博物馆"展出了来自世界各地与"分手"有关的物件。它们看似平常，可能是一个熨斗、一排磁带，或是一只旧袜子，但每一件的背后都有一段伤情故事。在这家安静的博物馆中，经常会有参观者触景伤情，独自站在某件展品前默默哭泣。

不过许多参观者说，在这家博物馆里，他们觉得自己没有那么孤单了，而且能更加靠近其他孤独的心灵。

爱臭美——自拍博物馆

为了保护展品，现在国内外的许多博物馆都禁止使用自拍杆。不过美国洛杉矶有这样一家博物馆，能让爱自拍的参观者尽情摆造型。

在这家"自拍博物馆"，参观者可以通过艺术、历史、科技、文化等角度，探索自拍的历史，也可以通过馆内的互动装置玩自拍。博物馆的两个创办人说，现代人用手机自拍，而在没有相机的年代，人们的自画像就是"自拍"。

你能保守秘密吗

文/Harps

小猪佩奇跟她的好朋友小羊苏西成立了一个"秘密俱乐部"。"秘密俱乐部"的人要说出秘密的词语相互识别，他们在一起分享秘密，做秘密的事。小狗丹尼、小马佩德罗、小猫坎蒂等陆续加入，甚至连羊妈妈、猪妈妈和猪爸爸都成了秘密俱乐部的成员。当他们意识到此间并无秘密可守，纷纷笑倒在地上。

小孩子喜欢秘密，只是喜欢秘密的形式。他们可以把任何小事封为"秘密"再分享，以此把自己和朋友紧紧联系在一起。成年人也做同样的事，只是他们比小孩更当真：分享秘密的人无疑是亲密的同盟军，而秘密的指向则是他者，是疏隔的人，不被待见的人，是同盟军又恨又怕的人。在一圈人当中，动态地存在着许多小猪佩奇和小羊苏西一样的"秘密俱乐部"。人们因为分享着不同的秘密也分享着不同的同盟军和敌人，忙着享受忠诚和遭遇背叛；到头来，谁也并没有跟谁更亲近，某些本来是秘密的事情也成了所有人都知道的常识。可惜成年人太计较，只记得自己吃的亏，不能像小猪佩奇和她的小伙伴们，以纷纷笑倒在地上作为结局。

当一个人对另一个人说"你能保守秘密吗"，就表明有一个秘密马上要从他嘴边溜出来了。会这样问的人已经清楚地证明了自己不是能保守秘密的人，所以他如果够理智，就不该指望对方会做得比他好。

秘密传递链由做出承诺和打破承诺构成，就算明知是虚情假意，也要做足戏份才可以。所以"交浅言深"招人忌，被迫向泛泛之交做出承诺负起责任，只是因为对方意想不到地扔出一个秘密。秘密有一种奇怪的心理作用：如果一个人必须保守某个秘密，这秘密就会像一团火烧得他坐立不安，直到他告诉别人为止。但他又极不愿意让人知道他是这个秘密的泄露者，泄密者的身份必须是秘密——这当然也跟别的秘密一样守不住。在日常生活中，一个人即使不爱搬弄是非，也要付出不少精力把自己脑子里保存的秘密和牵连人等分门别类，防止惹出麻烦。社会性动物必须有巨大的脑容量才够处理社会性问题。

寓言故事里说，希腊国王迈达斯判定牧神潘的乐器演奏优于太阳神阿波罗，被阿波罗惩罚，把他的耳朵变成了驴耳朵。迈达斯从此整天戴着头巾，但又不得不理发，因此严禁他的理发师说出去，如果泄露，一定杀头。理发师不敢对人讲，但又忍不住不讲，后来终于找了个树洞一吐为快。未几，整片森林里的树叶都在沙沙地说"国王长了驴耳朵"，理发师当然被杀了头，所有人也都知道了国王长着驴耳朵。如果这故事的读者是电脑，它可能完全无法理解国王的理发师为什么被危险的秘密憋得难受。人类的大脑有相当一部分是不可理喻的。

"躺赢"的人生

文/青丝

"躺赢"是现代网络流行的热词，意为一个人不用做什么就能成为赢家，即使躺着不动也能获得好处。而且这种幸运眷顾，往往非常凑巧，为不可复制的奇遇，就像命运故意安排好的一样。历史上也有一些"躺赢"的例子，这些充满戏剧性的人物故事，与现代语义形成了奇妙的对偶。

清咸丰年间，祸乱频仍，战争持续了二十多年。湘军和淮军在平定太平天国、捻军起义的战役中厥功甚伟，立下军功的将领多不胜数，光是朝廷封授的记名提督就有近八千人，记名总兵有近两万人。但记名提督只是个虚衔，并没有实授的官职，想要获得实缺，必须由总督和巡抚密奏保举，经皇帝钦点，才能补缺充任。左宗棠麾下有个记名提督陈春万，原是一个农夫，加入湘军后转战四方，因膂力雄健，胆子又大，作战表现杰出，获授"巴图鲁"勇号和加穿黄马褂的殊荣。

但是，陈春万徒有其勇，却从没读过书，大字不识一个，上司自然不放心让这样的人独自领兵。所以，陈春万虽然战功赫赫，却只能长期担任基本编制的营官，即使出现职位空缺，总督、巡抚向朝廷保举人选充任，也不会考虑到他，故其一直郁郁不得志。不料有一天，朝廷突下谕旨，陈春万获授肃州镇挂印总兵，为正二品武官。而且，挂印总兵不同于普通总兵，既掌理本镇军务，又不受总督的管辖指挥，另外还可以直接用专折向皇帝奏事，无须经过总督和巡抚转呈，不论军事指挥还是政务，都有很大的自由裁量权。

陈春万本人也被这一天降之喜弄傻了，不知道好运为何突然落到自己头上。后来宫廷里的知情人道出了事情的真相。原来该职位开缺，左宗棠早就密奏保举自己心仪的人选递补，同治皇帝也没有意见，军机大臣把候补名单递上来，让皇帝朱批钦点。正巧同治皇帝手中的毛笔蘸朱砂墨太饱，他还正在名单上找左宗棠举荐的人名，一滴朱墨就落在了陈春万的名字上。看到不好更改，同治皇帝只好将错就错。这种天缘巧合，遂令陈春万"躺赢"，成了人生赢家。

另一个"躺赢"的人物是曾任两广总督的巴延三。他原只是军机处一个六品文书，承担缮写、记录之类的琐事，文采和人品皆无出众之处，其他同事都很瞧不起他。时值准噶尔部叛乱，乾隆深夜接到前线的紧急军情公文，把当晚值夜班的巴延三传到寝宫的窗下，让他根据自己的口述意见起草回复公文。然而，乾隆在屋里说了一大通，但屋外的巴延三第一次被传召来做文字记录，紧张得两腿直哆嗦，皇帝说了什么他一句都没记下来。

乾隆寝宫有个小太监鄂罗里，人很机灵，记忆力又好，对乾隆的脾气、意旨都很熟悉。鄂罗里见巴延三就要受处罚，出于同情，便根据自己在一旁听到的口述，代巴延三起草了这份公文。翌日，乾隆看到行文的措辞用语、处理意见，都很符合自己的心意，不禁大悦，就记住了巴延三。过了几天，正好军机大臣傅恒向乾隆汇报事情，乾隆说，你们军机处有个巴延三是不可多得的良才，应该让他充分发挥自己的天赋才能。于是，"躺赢"的巴延三连升两级，接下来又多次升迁，位居要津，最后官至两广总督，成为封疆之臣。

古龙与金庸打架方式之不同

文/张佳玮

3月底,我去央视英语频道录一档节目,跟主持人聊金庸。候场时,节目组一位意大利制片人跟我聊起来:金庸和古龙的小说里,武技风格有何不同呢?

我解释说,金庸的技击体系,分为内功、招式与外功。外功,可以强化肢体的物理破坏力,例如亢龙有悔断树、少林大力金刚指碎骨。招式,则类似于英语里的move(电影)或skill(技能),运用肢体或兵器的技法。描述拳打脚踢的动作,与西方小说里描述格斗,是差不多的。

内功最神奇了,而且功能多样:既可以提升肢体物理破坏力(前述),也可以附在兵器上,如张无忌用木剑击断方东白的胳膊,萧峰运劲将钢杖插入石壁,更可以疗伤等,甚至可以输出体外,隔空制造气波流动,如六脉神剑;内功高强者还能够施展轻功,突破物理定律,一飞数十丈。

意大利制片人说:"啊!也就是说,内功约等于《星战系列》里的原力?或者,一种朴素的重力魔法,可以强化人的生理能力,甚至远程攻击?"

我歪着头想了想,说:"可以这么理解吧……"

我又解释说:"古龙早期小说的技击系统,也遵循金庸的原则;但到后期,就简化了其针对物理的部分,而是模仿吸收了许多日本剑客小说及美国牛仔小说的特色,主要强调人与人从精神到身体的对抗,而不在意甚至忽视了一部分远程攻击。"

当然,古龙与金庸在技击上,都不太现实主义。对于技击的基本,比如架势、距离控制、步伐、重心等细节,他们二位都不是很在意。金庸的技击体系默认是远程攻击或近距离见招拆招;古龙成熟时期的技击体系默认是高度严密的精神准备以及快速出击的兵器。金庸以及梁羽生是在自己体系内的写实,看着一招一式很热闹,真打并非如此;古龙招式不多,主要仰仗氛围描写,但夸张的也不多。

古龙后期小说里的人,多有被现实生活所迫、纠结不已的落魄江湖人。他描写打斗,并非一招一式,而是累积冲突和情绪,描绘氛围,剑拔弩张,然后瞬间结束——他只给出旁观者所见的效果。当事人的心情,是被省略的。紧张、短促、凶狠,结束。更像是美国西部片。

开句玩笑,如果将李寻欢的飞刀描述为左轮手枪,把他经常活动的区域描述成现代城市,将上官金虹描述为一个黑帮老大……似乎也没啥问题。

如是,古龙的江湖,仿佛是一个披着古代背景的现代城市,或者西部牛仔世界。刀客仿佛19世纪阿根廷的匕首马贼,飞刀仿佛西部牛仔枪手,解决问题便是"好快的剑",一招而决。所以古龙中后期的武功,一点都不夸张——因为在他的小说里,武功已经没那么要紧了。

意大利姐姐点头说:"所以金庸是古代背景的轻魔幻小说,而古龙是古代背景的城市人历险小说?"

我歪着头想想,说:"真要这么理解,也不是不可以……"同时心里嘀咕,中西文化交流,真是不容易啊!

一起读

折桂令·春情 〔元〕徐再思

平生不会相思,才会相思,便害相思。
身似浮云,心如飞絮,气若游丝。
空一缕余香在此,盼千金游子何之。
证候来时,正是何时?灯半昏时,月半明时。

"故宫太和门前的狮子为什么要烫45个卷发""经常出现在宫殿屋脊上的老头是谁""手抄红楼你要不要来一章"……伴随智能手机、平板电脑成长起来的95后、00后们其实正在用他们独特的方式拥抱中华文化瑰宝,许多带有"中国风"的内容也在网络上走红。

中国狮子烫"疙瘩卷",这是地位象征

"故宫太和门前的狮子为什么要烫45个卷发""颐和园的十七孔桥为什么是十七个孔""经常出现在宫殿屋脊上的老头是谁"……这些关于传统建筑细节的有趣问题,在一个名叫"宫殿君"发布的头条号文章和西瓜视频中都能找到答案。筑还有很多不为人开的"窗户",实际上就是为了给建筑木料散热的"透风"……我看到,这个"宫殿君"每天发布的题目和答案都有数万人阅读,有大量网友参与讨论并表示"又长知识了"。

手抄红楼另解唐僧,名著高手在民间

不仅高手在民间,传统文化的忠实热爱者在民间比比皆是。比如有一个"少读红楼"自媒体,就在无意间提起,想找八十个"铁杆红迷",每人一回,抄写《红楼梦》的前八十回。这一提议被众多网友关注,本来只需八十个人,结果却因报名人数太多延续了五轮,仍有众多人没能参与进来。还有一些网友带着孩子一起手抄红楼,他们认为这样的形式"既练习了书法,又了解了经典作品",通过这样新的形式又将经典继续传承。

而另一部巨著《西游记》也在新的传播形式下受到关注,电视剧《西游记》的摄像师王崇秋就在头条号上发布视频《漫漫西游路》,记录电视剧《西游记》拍摄中的趣事。为什么唐僧又叫"江流儿"?为什么孙悟空不用筋斗云背着唐僧去西天?为什么白龙马在取经路上很少出手?知名媒体人"李天飞"是中华书局的编辑,曾出版《西游记》校注,在他的文章里,很多《西游记》里我们小时候百思不得其解的问题都有了新的解读,比如孙悟空用毫毛变的东西能不能随意使用?最终他得出的结论是,这也就是古代版的cosplay(角色扮演)吧。

故宫太和门前的狮子为何"烫"卷发

文/徐晓风

我仔细查询了这些"冷门"知识,跟网友一样有"原来如此"的感叹:原本的狮子头发都是如飘柔般"顺滑",可做成石狮子放在门口后,马上就被烫成了卷发,而且是非常时尚潮流的"疙瘩烫",这不仅仅是为了美观,更多的,它代表了一种等级。皇帝家的石狮子头上的"疙瘩"一般是四十五个,比如故宫里的。故宫里有六对狮子帮皇帝家看门,其中太和门前那对狮子头上的四十五个疙瘩造型最美、烫得最大,为什么要用"四十五个疙瘩"呢?很简单,代表九五至尊嘛,9×5=45!

让00后的年轻人看厚厚的史料书可能看不下去,可是这样的小知识却在网上风靡:比如经常蹲在宫殿屋脊上的那个小人儿叫骑鸡(凤)仙人;古代宫殿建

一起读

宋代送别的风俗

宋代送别时有不少的风俗。首先,摆酒设宴饯别。古代送别都要饯行,而酒是必不可少的。古人为友人送行,会设帷帐,祭祀路神,所以称之为"帐饮"。古时客船将要启程时,要击鼓催客,所以说"兰舟催发"。其次,临别赠言。古人临别时通常会以口头形式表达自己的不舍和嘱咐,偶尔也会以书面形式表达。最后,摇(遥)装择日。有关摇装的记录最早见于南朝沈约的《却东西门行》:"摇装非短晨,还歌岂明发?"

饭局的诱惑：项羽为何不杀刘邦

文/王磊

其实鸿门宴本身就是行军途中的临时宴会，一群舞刀弄枪的老爷儿们喝酒撸串也是最应景的。吃烧烤本来是一件畅快的事，来点儿小酒更适合敞开心扉吹牛聊人生，但宴会上的几个人这时候到底在想什么呢？心里的小九九适合敞开吗？鸿门宴的结果我们都知道，就是刘邦通过全面的退让和臣服留下了自己一条小命，项羽拿到了自己想要的盟主地位和关中地区控制权，所以对范增屡屡暗示他干掉刘邦的举动无动于衷，最后让刘邦借上厕所尿遁，躲过了这次危机。

后世很多人都替项羽惋惜，认为如果当时一刀把刘邦杀了，哪里还会有后来的楚汉争霸，那么项羽真的是因为脑子进水和感情用事才放过刘邦的吗？

并不是，这其实是项羽综合考量和深思熟虑的结果。

首先，项羽该不该杀刘邦？

《史记》里描绘鸿门宴的座次是"项王、项伯东向坐，范增南向坐，沛公北向坐，张良西向侍"。也就是项羽坐在最尊贵的位置，二等座是范增，三等座是刘邦，而张良只是个伺候局的。刘邦肯接受这种座位安排，就证明他承认项羽的联军盟主地位，甘愿以下属自居。联系到后来刘邦拱手让出关中的控制权，还把自己的兵力裁撤到三万，并且接受项羽明显不公平的分封，就说明了刘邦已经表示全面的臣服，而项羽也就失去了杀刘邦的理由。

其次，项羽想不想杀刘邦？

如果说一开始刘邦想吃独食的举动的确让项羽动了杀心，但随着刘邦的退让，两人之间已经没有了你死我活的矛盾。而且他们俩在之前的合作中一直相处很愉快，是一起砍过人屠过城的战友，更在楚怀王面前约为兄弟。刘邦的年纪比项羽大两轮，而且社交能力一流，二十岁出头的项羽很可能对这个大哥印象还是不错的。再结合项羽"妇人之仁"的性格特点，他在内心应该是不想杀刘邦的，所以才会对范增的暗示视而不见。

最后，项羽能不能杀刘邦？

项羽身后带着四十万人不假，不过这是巨鹿之战后归到项羽麾下的诸侯联合部队，项羽的本部其实只有最开始楚怀王派来的五万人左右。当刘邦想独吞关中时，各路诸侯和项羽利益一致，当然愿意跟着项羽来打刘邦，但现在这个问题已经解决了，其他诸侯也就没有了和刘邦火并的必要。如果项羽强行对刘邦这个灭秦战争中的有功之人下手，项羽又有什么资格继续担任各路义军的领导者呢？

再说，灭秦之后，项羽最大的敌人并不是刘邦，而是以楚怀王为首的六国旧贵族。所以这时候同样出身平民且靠军功起家的刘邦对项羽来说，不但不是敌人，反而是可以联合的盟友。只要刘邦认同项羽的领导地位，双方不但没有冲突，反而有进一步合作的可能。这才是鸿门宴上项羽装傻不杀刘邦的原因。

鸿门宴后，刘邦的心情很纠结，一方面自己成了项羽的臣属，丧失了富庶的关中，失去了大量的军队，简直是惨到没边。另一方面，刘邦虽然对现状心有不满，却又无力反抗强大的项羽。

讨厌和人交往，我是得病了吗

小编你好：

不知道是不是我的错觉，我总觉得人越长大越孤单，知心朋友越来越少。遇到困难的事，也不知道能找谁说，于是就憋在心里，日积月累真怕有一天会爆发。

身边的人总觉得我的脾气很差，但是他们不知道我在心里压抑了多久，因为总是被别人误会，所以慢慢地，也懒得去解释。我也知道，开心的人更容易交到朋友，但是我不喜欢热闹的地方，有时候不开心，我就会显现在脸上，让人觉得很难接近的样子。可是有时候，我又习惯性地讨好别人，别人让我帮忙我也不好意思拒绝，即使很多事情对我来说也十分为难。有时候，班里的一些同学也会"怼"我，我都是一笑了之，就算说到我的痛处，我也不会争辩，我很怕和人吵架……我知道这样的自己特别没用。

在父母眼中，我也是让他们失望的孩子，不听话、成绩不好。有可能是青春期的叛逆，在家里和父母作对后，他们告诉了老师，第二天老师就找我谈话了，说父母对我很失望不愿意管我了。但是，他们时常吵架，有时候还会动手打我，我身上有很多伤口，只能告诉别人是我自己弄伤的。

我很难过，有时候甚至很绝望，我怀疑自己是不是得了抑郁症之类的疾病，但是我又不知道该怎么办，小编们能帮帮我吗？

匿名读者

精选建议

上学君：

和你这个年纪相仿的人，基本上都会有你所说的这些迷茫。

首先，和朋友、父母的相处问题，归根结底，但求问心无愧，不用特别在意别人是怎么看你的。有没有用，是自己定义的，不是别人定义的。

其次，不要把太多的思绪和精力浪费在无关紧要的人身上，做自己喜欢的事，有一个能够让自己沉浸其中的兴趣，这个兴趣甚至不需要很伟大。这样才能建立起持之以恒的信心和快乐。

喵咪：

不知道你们学校里有没有心理咨询室，要是有的话可以找专业老师帮忙排解一下。如果没有的话也不要着急，可以找一个你信任的老师，对他倾诉一下问题。另外，喵咪也在青春期迷茫过，觉得和父母无话可说，于是就想到了写信的方法，不好意思对父母讲的话就写下来，让他们知道你内心的感受，毕竟父母是这个世界上最关心我们的人。

王MIN：

找首喜欢的歌曲单曲循环，找个安静但是有人的地方（博物馆、图书馆、公园）散散步。我认为，看什么东西都不重要，你要做的就是走出自己消沉的生活，看看别人是怎样做的。人生并不需要每时每刻都要过得有意义，去尝试一下浪费时光，没准会发现坚持下去的动力呢？

小幸运：

你如果觉得自己心里苦闷，可能有心理疾病，建议你看心理医生确诊，因为自己做的量表不准确。别怕，看见是治愈的开始，现在你看到了自己的问题，说明你在向一个好的方向发展。加油，相信自己！